Aus der Sicht
des Pumas

Peter Siefermann

Die Geschwister Linda und Vince Fuller werden durch einen hinterhältigen Brandanschlag aus ihrem gewohnten Leben gerissen. Sie verlieren nicht nur ihre Eltern, sondern alles, was für sie bis dahin von Bedeutung war.

Fünf Jahre später wagen sie mit Freunden einen Neubeginn. Doch das Trauma, das sie überwunden glaubten, holt sie wieder ein.

Puma *(Silberlöwe, Berglöwe, Kuguar; Puma concolor),* in vielen Unterarten und Farbschlägen von Alaska bis Feuerland vorkommende Großkatze, dem Löwen ähnlich, jedoch kleiner; klettert sehr gut, fängt meist nur Vögel und kleinere Säuger, bevorzugt offene Landschaften, bes. in trockenen Gebirgen.
(Lexikon aus Fischer Taschenbuchverlag GmbH Frankfurt (M.), Ausgabe 1981

Anmerkung des Autors: Trotz seiner Größe zählt der Puma zur Gattung der Kleinkatzen. Zu seinem Beuteschema zählen auch Rehe, Hirsche, selten Elche.

Impressum
Twentysix – der Self-Publishing-Verlag

Eine Kooperation zwischen der Verlagsgruppe **Random House** und

BoD – Books on Demand

© 2017 Peter Siefermann

Herausgeber und Verlag:
BoD – Books on Demand, Norderstedt

ISBN: 9783740731625

Heute kam dem Pumaweibchen **Bonnie** *der Weg über den Pass beschwerlicher vor als sonst. Lag es daran, dass die Jungen in ihrem Bauch schwerer wurden? Seit zwei Monaten trug sie die Bälger nun schon mit sich herum, und noch einen Monat würde es dauern, bis sie sie in einer geheimen Höhle auf die Welt bringen würde. Allein, selbstredend, denn ihr Erzeuger hatte bestimmt schon vergessen, dass er Vater wurde.*

Sie wurde in diesem Frühjahr sieben Jahre alt und vielleicht war es das letzte Mal, dass sie Mutter wurde. Es war eines dieser ungewissen Gefühle, die zwar in ihr wohnten, sie aber nicht deuten konnte.

Dieser Pass. Mindestens jeden zweiten Tag kam sie hier vorbei. Auch da war sie sich des Grundes nicht so richtig sicher. Möglich, dass ihr die Aussicht von hier oben gefiel, aber auch, weil dies die einzige Stelle ihres gesamten Reviers war, wo sich die beiden Reviere überschnitten: Nämlich ihr eigenes und das von **Clyde**, *dem Vater all ihrer Kinder. Es überschnitt sich am Pass und dem Abhang ins jenseitige Tal hinunter, wo sie sich jedoch wieder trennten.* **Clydes** *Revier bog dort oberhalb des Felsenkessels nach rechts ab, ihres hingegen nach links. Er legte ja so großen Wert auf räumliche Trennung. Natürlich war sein Revier doppelt so groß wie das Ihrige, und bestimmt hatte er anderswo und ringsum noch andere Revierüberschnitte mit anderen Pumadamen, die eventuell sogar jünger waren als sie. Aber das ging* **Bonnie** *nichts an.*

Vorsichtig und doch elegant machte sie sich an den Abstieg. An manchen Stellen roch es verdächtig nach diesen Menschen, genauer gesagt an zweien, und wenn sie unten nach links über ihr Geröllfeld abzweigte, wieder an zwei Stellen. Sie kamen also hierher. Es gab überhaupt nur einen Ort, an dem sie aus dem grünen Kessel heraufklettern konnten. Sonst war es für sie überall zu steil. Sie kannte diesen Ort gut, sehr gut, war selber einige Male diesen steilen Weg hinunter- und wieder heraufgeklettert. Heute würde sie jedoch in ihrem Revier bleiben und einfach nur schauen.

Bonnie hatte einen Lieblingsplatz. Ein herrlicher Felsblock, frei herausragend wie ein Monolith, oben flach, wunderbar zum Liegen. Allerdings, er war fast vier Meter hoch, doch für sie ein Kinderspiel. Wenn sie gut in Form war, schaffte sie die Höhe ansatzlos mit einem einzigen Satz. Ob das mit ihrem Bauch auch heute klappte? Na, sie würde es ja sehen.

Die Aussicht von dieser Plattform war genial. Sie lag hoch über dem Tal, wie ein Adlerhorst auf unzugänglichem Fels. In der Ferne sah sie jenes Plateau, wo seit einigen Tagen Menschen zu sehen waren. Sie hörte auch Geräusche von dort: Klopfen, Hämmern und Sägen, wobei ihr gerade das Sägen völlig neu vorkam. Einmal war sie dort gewesen, vor zwei Wintern, aber außer verkohlten Balken, die nach Rauch stanken, und einer alten Metallkonstruktion, zu dem die Menschen „Truck" sagten, gab es dort nichts Besonderes. Nach einem Waldbrand, die nicht selten waren, sah es ähnlich aus.

Als sie noch jung gewesen war, vor fünf Wintern, stand dort noch ein richtiges Haus, in dem die Menschen wohnten. Auf der Weide unten im Tal grasten Pferde. Sie hatte sich die Zahl gemerkt. Zwölf Pferde standen dort, und ein Mensch kümmerte sich ständig um sie.

Eines Nachts vor fünf Wintern hatte es dort, wo das Menschenhaus stand, gebrannt. Der Himmel war so rot gewesen wie bei einem Sonnenuntergang. Und danach hatte man von einem Tag auf den anderen keinen Mensch mehr gesehen. Unten im Tal waren jedoch noch die Pferde, die nun auch für mehrere Tage verlassen waren. Kein Mensch weit und breit. Für sie als Pumaweibchen war ein

Pferd als Beute freilich zu groß. Einfach zu viel Masse. Aber mit dem starken Clyde *hätte es doch in Gemeinschaftsarbeit gelingen können, ein Pferd zu reißen.*

Aber Clyde *hatte abgelehnt. Er jagte nicht mit Frauen zusammen. Nur in der einen Woche, in der er Vater werden wollte, da waren ihm die Weibchen recht. Dann schnurrte er und strich ihnen um die Barthaare herum wie sonst nie. Ach,* Clyde *war ein Chauvi, sonst nichts.*

Eben stieg ihr ein scharfer Geruch in die Nase. Sie drehte sich um. Ach, dort drüben war er ja. Clyde. *In seinem Revier. Hatte er sie bemerkt? Konnte es sein, dass er unter Umständen extra wegen ihr ...? Vergiss´ es* Bonnie, *schalt sie sich. Und überhaupt: Ist er mittlerweile nicht ein bisschen zu alt? Sie peitschte einmal mit dem Schwanz durch die Luft, als würde sie lästige Fliegen verjagen.*

Sie begann sich ausgiebig das hellbraune Fell zu lecken. Innerlich verspürte sie eine Art Genugtuung. Wenn er wüsste, dachte sie, dass ich vor vier Wochen einen Gabelbock, der auf sein Revier geflüchtet war, von dort aus die Felswand hinuntergestürzt habe, dann würde er jetzt nicht so gelassen über die Steine balancieren.

Der Gabelbock hatte sich wahrscheinlich auf der anderen Seite des Passes verlaufen. Dort hatte sie ihm den Rückweg abgeschnitten, sodass er über den Pass auf diese Seite fliehen musste. Leider war er dann falsch abgebogen. Nach rechts statt nach links. Auf Clydes *Revier. Aber der war nicht da, also was soll´s. Der Gabelbock stürzte hinunter, und sie hatte eine feine Beute. Nachteil: Sie musste sich ihr Futter über diesen steilen Menschenklettersteig besorgen.*

Sie sah, dass drüben auf dem Plateau ein Mensch auf ein Pferd stieg und ins Tal ritt. Und richtig, nach einiger Zeit kam er tief unter ihr im Talkessel an. Er nahm den Sitz vom Pferd und ging dann zu Fuß um den Talkessel herum.

Er trug einen dieser Feuerstöcke in der Hand, die sie abso-lut nicht mochte. Zu laut. Dort, wo noch die Knochen des Gabelbocks lagen, blieb er kurz stehen. Er wird doch nicht hier heraufsteigen wollen? Doch, genau das schien er vor-zuhaben. Er kletterte auf allen Vieren den Klettersteig hoch. Ob sie verschwinden sollte? Sich verstecken? Aber nach ungefähr zehn Metern Höhe hielt er an. Er schaute zu jenem Plateau zurück, von wo sonst das Klopfen und Sägen herkam. Aha, dort glitzerte etwas im Sonnenlicht. Es musste sich um etwas handeln, das dem Menschen wichtiger war als die Aussicht von hier oben. Der Mensch kehrte um, legte den Menschensitz auf sein Pferd und ritt zurück.

Bonnie aalte, streckte und rekelte sich in der Sonne. Wie es schien, war der lange Winter nun vorbei. War das Leben nicht einfach herrlich?

Kapitel 1

Lennox schnaubte, als Vince das Stalltor öffnete. Wie von Hand ausgesät wucherte graues Licht ins Innere des Stalles. Drinnen war es deutlich wärmer als draußen. Die Luft roch vertraut nach Pferd, Mist und frischgesägtem Holz. Vince liebte diesen Geruch, ohne dass er genau wusste, wieso. Vielleicht, weil er damit Kindheit und Heimat verband. Dieser Duft hatte viel mit Ehrlichkeit und Sicherheit zu tun, mit einer fernen Erinnerung.

In der linken, hinteren Ecke des Stalls befanden sich zwei Pferdeboxen. In der vorderen war Lennox untergebracht. Die hintere stand leer. Vince besaß nur das eine Pferd. Als er näher kam, polterte Lennox leicht mit den Vorderhufen an die Boxentür und prustete einmal tief aus der Lunge. Vince zog den rechten Handschuh aus und streckte Lennox die flache Hand entgegen. Lennox blies seine Wärme hinein und leckte mit seiner rauen Zunge darüber. Mit dem linken Arm umfasste Vince den Kopf des Tieres, kraulte es zwischen Ohren und Mähnenansatz, murmelte leise Worte. Ein Gefühl von Frieden erfasste ihn.

Er führte Lennox aus der Box in die Mitte des Stalls, wo er ihn in Ermangelung eines Striegels mit einer kurzhaarigen Bürste von Staub und Sägespänen säuberte. Er beobachtete dabei Lennox´ Muskelspiel und lauschte dem genüsslichen Grollen, das von ganz unten aus seinem Brustkorb drang. Voller Stolz warf er ihm eine Wolldecke über den Rist und sattelte auf, legte das Zaumzeug an. In das Futteral an der rechten Seite schob er Vaters altes Winchester-Repetiergewehr. Er hängte einen Sack mit Hafer an den Sattelknopf und führte Lennox am Zügel aus dem Stall.

Es war eine kalte Nacht gewesen, was für Wyoming im März keine Besonderheit darstellte. Es konnten noch viele eisige Nächte folgen, bis sich der Sommer durchgesetzt haben würde. Vince wusste das. Er war mit den speziellen Wetterbedingungen Wyomings, insbesondere denen des Windes, aufgewachsen. Raureif lag auf der Wiese vor dem Stall und bedeckte die Bäume auf der anderen Seite des Tales. Unten, wo der Bach verlief, stieg weißer Dampf aus der Niederung, als würde das Wasser brennen. Es war halb sieben am Morgen. Eine dünne Eisschicht bedeckte das Wasser in dem verzinkten Stahltrog, der im rechten Winkel neben dem Stalltor stand. Lennox strebte darauf zu, aber Vince hielt ihn zurück. Das Wasser war zu kalt. Er wollte keine Kolik für das Pferd riskieren. Lennox´ Ohren bewegten sich unwillig. Vince schimpfte ihn gutmütig einen Dummkopf. Über der weiten Grasebene im Osten verdeckte ein zäher Schleier aus aluminiumfarbenem Dunst die aufgehende Sonne. Vince sog prüfend die kalte Luft ein. Es würde ein schöner Tag werden.

Er setzte den linken Fuß in den Steigbügel und zog sich in den Sattel. In der doppelten langen Unterwäsche und der Lederhose, zwei Pullovern und der mit Schafwolle gefütterten Cordjacke fühlte er sich ziemlich steif. Er schlug den Kragen hoch ins Genick und zog den Stetson bis auf die Ohren. Wenn sich die Sonne Bahn brechen konnte, würde es wärmer werden. Mit einem auffordernden Klaps auf den Halsansatz setzte sich Lennox in Bewegung. Dafür, dass Lennox erst seit ein paar Tagen ihm gehörte, verstanden sie sich schon recht gut. Vince setzte sich im Sattel zurecht und lenkte das Pferd in gemächlicher Gangart über die Wiese hinunter zum Fluss. Dort bogen sie ab und folgten dem Bach auf der diesseits unbewaldeten Seite hinauf ins Tal.

Das Gras lag vom letzten Schnee zusammengedrückt auf der Erde. Direkt beim ehemaligen Wohngebäude waren keine Schafe auf die Weide getrieben worden. Weiter östlich, wo die Berge sanft in die weite Prärie übergingen, sah es allerdings anders aus. Dort hatten Schafe das Gras bis auf die Narbe abgefressen. Grundsätzlich machte er sich nichts aus Schafen, sofern sie dort blieben, wo sie hingehörten. Aber von den Weiden in der östlichen Ebene gehörten noch zwei Quadratmeilen ihm. Das war nicht viel für eine Ranch, und früher, als sein Vater in den Fünfzigern die Ranch aufgebaut hatte, war es bis zu seinem Tod auch mehr gewesen. Vater hatte immer Rinder besessen. Nun waren es, wie gesagt, nur noch zwei Quadratmeilen offenen, gewellten Weidelandes, die er behalten hatte. Nicht dass er die Weide gebraucht hätte. Er war jahrelang nicht zu Hause gewesen. Aber Eigentum ist Eigentum, und niemand hatte ihn darum gebeten, auf seinem Land Schafe weiden zu dürfen, auch wenn er es nicht nutzte. Schon aus Prinzip nicht. Viele Gedanken darum machte sich Vince jedoch nicht mehr. Er hatte beschlossen, den Weidebesitz jetzt einem Makler zum Verkauf zu übergeben und hoffte, dass der Handel noch vor Ende des Jahres abgeschlossen sein würde. Er selber hatte zwar fünf Jahre Zeit zum Sparen gehabt, aber für unerwartete Ausgaben war es gut, eine weitere Rücklage zu haben.

Vince war ein Pferdemensch. Noch zu Vaters und Mutters Lebzeiten hatte er eine eigene kleine Pferdeherde am Ende des Tales gehalten, das zur Ranch gehörte. Das Tal, durch das der *Crystal Creek* floss und durch das er nun bergwärts Richtung Quelle ritt. Es war nur ein kleines Seitental in den südlichen *Bighorn Mountains*. Bis *Buffalo*, der Hauptstadt des *Johnson County*, war es nicht sehr weit. Der *Crystal Creek* mündete in einen der Quellflüsse des mächtigen *Pow-*

der River. Vom Wohnhaus bis zum Talende war es nicht einmal eine gemütliche halbe Reitstunde, also nichts, um damit anzugeben zu können. Aber es war sein wichtigster Besitz und, so hoffte er, die Grundlage für seine Zukunft.

Bevor die nächste Flussbiegung die Sicht auf den Stall verhinderte, blickte Vince nochmal über die Schulter zurück. Das ehemalige Haus und der Stall lagen auf dem kleinen Plateau eines Hügels, der sich mit einer Nase ins Tal schob und dem Bach gerade noch einen Durchfluss gewährte. Hinter dem Plateau begann dichter Mischwald und das Gelände stieg steil an. Neben dem Stall sah er die Skelette der ausgebrannten Maschinen, mit denen sie früher das Winterfutter für Vaters Rinder gemäht und zu riesigen Ballen gepresst hatten, und die verkohlten Balken in den Himmel ragen, die einmal Eckpfeiler des Wohnhauses seiner Familie waren. Dazwischen den rußgeschwärzten, aus Feldsteinen errichteten Kamin. Gleich daneben hatte er den geräumigen Wohnwagen abgestellt, in dem er zurzeit hauste, und wiederum daneben seinen alten, rostroten 72er Ford Pick-up.

Der *Crystal Creek* mäanderte durch den Talesgrund. Er kam zu der Stelle am Bach, wo das Wasser eine natürliche Wanne ausgewaschen hatte und wo sie als Kinder mittels Steinen und Grassoden eine Staumauer errichtet und dahinter im aufgestauten Wasser Schwimmen gelernt hatten. Seine Schwester Linda und er, und ihr beider Freund Jason, jüngster Sohn der Kendalls, die die große Schafsfarm im Osten besaßen und schon immer Schafszüchter gewesen waren. Hier betrug die Breite von Ufer zu Ufer etwa vier Meter, während es sonst etwa zwei Meter waren. Erlen säumten diesseits des Flusses das Ufer. Es war gleichzeitig auch der Ort, an welchem der Wald vom jenseitigen Ufer über den Bach sprang und sich nun wie eine Sperre quer durch das Tal zog, das hintere Tal vom vorderen trennte. Vince suchte mit den Augen und fand auch gleich den Eingang des Pfades durch den Wald entlang des Wassers, den er früher immer geritten war. Er ließ Lennox sein eigenes Tempo gehen. Er hatte angenommen, dass der Pfad vollkommen zugewuchert sein würde nach all den Jahren, die er ihn nicht mehr benutzt hatte, aber offensichtlich war das nicht der Fall. Im Gegenteil sah er gut aus, grad so wie in seiner Erinnerung. Kaum dass ein Zweig in den lichten Raum ragte oder Gras sich über den Boden ausgebreitet hatte. Er stieg ab und zog Lennox am Zügel hinter sich her. Er bemerkte Hufeisenabdrücke am Boden. Tal einwärts und dann auch Tal auswärts. Vince bückte sich. Wie alt könnten die sein? Er hatte in den wenigen Tagen, seit denen er wieder hier war, niemanden vorbeikommen oder -gehen sehen. Weder morgens oder abends vom Wohnwagen aus, noch während der Stunden, in denen er mit Säge, Beil, Hammer und Nägeln am Stall gearbeitet hatte. Und normalerweise kam keiner unbemerkt ins oder aus dem Tal. Es gab keinen anderen Weg als den, der unterhalb des Ranchhauses am Bach vorbeiführte, es sei denn, jemand kannte den Klettersteig zwischen den Felsen am Talende, und der war für Pferde ungangbar. Es war sogar zu Fuß gefährlich, dort hinauf- oder hinunterzusteigen, wenn man nicht gerade Puma oder Wolf war.

Vince ging weiter, die Augen auf den Boden gerichtet. Eine Fußspur, noch relativ frisch, höchstens ein paar Tage alt. Er stellte seinen Fuß daneben und verglich. Es muss ein Kind gewesen sein der Größe nach. Aber was sollte ein Kind allein in dieser Gegend?

Vince war wieder aufgesessen und bis ans Ende des Waldes geritten. Dort angekommen breitete sich vor ihm der wahre Schatz des Tales aus. Ein Kessel, an drei Seiten umrahmt von steilen Felswänden. Der Boden bedeckt von dichtwachsendem Gras, das jetzt im April noch die Spuren des Winters trug. Im Sommer würde es zu einer satten, fast blaugrünen Wiese heranwachsen. Der Bach sprang über niedere Felsenwehre in der Mitte des Kessels, sammelte Rinnsale von allen Seiten des Tales auf und glitzerte in der Sonne, die nun in seinem Rücken hinter dem Wald aufgestiegen war. Hier hatte sein Vater dem Bach den Namen gegeben: *Crystal Creek*, obwohl ihm bekannt war, dass im fernen Australien ein Flüsschen gleichen Namens existierte.

Struppige Nadelgehölzgruppen, mit wildem Wacholder durchsetzt, lagen wie nachlässig hingeworfen über den grünen Grund verteilt und bildeten kleine Inseln. Dort, wo der Bach aus den Felsen sprudelte, begann dieser einzige weitere Pfad, über den man aus oder ins Tal gelangen konnte. Vince folgte ihm mit den Augen und ließ den Blick darüber hinaus zu den Bergspitzen wandern, zwischen denen der einzige Pass lag, über den man ins Nachbartal gelangte. Aber wer nahm diese Kraxelei schon auf sich, wenn man es per Auto unter Umfahrung der Berge viel bequemer haben konnte?

Dort oben gab es nichts, was ein Mensch begehren könnte, wenn er nicht gerade nach Mineralien und Kristallen suchte oder nach einem Nest der Adler, die es früher hier gab.

Vince lenkte Lennox nach rechts an den Fuß der dortigen Felswand. Dorthin schien die Sonne abends am längsten. Er brauchte nicht zu suchen, denn er wusste, wo der einfache Unterstand aus Holz stand, den er eigenhändig gebaut hatte, als er zweiundzwanzig war. Er stieg vor dem Unterstand vom Pferd. Lennox senkte sofort seinen Kopf und tauchte sein Maul in das zaghaft sprießende Grün. Vince stapfte um den Holzbau herum, rüttelte hier und da mit den Händen an den Brettern, trat mit den Stiefeln gegen die Pfosten. Das Holz war grau geworden, aber nicht verrottet. Die Nägel waren rostig. Einige Bretter hingen lose. Es würde nicht viel Aufwand kosten, hier wieder alles herzurichten. Er würde lediglich ein paar neue Nägel brauchen und vielleicht ein paar Bretter zusätzlich für das Dach.

Es war ein Unterstand für die Pferde, die er hier im Kessel gezüchtet und stehen gehabt hatte, und für ihn selbst, wenn er das Ende eines Unwetters hatte abwarten müssen, bevor er durch den Wald den Bach entlang nach Hause reiten konnte. Gelegentlich hatte er gemeinsam mit den Pferden hier die Nacht verbracht, in einem Schlafsack. Dann, wenn die Tiere die Nähe eines Pumas gewittert hatten und unruhig waren oder wenn eine Stute kurz vor der Geburt eines Fohlens stand. Sonst hatten die Pferde des Nachts von allein den Unterstand aufgesucht und hatten darin die Nächte verbracht und Schutz gefunden. Zwölf eigene Pferde hatte er zum Schluss besessen, zehn Stuten, einen Hengst und einen Wallach. Allerbeste Tiere.

Hinter dem Unterstand verlief der künstliche Wasserlauf, den sein Vater früher gegraben und ausgebaut hatte, von der Quelle kommend mit sanftem Gefälle durch den Wald, entlang des Hanges bis hinter das Ranchhaus, wo er in einer Zisterne endete. Von der Zisterne aus war das Haus mit frischem Wasser versorgt worden. Diesen Wasserlauf plante er auch in Zukunft zu benutzen. Besseres Wasser würde es in weitem Umkreis nicht geben. Es würde eine seiner Aufgaben sein, den Graben abzugehen, zu reinigen und, falls erforderlich, instand zu setzen.

Vince war es nicht entgangen, dass es auch um und in dem Unterstand Hufspuren frischeren Datums gab, höchstens zwei Wochen alt. Auch Fußspuren von kleinen Schuhen. Er drehte mit der Stiefelspitze einen Stein um, der in einer Ecke des Unterstandes lag. Darunter lagen etwa zwanzig Zigarettenkippen. Ein Kind, das rauchte? Er besah sich die Stummel. Alle von der gleichen Marke: Camel Filter. Wut wollte in ihm aufsteigen wegen des Drecks und wegen der Rücksichtslosigkeit, aber dann besann er sich und hielt dem Raucher oder der Raucherin zugute, dass die Kippen nicht überall herumlagen sondern bewusst unter dem Stein gesammelt worden waren. Jemand musste regelmäßig hierherkommen, denn zwanzig Zigaretten rauchte niemand auf einmal. Er besah sich den Boden genauer. Er selber hatte des Öfteren im Schutz des Unterstands übernachtet, und genau so schaute die Fläche neben der Holzwand aus: Als ob jemand hier gelegen wäre oder campiert hätte.

Er schaute von dem Unterstand über den Talkessel. Linkerhand stand der Wald als natürliche Grenze, die kein Pferd freiwillig und ohne Not übertreten würde. Pferde sind Fluchttiere und brauchen freien Raum und Platz im Falle von Gefahr. Ein Wald wäre für eine Flucht denkbar ungeeignet. An drei Seiten ragten Felswände in die Höhe, maximal vierzig Meter, und für einen tödlichen Sturz hoch genug. Die Entfernung von einer Seite des Kessels auf die andere betrug vielleicht etwas mehr als einen Kilometer an der breitesten Stelle. Zwar konnte sich ein Gewitter in diesem Loch in beängstigender Gewalt einnisten und austoben. Die Felswände verstärkten die Effekte von Blitz und Donner um ein Vielfaches. Aber das Tal lag windgeschützt und war vor Stürmen wie den gefürchteten Blizzards sicher, was in Wyoming eine nennenswerte und wertvolle Besonderheit war. Die sprichwörtlich berühmtberüchtigten Westwinde von Wyoming fanden in diesem Tal keine Angriffspunkte, was allerdings den Nachteil mitbrachte, dass sich im Winter der Schnee auftürmte. Draußen auf der Ebene war das ganz anders. Dort wehten die Winde mit stetiger Kraft, unablässig, und bliesen nicht nur den Schnee von den ungeschützten Ebenen, sondern trockneten auch das Land aus. Schafsfarmer brauchten deswegen riesige Weideflächen für die Schafe, denn deren Methode, das Gras bis auf die Wurzeln abzufressen, ging mit den starken Winden ein verhängnisvolles, kontraproduktives System ein. Wo die Schafe geweidet hatten, dauerte es Jahre, bis Gras wieder nachwachsen konnte, wenn dann überhaupt noch genug Erdkrume vorhanden war und der Wind sie nicht davongetragen hatte. Das war mit ein Grund, weshalb Schafsfarmer seit Generationen gesellschaftlich nicht die angesehensten Leute waren.

Vince war stolz auf diesen Flecken Erde, und er liebte ihn. Er würde genau hier wieder eine Pferdezucht aufbauen. Der Standpunkt war ideal. Er hatte Wasser und Futter direkt vor Ort und einen Platz, der artgerechter im Allgemeinen und pferdewürdiger im Besonderen nicht sein konnte. Er ging zu Lennox, befreite ihn von Zaum und Sattel, und schickte ihn mit einem liebevollen Schubs auf die Weide. Hafer konnte er fressen, wenn er hier nichts Besseres finden sollte, was aber kaum anzunehmen war. Dann machte sich Vince, das Winchester-Gewehr über der einen, eine Satteltasche mit Sandwich und Trinkwasser über der anderen Schulter, auf den Weg, den Kessel zu Fuß zu umrunden.

Zuerst wanderte er dem Waldrand entlang hinunter zum Bach, den er über zwei im Wasser liegende Felsblöcke überquerte, die er früher einmal zu diesem Zweck hinein gewuchtet hatte. Auf der anderen Seite stieg das Gelände wieder bis zur Felswand an. Im Geröll, das zu Füßen der Felswand lag, achtete er besonders darauf, wohin er trat. Würde er sich hier ein Bein brechen, würde ihn keine Menschenseele finden. An vereinzelten Stellen, in der Regel in der Nähe der wuchernden Wacholder- und Nadelholzgestrüppe oder in schattigen Geländemulden, lagen noch Reste von Schnee. Etwa auf halbem Weg zwischen Waldrand und Flussquelle stieß er auf Skelettteile eines Tieres. Anhand des Schädels identifizierte er sie als die Überreste eines Gabelbockes. Gelegentlich verirrte sich eines dieser Tiere in das Tal. Vince beobachtete den oberen Rand der Felswand. Er vermutete, dass das vor ihm liegende Exemplar von dort oben abgestürzt war. Vielleicht auf der Flucht vor einem Puma, oder sogar wahrscheinlich. Gabelböcke galten vor hundert Jahren noch als ausgestorben. Nein, ausgerottet. Exzessives Jagen war die Schuld gewesen. Man hatte damals auf alles geballert, was sich bewegte. Seit Gabelböcke unter Naturschutz gestellt wurden, wuchs die Population langsam aber stetig wieder an. Jedoch hielten sich Pumas verständlicherweise nicht an Naturschutzbestimmungen. Vince setzte seine Runde fort. Wie zum Beweis entdeckte er gerade dort, wo der Einstieg zum steilen Kletterpfad neben der Flussquelle begann, die Losung eines Pumas. Vince nahm einen Grashalm und stocherte daran herum. Sie war hart und somit schon ziemlich alt. Hier war der Puma also jeweils heruntergekommen, um zum Fressen zu seiner Beute zu gelangen, oder, zu einem späteren Zeitpunkt, mit Teilen des Kadavers wieder hinauf. Ein ganzer Gabelbock war für das Raubtier zu schwer, um ihn am Stück die Felswand hinauf zu transportieren.

In der etwas weicheren Erde neben der Quelle entdeckte er auch wieder Schuhabdrücke in der gleichen Größe wie beim Unterstand und auf dem Waldweg. Er stellte das Gewehr an einen der Felsen, um beide Hände zum Klettern frei zu haben. Er stieg von der Quelle aus etwa zehn Höhenmeter den Pfad hinauf. Von dort aus, das wusste er, würde er einen Überblick über das gesamte Tal haben. Sein Blick schweifte über die Gipfel des tiefer gelegenen Waldes bis zum Plateau, auf dem Lennox´ Stall und sein Wohnwagen standen.

Ein plötzlicher Lichtreflex erregte seine Aufmerksamkeit. Dort bewegte sich etwas oder jemand. Außer dem Makler, der von Vince´ Verkaufsabsichten der Weide wusste, seinem Anwalt Roy Rogers und seinem Partner Sancho wusste niemand, dass er wieder zurück war. Noch niemand.

Vince erkannte Sanchos Truck, als er aus dem Wald geritten kam. Die Ladefläche des Lastwagens war hoch mit Bauholz für das neue Ranchhaus beladen. Sancho hatte also die erste Fuhre gebracht. Es würden noch weitere folgen.

Sanchos Truck war einst Vaters Truck gewesen. Der Truck war schon betagt gewesen, als Vince 1979 geboren wurde. Der kleine Mexikaner hatte den Lastwagen in mühevoller und schmieriger, tagelanger Arbeit wieder flott gekriegt, nachdem er ihn so vorgefunden hatte, wie Vince ihn vor fünf Jahren neben der Brandruine abgestellt hatte. Nebenbei entdeckte Sancho bei der Gelegenheit das Gewehr von Vince´ Vater hinter der Sitzbank, das dort ebenfalls die langen Jahre gelegen haben musste.

Sancho hatte nicht nur den Motor auseinandergenommen und wieder zusammengebaut, sondern auch die festgefressenen Räder abgeschraubt, die Bremsscheiben entrostet, die Naben und Achsen geschmiert und die Batterie ausgetauscht. Was man Sancho auf den ersten Blick nicht ansah: Er verfügte über ungeheuerliche Kräfte und handwerkliches Geschick. Er besaß die Gabe, schwerste Lasten zu bewegen, indem er sein untrügliches Gespür für Gleichgewicht und Balance einsetzte, das jedem Gegenstand, ob schwer oder leicht, zu eigen ist. Zudem wusste er, wie man Masse nutzbringend in Schwingung versetzen konnte. Natürlich war der Motorblock selbst für Sancho zu schwer gewesen, weshalb er aus drei stabilen Holzstangen und Seilscheiben einen einfachen Flaschenzug konstruierte, der für seine Zwecke völlig ausreichte.

Sancho hatte es sich im Führerhaus des Trucks bequem gemacht, obwohl er einen Schlüssel für den Wohnwagen in der Hosentasche mit sich trug. Als er Vince heranreiten hörte, richtete er sich auf und kletterte auf der Fahrerseite herunter. Er trug einen verwaschenen blauen Jeansanzug und eine rote Kappe mit der Aufschrift *Wyoming*. Er war zweiundfünfzig Jahre alt, nur etwa ein Meter sechzig groß und von korpulenter Statur. Seine rechte Gesichtshälfte war von Pockennarben entstellt. Unter der Mütze lugten graue, drahtige Haare hervor. Strahlend kam er Vince entgegen und zeigte zwei Reihen tadelloser Zähne.

„Hallo Sancho. Na, tut´s der alte Truck noch?“

„Einwandfrei, er läuft wie ein Uhrwerk. Du warst fleißig, Amigo, wie ich gesehen habe. Hast gute Arbeit am Stall gemacht.“ Er klopfe Vince auf den Oberarm.

„Ja, für´s Erste reicht´s. Kann später noch größer werden, wenn hier alles in Ordnung ist.“

„Mhm, das sehen wir dann. Nächstes Jahr oder so. Wir haben keine Eile.“ Sancho deutete mit dem Daumen über die Schulter. „Die erste Fuhre“, sagte er. „Wohin damit?“

Vince schlenderte langsam zum Truck und betrachtete prüfend das Holz. „Sieht gut aus, was?“

„Man hat mir versprochen, dass es lang genug gelagert war, damit es sich nicht verzieht. Sieht gut aus, Vince.“

„Ich fahr´ den Pick-up zur Seite, dann legen wir es dort ab. Hast du eine Abdeckplane dabei?“

„Yes, Sir.“

„Scheiß´ auf den Sir. Wir sind Partner.“

„Yes, Sir.“

Vince führte Lennox in den Stall und sattelte ab. Es war Sancho gewesen, der Lennox für ihn ausgesucht und dann mit einem Anhänger auf die Ranch gebracht hatte. Und es war Sancho gewesen, der den Ford Pick-up Jahrgang 1972 für ihn gekauft hatte.

Sancho rangierte unterdessen den Truck so, dass sie das Bauholz nach hinten über die Ladefläche ziehen konnten. Nach eineinhalb Stunden schweißtreibender Arbeit zogen sie die Abdeckplane über den Stapel.

„Wie geht es Martha?“

„Sie freut sich auf den Sommer, Amigo. Wenn das Haus fertig ist und sie ihre Küche einrichten kann.“

„Ich freu´ mich auch auf sie. Sie ist die beste Köchin der Welt.“

„Du hast ja erst einmal bei ihr gegessen. Aber ich werd´ ihr das trotzdem sagen. Sie redet von dir fast wie von einem Sohn. Hast ordentlich Eindruck auf sie gemacht.“

„Vom Alter her könnt´ ich ja ihr Sohn sein.“

Sancho wechselte das Thema. Seiner Frau und ihm war der Kinderwunsch nie erfüllt worden. Auch Versuche, ein Kind zu adoptieren, waren alle gescheitert. Letztlich hatten immer andere, die nicht mexikanischer Herkunft waren, den Vorzug erhalten. Für Martha und ihn schmerzliche Erfahrungen.

„Warst du schon bei Linda?“

Vince schüttelte stumm den Kopf. „Morgen“, sagte er nur knapp.

„Okay, Amigo. Ich fahr´ mal wieder. Dann bring´ ich übermorgen die nächste Ladung.“

„Warte. Wir beladen den Truck mit dem Schrott von Vaters alten verbrannten Maschinen. Bring´ das Zeug bitte zum Schrotthändler, dann haben wir es los.“

„Fangen wir an, viel Geld werden wir dafür jedoch nicht kriegen. Meinst du nicht, dass wir noch diese Woche mit dem Bau beginnen sollten? In ein paar Tagen wären wir fertig.“

„Du meinst wohl Wochen anstatt Tagen. Bring´ übermorgen die nächste Fuhre und den Wetterbericht. Wenn für die nächsten zwei Wochen kein Regen und kein Schnee gemeldet werden, fangen wir an.“

„Okay, Amigo. Man sieht sich.“

„Yep.“

*

Die geschlossene psychiatrische Anstalt lag am Rande der Stadt *Casper* am *North Platte River* auf einem Hügel. Sie bestand aus drei Gebäuden, die auf einem von einer hohen Mauer umschlossenen parkähnlichen Gelände standen. Es war eine private Einrichtung. Die Kosten für einen stationären Aufenthalt waren horrend. Nicht zuletzt deswegen waren Vaters Rinderweiden, bis auf die zwei übrigen Quadratmeilen, nach seinem Tod vor Jahren zu Geld gemacht worden. Der Erlös sollte Lindas Aufenthalt in der Anstalt für die Dauer von mindestens acht Jahren finanziell gewährleisten. Nachdem Vince allerdings drei Jahre früher als erwartet zurückgekehrt war und er Linda entsprechend früher nach Hause holen konnte, würde auch von Vaters Geld ein Rest übrigbleiben. Vince und Linda würden das Geld brauchen, so oder so und für was auch immer.

Seit fünf Jahren lebte Linda nun schon in einem dieser Häuser, und seit fünf Jahren hatte Vince seine Schwester nicht mehr gesehen. Eine schrecklich lange Zeit für ihn, der er seine Schwester über alles liebte, und eine noch furchtbarere Zeit für sie, deren einziger Halt und einzige Hoffnung er war.

Er musste den Pick-up außerhalb der Klinik abstellen. Es war autofreies Gelände. Er meldete sich am Pförtnerhaus, von wo eine rotweiße Schranke bedient wurde, mit seinem Namen an. Der Pförtner hinter der Glasscheibe beäugte ihn misstrauisch. Nachdem er seinen Führerschein wegen der Identifizierung gezeigt hatte, durfte er die Schranke passieren. Er sollte sich im Hauptgebäude melden. Es führte eine asphaltierte Straße direkt auf den Komplex zu, Sie gesäumt von alten Ahornbäumen, an deren Ästen sich erste zartgrüne Blättchen von der Sonne hervorlocken ließen. Er schätzte die Entfernung auf etwa siebzig Meter. Das Haupthaus hatte drei Stockwerke. Im rechten Winkel dazu stand jeweils ein zweistöckiges Gebäude auf beiden Seiten

Durch den zentral gelegenen Eingang betrat er die Empfangshalle, von der sowohl eine Treppe in die oberen Etagen führte als auch zwei Gänge in die Seitenflügel des Hauses. In der Mitte der Halle befand sich eine pilzähnliche Konstruktion aus Gusseisen, in welcher der Empfangsschalter untergebracht war. Hinter dem Tresen telefonierte eine weißhaarige Frau mit hellblauer Kunststoffbrille und hellblauer Schwesterntracht. Vince wartete in respektvollem Abstand, bis sie das Gespräch beendet hatte. Als sie sich für ihn bereit zeigte, trat er zu ihr hin und nannte seinen Namen und wen er besuchen wollte. Wieder musste er den Führerschein vorweisen und wieder hatte er das Gefühl, kritisch begutachtet zu werden.

„Ist irgendwas mit meinem Ausweis nicht in Ordnung?", fragte er die Dame.

„Oh nein", erwiderte die, „es ist nur …es ist nur …es war noch nie Besuch für Linda hier. Für Miss Fuller, meine ich. Außer vor vier Jahren, so viel ich weiß. Eine Mrs. Forester. Ich bin nur überrascht. Ich dachte, Sie seien im …ich dachte, Sie wären …noch …"

„Im Gefängnis?", ergänzte Vince den Satz.

„Ja, ääh, nein, also doch, ja", stotterte die Frau verschämt. „Wir …also wir hier …wir waren von acht Jahren ausgegangen, verstehen Sie?"

„Ich verstehe leider nicht und ich finde, fünf Jahre Gefängnis sind genug für etwas, das man nicht getan hat."

„Ja, also, nun", die Frau wirkte nun verwirrt, „warten Sie doch dort drüben, Mr. Fuller. Ich muss Ihnen eine Begleitung rufen. Man darf nicht ohne Begleitung …warten Sie doch dort drüben."

Vince drehte sich um. Dort drüben stand eine Reihe von Holzstühlen. Er bedankte sich freundlich und nahm auf einem der Stühle Platz. Er beobachtete, wie die Frau offensichtlich nach einer Begleitung für ihn telefonierte.

Nach fünf Minuten erschien eine junge Frau in hellblauer Schwesterntracht. Durch ihre straff nach hinten gekämmten Haare und ihre schwarze Brille wirkte sie sehr streng.

„Mr. Fuller? Guten Tag. Schwester Alice. Wenn Sie mir bitte folgen?"

Sie ging ihm durch den Flur des rechten Gebäudeflügels voraus. Sie verließen das Gebäude durch eine Tür an der Schmalseite. Über einen Kiesweg kamen sie im Bogen zu dem zweistöckigen Bau. „Das Frauenhaus", sagte Alice kommentarlos. Sie betraten das Frauenhaus an dessen seitlichem Eingang. Dahinter folgte eine Treppe in den zweiten Stock. Es roch nach Großküche und Mittagessen.

„In diesem Gebäude befindet sich unsere Küche für die Patienten und das Personal", erklärte Alice passenderweise. „Ihre Schwester isst immer auf ihrem Zimmer."

„Was heißt das?"

„Sie kann die Nähe anderer Menschen, wie es im Speise-saal des Hauses unumgänglich ist, nicht ertragen. Sie spricht mit niemandem. Wir sind gleich da."

Sie blieb vor einer Tür stehen. Auf einem Schild neben dem Türrahmen stand der Namen Linda. „Warten Sie", sagte sie in einem Tonfall, der keinen Widerspruch duldete. Sie klopfte energisch und betrat unaufgefordert das Zimmer. Nach einer halben Minute erschien sie wieder und sagte in gleicher Weise: „Kommen Sie."

Vince betrat das Zimmer. Das Herz klopfte ihm bis zum Hals. Das Zimmer war sehr hell. Durch ein breites Fenster, vor dem ein dünner weißer Vorhang hing, strömte gleißen-des Sonnenlicht herein. Dort stand sie. Linda. Mit dem Rücken zur Tür. Ihr langes braunes Haar hing schwer bis zur Taille.

Vince räusperte sich, sagte leise: „Linda."

Ihr Kopf bewegte sich leicht zu Seite. „Linda?" Der Kopf drehte sich weiter, der Oberkörper folgte, dann der ganze

Körper. Sie trug eine Sonnenbrille. Vince ging unendlich langsam auf seine Schwester zu.

Von ihren Lippen kam ein Hauch: „Vince."

Wie zerbrechlich sie wirkte. Wie zartestes Porzellan. Ihr Gesicht war weiß wie der Vorhang. Und wie schön sie war. Schöner als je. Sie hob ihre Hände vor den Bauch. Vince trat zu ihr hin, fasste behutsam ihre Hände. „Linda."

„Vince."

„Ich bin da, Linda."

„Du bist da."

*

Sancho war mit der zweiten Ladung gekommen. Sie hatten das Bauholz neben die erste Fuhre gesetzt.

„Der Wetterbericht sagt mindestens zehn Tage trockenes Wetter voraus, Amigo." Er zeigte Vince zwei Kühltaschen und zwei Plastikcontainer, die er auf der Beifahrerseite seines Trucks gestapelt hatte. „Schönen Gruß von Martha. Sie hat uns für zwei Wochen mit Fressalien eingedeckt. Es kann los gehen, Mann."

„Trockenes Wetter, sagst du?"

„Nur Kälte und Wind. Kein Regen, kein Schnee. Besser kann man es nicht kriegen."

„Klingt gut, Sancho, obwohl wir schon oft noch im Mai Schnee bekommen haben."

„Pass auf, wir machen das so. Wir setzen erst die Außen- und tragenden Innenwände, und dann kommt sofort das Dach obendrauf. Das schaffen wir locker. Den Innenausbau können wir erledigen, wenn es mal regnen oder schneien sollte. Madre mia, behüte uns vor Schnee. Es ist Frühling. Oder willst du ewig in deinem engen Wohnwagen campieren?"

„Wenn ich dran denke, dass ich zusammen mit dir im Wohnwagen hausen muss, dann ist mir die Aussicht auf ein großes Haus lieber."

„Worauf warten wir dann noch?" Sancho war zu Vince getreten und streckte ihm grinsend die Hand entgegen. „Danke, Partner, dass du mich und Martha bei dir aufnimmst."

„Ich nehme euch nicht auf, sondern ihr bringt euch ein. Das ist ein Unterschied."

„Dann also auf den Unterschied, Vince."

Sie begannen damit, die verkohlten Balken des ehemaligen Ranchhauses bis auf die steinernen Fundamente zu entfernen und den Bauplatz von den Spuren des Feuers zu säubern. Soweit die vorhandenen Fundamente zu den neuen Bauplänen passten, würden sie sie in den Neubau übernehmen und, wo es notwendig war, entsprechend mit Felsblöcken aus der näheren Umgebung erweitern. Vince hätte zu gerne den stehengebliebenen Kamin in das neue Haus integriert, aber er passte in keiner Weise zum Grundriss und der geplanten Raumaufteilung. Sancho war ohnehin der Ansicht, dass der Kamin unter dem Brand gelitten hatte und früher oder später einstürzen würde, und dieser Gefahr wollte er seine Martha, wenn sie denn endlich im Haus schalten und walten würde, nicht aussetzen. Also trugen sie den alten Kamin ab, legten die Steine aber zu ihrer späteren Wiederverwendung auf die Seite.

Sancho hatte recht behalten. Es blieb zwar kalt und windig, aber auch trocken. Nach drei Tagen intensivster Knochenarbeit waren sie soweit, dass sie die ersten Balken auf das neu errichtete Fundament legen konnten. Zwischendurch hatte Sancho weiteres Baumaterial mit dem Truck herbeigeschafft. Im Grundriss behielt es die gleiche rechteckige Form wie das abgebrannte Elternhaus, wurde jedoch je ein paar Meter breiter und auch länger. Zudem war an der rechten

Hausseite ein Winkelanbau für zwei zusätzliche kleine Räume vorgesehen. Verfügte das Elternhaus vor dem Brand nur über eine Etage, war der Neubau für eineinhalb Stockwerke ausgerichtet. Eine weitere Besonderheit war, dass sowohl Wände und Dach isoliert werden würden, worauf man früher zu Bauzeiten des Elternhauses noch keinen großen Wert gelegt hatte, beziehungsweise war der Gedanke an energiesparendes Bauen noch gänzlich unüblich. Die Außenwände des Hauses wurden praktisch doppelt hochgezogen. Zwischen der äußeren und der inneren Wand entstand ein Hohlraum, der mit feuerfestem Dämmstoff ausgefüllt wurde. Das Dach würde komplett mit fünfzehn Zentimeter dicken Isolationsplatten ausgestattet werden.

Sancho hatte einen kleinen Bagger gemietet und mit seinem Truck herbeigekarrt. Mit ihm legten sie die vorgearbeiteten, nummerierten und präparierten Balken, einen über den anderen, in den Ecken verschränkt, ganz nach Bauplan im Baukastenprinzip, und innerhalb von sechs langen Tagen wuchsen die Außenwände und tragenden Innenwände inklusive der Treppe in den ersten Stock nach oben. Die acht Zentimeter dicken, auf Maß geschnittenen Holzplatten für Fußböden und Decken folgten. Tür- und Fensteraussparungen waren bereits berücksichtigt, sodass sie am Ende der zweiten Woche den Dachfirst platzieren und Vorbereitungen für die Dachsparren treffen konnten.

Am Ende der vierten Woche war das Dach eingedeckt. Sancho war mit dem Truck losgefahren, um das Material für die sanitären Einrichtungen zu holen. Der Neubau war architektonisch so konzipiert, dass die Wasserzufuhr, die Entnahmestellen wie Bäder und Küche, und die Wasserableitung über eine zentrale Ver- und Entsorgungssäule im Haus verliefen. Zudem sollten die Abwässer in einer dreistufigen, rein biologisch arbeitenden Anlage geklärt und danach dem *Crystal Creek* zugeleitet werden. Die erforderlichen Gruben für die Teiche würde Sancho mit dem Bagger etwa zwanzig Meter vom Haus entfernt terrassenartig am Hang anlegen. Anschließend würde mit einem System aus unterschiedlich körnigem Kies und Sand und speziellen Pflanzen ein effektiver Filter geschaffen. Für die Elektrizität in Haus und Stall sorgten im Endausbau mehrere Quadratmeter Solarzellen auf dem Dach und ein achtzehn Meter hohes Windrad. An Wind mangelte es so gut wie nie in Wyoming.

Vince arbeitete gerade an der Verkleidung der Innentürrahmen, als er schwachen Hufschlag vernahm. Rasch legte er Hammer und Keile zur Seite und trat vor das Haus. Die Aussicht war einfach grandios von hier oben. Er sah den Reiter sofort. Eine schmächtige Person mit hellem Cowboyhut, brauner Jacke und Blue-Jeans auf einem gescheckten Pferd, die sich in gemächlichem Tempo den Bach entlang Richtung Wald bewegte. Sollte dieses schmale Hemd auf dem Schecken das Zigaretten rauchende Kind sein? Und wenn ja, was suchte es dann dort hinten im Talkessel? Nächste Frage: Hatte es oder er den Neubau auf dem Hügel hoch über sich am Eingang des Tales nicht bemerkt? Und wenn doch, warum kam es oder er nicht auf einen Schwatz vorbei? Vince bedauerte, dass er kein Fernglas zur Verfügung hatte. Er verfolgte den Reiter mit Blicken solange, bis er zwischen den Bäumen am Bach verschwunden war. Heute war nicht der Tag, sich um den berittenen Besucher zu kümmern, aber er würde aufpassen, wann der geheimnisvolle Reiter wieder aus dem Tal reiten würde.

Bis zum Abend hatte Vince alle Türzargen im Haus montiert, und obwohl er ständig nach Hufgetrappel lauschte, war kein Reiter mehr im Tal vorbeigekommen. Möglich, dass er es aufgrund seiner eigenen Arbeitsgeräusche nicht hörte, doch er empfand es als seltsam genug, um sich Gedanken darüber zu machen.

Sancho kam kurz vor der Dämmerung mit einem Lastwagen voller Installationsmaterial wie Heizkörper, Edelstahlrohre, Flanschen, Muffen, Rohrbögen, Abwasserrohre, Siphons, Befestigungsmaterial, WC-Schüsseln, Waschbecken, Duschwannen und Wasserhähne für den Innenausbau, sowie Dachrinnen und Regenrohre aus Kupfer für den Außenbereich angefahren, das sie alles in das gedeckte Haus schleppten. Den schweren Stromspeicher mussten sie mit dem Bagger von der Ladefläche hieven, ebenso den Warmwasserspeicher. Beides schafften sie in den isolierten kleinen Anbau hinter dem Haus, von dem die zentrale Strom- und Wasserversorgung ausging.

Morgen, sagte Sancho, werden zwei Sanitärinstallateure und zwei Elektriker mit allem Nötigen wie Leerrohre für elektrische Leitungen, Kabel, Steckdosen und Lichtschalter auf der Baustelle erscheinen und mit der Arbeit beginnen. Er hatte die Leute in *Buffalo* engagiert, die seinen Arbeitsauftrag mit Handkuss angenommen hatten. Das örtliche Gewerbe insgesamt krebste schon seit vielen Jahren am Rande der Existenz und sah sich gezwungen, neben branchentypischen Aufträgen auch anderen einträglichen Arbeiten nachzugehen. So beschäftigten die meisten der Betriebe kein festes Personal mehr, weil sie es mangels Arbeit nicht bezahlen konnten, sondern hielten ziemlich losen Kontakt zu ihren Fachleuten, um sie bei Bedarf temporär einzustellen und zu bezahlen. War die Arbeit erledigt, trennte man sich wieder, um sich anderweitig geldbringend zu verdingen. Man nannte diese Form der Beschäftigungsmisere *Working Poor*, denn selbst wenn ein Arbeitnehmer drei verschiedene Arbeitsstellen angenommen hatte und den ganzen lieben langen Tag schuftete, reichte es ihm kaum zum Überleben. Der Vorteil war, dass es dadurch recht viele Multitalente gab, also Leute, die man zu verschiedensten Arbeiten einsetzen konnte.

Des Weiteren hatte Sancho bei einem Schrotthändler einen superschweren gusseisernen Kamineinsatz erstanden, den er auf einen Sockel im künftigen Wohnzimmer stellen und mit den alten Kaminsteinen ummauern wollte.

Sie saßen vor dem Wohnwagen und tranken Bier, das Sancho mitgebracht hatte. Als Abendessen hatte Vince einen Bohneneintopf aufgewärmt, den Martha vorgekocht hatte.

„Einfach köstlich", hatte Vince gesagt. „Es wird uns echt gut gehen, wenn Martha hier sein wird."

„Yes, Sir, das wird es", antwortete Sancho. „Bald werden wir die Küche einbauen können, und dann fehlen uns nur noch ein paar Möbel."

Vince trank sein Bier leer und holte sich eine frische Dose. „Ich möchte, dass Linda mit dabei ist, wenn wir die Möbel aussuchen."

„Sicher", meinte Sancho. „Sie wird sich mit Martha gut verstehen."

„Ich reite morgen früh als erstes ins Tal. Es gibt jemanden, der sich dafür zu interessieren scheint."

„Wie meinst du das?"

Vince erzählte ihm von seinen Beobachtungen der Hufspuren und der Zigarettenkippen. „Heute Morgen ist er wieder vorbeigeritten."

„Okay, dann bin ich der Boss, solange du weg bist, Vince."

„Du bist immer der Boss, Sancho."

*

Vince war abgestiegen und führte Lennox am langen Zügel hinter sich her. Er ging den Spuren nach, die der Reiter gestern hinterlassen hatte. Er fand nur frische Spuren, die ins Tal hinein, aber keine, die wieder hinausführten. Das war merkwürdig.

Als er den Talkessel erreichte, sah er auf Anhieb, dass der Schecke, den er gestern gesehen hatte, unter der Überdachung stand. Er überblickte den Talesgrund, entdeckte jedoch keine Menschenseele. Lennox schnaubte misstrauisch, als sie den Unterstand erreichten. „Ruhig, mein Guter, ruhig", klopfte er dem Hengst auf den Hals. „Das ist doch ein Gast von deiner Sorte." Sicherheitshalber band er Lennox außen an einen der Pfosten.

Er trat zu dem Schecken hin. Es war eine Stute. Das Tier trug noch den Sattel, allerdings mit gelockertem Bauchgurt. Mit geübten Handgriffen befreite er das Pferd von seinem Sattel und wuchtete ihn auf den Querbalken der halboffenen Vorderseite des Holzbaus. Vince fiel auf, dass ein Schlafsack hinter dem Sattel festgezurrt war. Aha, dachte er, da haben wir den Camper. Dann nahm er der Schecke das Zaumzeug ab, drängte sie nach draußen und schickte sie mit einem Klaps zum Fressen auf die Weide. „Guck nicht so neidisch, du hast schon gehabt", sagte er zu Lennox, der der Schecke hinterherschaute.

Noch einmal streifte er mit Blicken die Talsohle ab. Hier war niemand zu sehen. Er nahm das Repetiergewehr aus dem Futteral, hängte sich die Wasserflasche um und machte sich auf den Weg zur Quelle, wo der Kletterpfad begann.

Frische Fußspuren neben der Quelle und ebensolche auf dem steilen Klettersteig sprachen eine eindeutige Botschaft. Hier war jemand nach oben gestiegen und bis heute nicht wieder heruntergekommen. Hatte derjenige mit Absicht dort oben übernachtet, und wenn ja, zu welchem Zweck? Und warum war dann der Sattel nicht vom Pferd genommen?

Vince rief laut Hallo und lauschte angestrengt in die Stille, aber es war nur das ewige Rauschen des Windes zu hören. Er wiederholte seinen Ruf, aber der Erfolg war der gleiche. Er würde nach oben klettern müssen.

Mit dem Gewehr in der Hand entwickelte sich die Kletterei zu einer anstrengenden Angelegenheit, aber wenn er in das Revier eines Pumas eindränge, wollte er nicht gerne unbewaffnet sein. Die Raubkatzen waren in der Regel zwar äußerst scheue Tiere, die dem Menschen eher auswichen, aber bei einem Muttertier mit Jungen gab es keine Garantien.

Er hatte die steilste Stufe von vierzig Metern Höhe überwunden. Vor ihm breitete sich ein unübersichtliches Geröllfeld mit Felsen und Steinen unterschiedlichster Größe aus. Erst etwa sechzig Meter weiter oben ragte die nächste massive Felswand empor. Dort würde er nur mit Seilen und Sicherheitshaken hinaufkommen. Das Geröllfeld umrundete in dieser Höhe den gesamten Talkessel. Nur an einer Stelle verengte es sich nach oben zu einem Pass zwischen zwei Felsenbergen, über den man in das nächste Tal gelangte.

Wieder rief er laut Hallo. Nur das Echo von den Felswänden schallte zurück. Er bewegte sich in ausreichendem Abstand zur Abbruchkante im Geröllfeld entlang. Welche Richtung er zuerst einschlagen sollte, hatte er dem Zufall überlassen. In regelmäßigen Abständen machte er durch Rufen auf sich aufmerksam.

Letztlich war es ein Reflex von Sonnenlicht auf der gegenüberliegenden Seite, der ihm die einzuschlagende Richtung anzeigte. Mit Sicherheit war es keine bewusst herbeigeführte Spiegelung gewesen, denn sie war nur an dieser einzigen Stelle zu bemerken. So schnell wie möglich überwand er das Geröll, immer auf seine Tritte achtend, und nach ungefähr zehn Minuten erreichte er die Stelle, von der ausgehend er den Reflex vermutete.

Er entdeckte zuerst den hellen Cowboyhut, dann die braune Jacke. Ein roter Rucksack lag dahinter. Die Verschlussschnallen blinkten im Sonnenlicht. Die Person hockte in ungemütlicher Position so, als würde sie einen Felsbrocken vor sich umarmen. Ihr linkes Bein schien zwischen Steinen in

einem Loch zu stecken. Das rechte Bein erkannte er ange-
winkelt unter dem Körper. Das sah böse aus, und die Person
reagierte nicht auf Anruf und sie bewegte sich nicht. Er legte
sich fest, dass er kein Kind vor sich hatte. Vince stieg um die
Person herum, rief sie an. Keine Regung. Er nahm ihr den
Hut ab. Eine Woge roten Haares fiel der Person über die
Schultern. Eine Frau.

Vince berührte sie sacht am Arm, im Gesicht. Doch erst,
als er etwas Wasser in seine hohle Hand gegossen und ihr
damit über das Gesicht gerieben hatte, wurden ihre Lebens-
geister geweckt.

„Hallo", sagte er, „hallo, können Sie mich verstehen? Hallo?"

Ihre Augenlider begannen zu flattern und ein tiefes Seuf-
zen drang aus ihrer Kehle. Unendlich langsam bewegte sich
der Kopf und noch langsamer folgten ihre Augen. Sie stöhnte.

„Langsam, langsam, ganz langsam", versuchte Vince das
Erwachen der Frau mit beruhigenden Worten zu begleiten.

„Wasser", war das Erste, das gequält über ihre aufgerisse-
nen Lippen kam. „Wasser, bitte."

Er hielt ihr die Feldflasche an den Mund und verfolgte,
wie sie in kleinen Schlucken das Wasser trank. „Danke",
sagte sie leise. „Das war gut."

Er gab ihr noch einmal zu trinken. „Was ist passiert?",
fragte er dann.

„Mein Bein", presste sie mit schmerzverzerrtem Gesicht
hervor. „Schmerzen." Ihr Körper wurde geschüttelt. „Kalt",
zitterte sie.

Er zog seine dicke Jacke aus und breitete sie über ihren
Schultern aus. „Ich werde mir die Sache einmal ansehen",
sagte er.

Er bewegte sich vorsichtig, damit er nicht aus Versehen
auf den Stein trat, der ihr Bein berührte. Tatsächlich war es

so, dass sie bis zur Hüfte in einem Lock steckte und ihr linkes Bein von einem schweren Stein eingeklemmt wurde. Die perfekte Falle. Wahrscheinlich, dachte er, war sie gestern unglücklicherweise auf einen Stein getreten, der unter ihrem Gewicht nachgegeben hatte und in ein darunter verborgenes Loch gefallen war. Ein weiterer Brocken musste dann von oben nachgerutscht sein und das Bein eingeklemmt haben. Anders konnte er es sich nicht erklären. Und da sie tief in das Loch trat, wurde ihr rechtes Bein stark gebeugt. Letztlich konnte sie weder eine sitzende noch eine liegende Stellung einnehmen, und durch die starke Beugung war auch das rechte Bein ungenügend durchblutet. Aus eigener Kraft konnte sie sich so nicht aus der misslichen Lage befreien. Vince dachte mit Schaudern daran, dass sie die kalte Nacht ohne Schutz im Freien verbracht haben musste. Ein Wunder, dass sie noch lebte.

„Ich werde jetzt versuchen, den Stein, der Ihr Bein einklemmt, anzuheben. Schreien Sie, wenn es weh tut."

Vince war ein starker Mann und er vermochte ohne Weiteres einen Sack Zement von hundert Kilo Gewicht vom Boden bis auf Schulterhöhe zu wuchten. Der Gesteinsbrocken jedoch war schwierig zu greifen, wog erheblich mehr, und Vince fand keinen festen Stand. Sollte er zurück zum Haus und Sancho zu Hilfe holen? Oder die Vorgehensweise ändern? Er besah sich die Situation erneut. Dann begann er, die Felsen um das Loch herum beiseite zu schaffen und abzutragen, bis er so viel Freiraum erreicht hatte, dass er den verflixten Brocken seitlich wegwälzen konnte. Bald rann ihm der Schweiß in Bächen über den Körper und er keuchte vor Anstrengung.

„Jetzt könnte es weh tun", schnaufte er wie eine Dampfmaschine. „Der Stein wird sich bewegen."

Sie schrie auf, als er den Felsbrocken wegdrehen und zur Seite rollen konnte, aber sie konnte sich nicht rühren. Er

fasste sie unter den Armen und zog sie Zentimeter für Zentimeter aus der verhängnisvollen Lage, bis sie sich mit dem
Rücken an einen Felsen lehnen konnte. Behutsam richtete er
ihr das gebeugte rechte Bein gerade. Das linke Bein sah
schlimm aus. Es schien gebrochen, und unterhalb der Stelle,
wo der Stein sie getroffen hatte, war es dunkelblau verfärbt.
Zudem blutete es aus einer offenen Wunde.

Er hockte sich vor sie hin. „Ich werde jetzt Ihr rechtes Bein
etwas massieren, damit das Blut wieder hineinfließen kann.
Es wird wahrscheinlich ganz schön kribbeln. Dann muss ich
Sie eine Weile allein lassen, um Verbandszeug zu holen, und
danach müssen wir beide es hier irgendwie herunterschaffen.
Wir haben leider noch kein Telefon im Haus, und fürs
Handy haben wir kein Netz. Ich lass´ Ihnen das Wasser und
das Gewehr hier, für den Fall, dass ein hungriger Puma vorbeikommen sollte. Okay?"

Als sie ihn anschaute erkannte er, dass sie smaragdgrüne
Augen hatte. Sie nickte. „Können Sie mir bitte eine Zigarette
anzünden? Sie sind im Rucksack."

Sancho machte große Augen, als er mit Lennox auf die
Baustelle gejagt kam.

„Sind die Handwerker schon da?", rief Vince, noch bevor
er abgestiegen war.

„Ja, aber ..."

„Sie müssen uns helfen, Sancho."

Dann erklärte er, was er von ihm und den Handwerkern
wollte. Er raste in den Wohnwagen, kam mit der Erste-Hilfe-
Box wieder zum Vorschein, schnappte einige Leisten Bauholz und warf sich auf Lennox´ Rücken.

„Also, Sancho. In einer halben Stunde an der Quelle. Du
und drei Männer." Schon preschte er den Weg zurück.

Ohne Gewehr in den Händen schaffte er die vierzig Meter
Aufstieg besser. Als er wieder bei der Frau ankam, war eine

gute halbe Stunde vergangen. Sie blickte ihm mit fiebrigen Augen entgegen. „Schmerzen?", fragte er unnötigerweise. Sie atmete mit zusammengebissenen Zähnen aus.

„Das Schwierigste kommt noch", lächelte er sie an.

Er schnitt das Hosenbein der Blue-Jeans auf. „Ich werde Ihnen provisorische Schienen anpassen und festbinden. Danach dürfen Sie sich auf meinen Schultern ausruhen."

Er wickelte ein Päckchen Verbandsmull stramm um die Fleischwunde. Aus den Holzleisten passte er vier Schienen an, die er ebenfalls mit Verbandsmull am Bein fixierte. Das muss genügen, dachte er. Muss.

„Wie geht es mittlerweile mit dem rechten Bein? Können Sie es ein bisschen belasten?"

„Es kribbelt stark, aber ich kann´s probieren."

„Okay, ich will Sie nämlich aufstellen. Wenn Sie aufrecht stehen, dann bleiben Sie ganz locker und lassen sich auf meine Schulter fallen. Gewehr, Rucksack und Verbandsmaterial lassen wir hier. Das kann ich später holen. Versuchen wir´s?"

Er zog sie an den Händen in die Höhe. „Ah, ah, ah ...", quälte sie sich. Er spürte, wie sie vor Anstrengung und Schmerzen zitterte.

„Gleich geschafft. Jetzt locker bleiben."

Er fasste ihr rechtes Handgelenk, beugte sich unter ihren Rumpf, und zog sie auf seine Schultern. So konnte er sie meilenweit tragen wie ein Schäfer ein krankes Schaf.

Über das Geröllfeld ging es relativ einfach. Der vierzig Meter steile Abstieg war schwieriger, weil er auf allen Vieren klettern musste. „Halten Sie sich einfach an mir fest und schauen Sie nicht runter."

Sancho und drei Männer von der Baustelle warteten unten schon auf sie. Sie hatten eine der neuen Türen, die für den Neubau vorgesehen war, mitgebracht, auf die Sancho zwei

Latten genagelt hatte, die an beiden Seiten überstanden. Auf diese Weise konnten auf jeder Seite der Tür zwei Mann tragen.

Die Frau wurde Vince behutsam von der Schulter genommen, auf die Tür gebettet und sicherheitshalber festgebunden. Dann marschierte Sancho mit seinen Helfern davon, während Vince mit ihrem Pferd und Lennox folgte. Nach fast einer dreiviertel Stunde vor dem Neubau angekommen, wurde die Frau umgehend von der Nottrage in den Pick-up umgeladen.

Während der zu erwartenden eineinhalbstündigen Fahrt beobachtete Vince sie immer wieder aus den Augenwinkeln. Die Frau mochte zwischen fünfundzwanzig und dreißig Jahre alt sein. Ihr anmutiges Gesicht war braungebrannt und von vielen Sommersprossen gesprenkelt. Ihre Figur war schlank und sportlich.

„Was haben Sie dort oben in dem Geröll denn überhaupt gemacht? Es ist gefährlich, dort hinaufzuklettern."

Sie trank aus Vince' Feldflasche. „Pumas", antwortete sie.

„Ich stelle Fotofallen auf und zähle den Bestand der Tiere."

Mehr wurde bis zur Ankunft vor der Notfallambulanz in *Buffalo* nicht gesprochen. Die Stadt mit ihren ungefähr fünftausend Einwohnern besaß ein eigenes Medical Healthcare Center. Als sie vom Personal der Klinik aus dem Pick-up gehoben wurde, sagte er: „Sie können, wenn Sie wieder gesund sind, Ihr Pferd und den Rucksack bei mir abholen. Wir haben einen Stall übrig. Ich werde gut für die Schecke sorgen."

Sie nickte dankend.

„Wie heißen Sie eigentlich", fragte Vince, als die Frau bcreits auf der Rollbahre der Klinik lag und in das Gebäude geschoben werden sollte.

„Terry", sagte sie.

Bonnie schlich etwas missmutig über den Pass zurück. In ihrer Brust tobten widersprüchliche Gefühle. War sie überhaupt noch in der Lage, eine richtige Pumamutter zu sein? Zuhause lagen zwei kleine Racker in der Höhle und schoben Hunger, und sie kam mit einem leeren Maul zurück? Keine Beute. Wurde sie tatsächlich langsam zu alt für diese Aufgabe?

Auf ihrer Wanderung war sie wie üblich an den bekannten Stellen vorbeigekommen, an denen es nach Mensch roch. Als sie jedoch an den Punkt kam, an dem sie in ihr Revier hätte abbiegen müssen, hatte sich eine andere Nuance in den Geruch gemischt. Zuerst hatte sie nicht definieren können, was dahinter steckte. Vor Ablehnung und Verlangen hin- und hergerissen, verharrte sie minutenlang an der gleichen Stelle. Der Geruch wehte nämlich von drüben her. Von Clydes Revier.

Ob sie es wagen sollte? Schließlich hatte die Neugier gesiegt. Extrem leise und behutsam war sie über die Grenze geschlichen, näher heran an den Menschen, denn dass es ein solcher war, stand für Bonnie außer Frage. Und dann hatte sie sie gesehen. Die Menschenfrau.

So nah war sie in der Nacht an der Menschenfrau dran gewesen. So nah. Keine ganze Schwanzlänge entfernt. Hilflos war sie und ohnmächtig dazu, und die Besonderheit des Geruchs rührte von Schweiß und von ihrer Angst. Ja, ganz deutliche Angst.

Ein kräftiger Biss in ihren schmalen Nacken hätte genügt. Aber dann? Die Menschenfrau steckte irgendwo fest. Bonnie hätte sie wahrscheinlich gar nicht fortschleppen können. Jedenfalls nicht bis zu ihrem geheimen Versteck, wo die Jungen, noch keine Woche alt, auf sie warteten. Aber irgendeine innere Stimme sagte ihr, dass sie die Frau in Ruhe lassen sollte. Bonnie wollte sie nur anschauen.

Und riechen. Riechen, genau, denn die Frau roch interessant.

Ein rundes Ding trug die Frau auf dem Kopf, und darunter war rotes Haar versteckt. Rot. Ob **Bonnie** *die Farbe stehen würde?* Clyde *würde sagen, sie sähe aus wie ein Eichhörnchen. Aber mit dem hatte sie ja nichts mehr zu tun. Oder doch? Wenn er im nächsten Winter wieder vor ihr stehen würde? Wer weiß.*

Plötzlich, am Morgen, war dieser andere Mensch wieder aufgetaucht. Der, den sie neulich erst gesehen hatte, als er den Klettersteig hinaufsteigen wollte. Der wahrscheinlich auch für den Lärm mit dem Klopfen und Sägen, was immer das auch sein mochte, verantwortlich war. Er hatte einen dieser schrecklich lauten Feuerstäbe in der Hand. Der Mensch hatte ein paar Steine weggeräumt, hat sie aus dem Loch gezogen, war rasch verschwunden und wiedergekommen. Hatte die Frau auf seine Schultern geladen und den Klettersteig hinabgetragen, wo noch mehr von diesen Menschen gewartet hatten. Weg war sie.

Und jetzt? War sie dumm, blöd, oder wie? Unwillig und mit sich im Unreinen, stieß sie ein ärgerliches Knurren aus. Clyde, *davon war sie überzeugt, wäre das nicht passiert. Der hätte ohne zu zögern zugebissen, so, wie es sich für einen Puma gehört. Wer lange überlegt, hätte er geknurrt, ist selber schuld, wenn er hungert. Vielleicht war genau das der Grund, weshalb sie sich anders entschieden hatte. Trauerte sie jetzt der verpassten Gelegenheit nach?* Clyde *durfte auf keinen Fall davon erfahren, dachte* **Bonnie**. *Doch irgendwie, spürte sie, lag was in der Luft.*

Kapitel 2

Mai 2010

Seit gestern hatten sie elektrischen Strom aus eigener Produktion zur Verfügung, und der benzinbetriebene Generator, an den sie bisher die elektrischen Handwerksmaschinen angehängt hatten, konnte in den Anbau zu Stromspeicher und Warmwasserboiler verbracht werden. Vielleicht konnte er als Notstromaggregat noch von Nutzen sein. Die Elektrizität, die sowohl von den Solarzellen auf dem Dach als auch von dem Windrad produziert wurde, lief zuerst in den zentralen Stromspeicher und von dort zur Verwendung in die verschiedenen Räume. Das achtzehn Meter hohe Windrad stand in Höhe der Zisterne fünfzig Meter vom Haus entfernt und drehte sich unablässig. Bis spätestens morgen würde auch die Wasserver- und -entsorgung betriebsbereit sein.

Die Männer, die Sancho in *Buffalo* angeworben hatte, erwiesen sich als echte Fachleute mit Allrounder-Fähigkeiten, die zu jedem Problem eine Lösung vorschlagen und letztlich auch umsetzen konnten. Wahre Goldjungs mit dem Herz auf dem rechten Fleck, die zu hundert Prozent loyal zu dem Bauprojekt standen, selbst wenn sie über die Vorgeschichte der ehemaligen Ranch Kenntnis haben sollten, wovon eigentlich auszugehen war. Jedermann und –frau im County wusste im Prinzip über die Geschichte von dem Brand vor fünf Jahren Bescheid, bei dem Vince´ Eltern ums Leben gekommen waren und seine Schwester Linda angeblich den Verstand verloren hätte. Der Spekulationen kursierten viele landauf und landab, und da niemand etwas wirklich Genaues zu sagen verstand, blieb es ein Wissen im Prinzip. Dass

Vince zu acht Jahren Gefängnis verurteilt worden war, weil er den mutmaßlichen Brandstifter, einst sein bester Freund, zum Krüppel geschlagen haben sollte, passte natürlich perfekt in das Bild, das sich die Leute von dem Drama zusammenreimten. Es geisterten auch völlig absurde Versionen herum. Mal wurde Linda als die Person geschildert, die das Feuer selbst, bereits dem Wahnsinn verfallen, gelegt haben soll, dann wiederum wurde auch Vince als der Übeltäter gesehen, der durch den Angriff auf seinen Freund von sich selber abzulenken versuchte. Andere sprachen von einer dritten unbekannten Person, die immer wieder mal in der Geschichte erwähnt wurde, von der jedoch niemand wusste, wie sie aussah, woher sie kam und was sie überhaupt in der Gegend zu suchen hatte. Die Wahrheit indes kannte außer einem kleinen Kreis von Personen keiner, und selbst diejenigen die sie kannten, würden auf Anfrage unterschiedliche Geschichten erzählen, nämlich wiederum Lüge und Wahrheit, je nachdem, auf welcher Seite sie standen.

Noch immer stand das gescheckte Pferd, Terrys Stute, in der hintersten Box im Stall. Seit dem Vorfall im Geröllfeld waren nun vier Wochen vergangen. Einmal hatte Vince anstatt seines Hengstes Lennox die Stute gesattelt und war auf ihr ins Tal geritten, um ihr etwas Bewegung zu verschaffen. Ein angenehmes Tier mit weichem Gang, leichtfüßig und trittsicher und sehr folgsam. Er dachte, dass solch ein Pferd für seine Schwester ideal wäre. Damit hätte sie die Möglichkeit, Ausritte mit ihm zu unternehmen. Auf diese ruhige Stute könnte sie sich verlassen, könnte ihr vertrauen. Er nahm sich vor, diesen Gedanken im Kopf zu behalten. Da er demnächst, morgen oder übermorgen, ohnehin nach *Buffalo* fahren wollte, könnte er doch mal im Medical Healthcare Center vorbeischauen und sich nach Terry erkundigen.

Sancho konnte es kaum mehr erwarten, seine Frau Martha auf die neue Ranch zu holen. Er sagte, sie sitze in *Denver* (Colorado) praktisch schon auf gepackten Koffern.

Martha war, während ihr Mann eine Strafe im Gefängnis in *Tucson* (Arizona) absaß, wo er im Übrigen auch Vince kennengelernt hatte, zu ihrer Schwester gezogen, die mit einem US-Amerikaner verheiratet war. Dort hatte sie das ehemalige Kinderzimmer beziehen dürfen und hatte durch eine Anstellung als Köchin in einem mexikanisch geprägten Restaurant ihren Lebensunterhalt verdient. Sogar mehr als das. Durch ihre Sparsamkeit hatte sie eine ansehnliche Summe auf die hohe Kante gelegt, die nach Sanchos Freilassung für einen Neustart vorgesehen war.

Nachdem Sancho ihr von Vince´ Plänen erzählt hatte, die alte Ranch seiner Eltern mit ihm als Partner wieder aufbauen zu wollen, war sie Feuer und Flamme dafür gewesen, mit Sancho diesen Schritt in die Unabhängigkeit zu wagen. Und als Vince persönlich zu ihr zu Besuch kam und sie aus seinem Mund die Schilderungen seiner Vorstellungen vernahm, gab es für sie kein Zurück mehr. Zwar verstand sie nichts von Pferdezucht, dafür aber umso mehr von Küche und vom Kochen. Es ging für sie nicht um Luxus oder um materiellen Reichtum. Für sie war wichtig, dass sie und ihr Mann in Freiheit leben konnten, dass sie eine Heimat finden würden und dass ihnen Respekt entgegengebracht wurde, den nicht viele Menschen mexikanischer Herkunft erfuhren. Als Vince ihr den Grund seines Gefängnisaufenthalts erklärte und seine Weise der Geschichte erzählte, hatte sie ihm sofort bedingungslosen Glauben geschenkt. Und als sie erfuhr, dass sie als Frau nicht allein auf der Ranch wäre, sondern seine Schwester ebenfalls dort wohnen würde, war für Martha der Drops gelutscht. Sie hatte Vince an ihren Busen gedrückt und gesagt, sie werde für ihn und Linda die neue Mama sein.

„Nächste Woche", sagte Vince, „machen wir Nägel mit Köpfen. Wir holen Martha und Linda und gehen mit ihnen einkaufen. Martha wird ihre Küche und euer Zimmer einrichten, und Linda den Rest. Und dann kann´s los gehen."

„Vince", schniefte Sancho, „ich kann es immer noch nicht richtig glauben. Wir kleinen Mexikaner bekommen bei dir eine neue Heimat, mit allem drum und dran. Sogar mit eigenen Zimmern ..."

„Und eigenem Bad", warf Vince grinsend dazwischen.

„... und eigenem Bad, ja natürlich, und wir können uns überall frei bewegen, im ganzen Haus und übers ganze Land. Das ist unglaublich."

„Es ist euer Haus und euer Land, Sancho, genauso wie Lindas und meins. Und so wird es auch auf dem *County Registry of Deeds* geschrieben sein."

*

Der Bankangestellte von der *First Northern Bank of Wyoming* lächelte Vince unsicher an und entschuldigte sich, dass Vince etwas hätte warten müssen, doch dann schob er die Überweisungsquittungen unter der Panzerglasscheibe hindurch. „Ich musste erst sicherstellen, ob das Konto überhaupt existiert und ob es liquide ist, Mr. Fuller. Sie waren schon längere Zeit nicht mehr hier, verstehen Sie, und da ..."

„Ist schon in Ordnung", erwiderte Vince, „das wird sich künftig sicher bessern. Vielen Dank und bis bald."

Er verließ das Bankgebäude. Tatsächlich war er seit über fünf Jahren nicht mehr selber in der Bank gewesen. Sein Anwalt hatte sich in seinem Auftrag um die Konten und die Sicherstellung der Einlagen gekümmert. In Zukunft würde er diese Geschäfte wieder in die eigenen Hände nehmen.

Er fuhr mit seinem Ford Pick-up zum Medical Healthcare Zentrum, wo er vor vier Wochen Terry eingeliefert hatte. Er erkundigte sich an der Rezeption nach ihr. Da er lediglich ihren Vornamen kannte, musste er die Art der Verletzung und das Einlieferungsdatum angeben. Er erfuhr, dass eine Terry O´Conner nicht mehr in der Klinik sei, sondern nach *Sheridan* an der Grenze zu Montana verlegt worden war. Was der Grund für die Verlegung war, erfuhr er jedoch nicht.

Er saß minutenlang in seinem Pick-up und überlegte, was er tun sollte. Dort anrufen? Oder gleich hinfahren? Es waren ungefähr fünfzig bis sechzig Kilometer bis nach *Sheridan*. Er würde mit seinem alten Ford auf der Interstate 90 fast eine Stunde brauchen. Seine Entscheidung fiel, als er sich bereits auf der Straße nach Norden befand.

Sheridan war eine Stadt mit fast zwanzigtausend Einwohnern. Er folgte den Hinweisschildern zum Medical Center und parkte auf dem klinikeigenen Parkplatz. An der Rezeption erhielt er die Auskunft, dass er Terry O´Connor im ersten Stock finden würde.

Als er die Tür zu ihrem Zimmer öffnete, erkannte er sie gleich wieder an der roten Mähne. Die Haare und ihr Name konnten nur eines bedeuten: Zumindest die Vorfahren waren irischer Herkunft. Ihr Gesicht allerdings hatte er in anderer Erinnerung. Sommersprossig und braungebrannt. Hier fand er eine bleiche abgemagerte Frau vor. An ihrem Bett saß ein älteres Paar, ebenfalls mit roten Haaren. Ihre Eltern? Die Frau mochte um die fünfzig Jahre sein. Ihr Gesicht war verhärmt, Augen und Nase gerötet vom Weinen. Der Mann war eindeutig älter, vielleicht zehn Jahre. Er hatte ein langes hageres Gesicht mit tiefen Falten.

Vince trat langsam näher. Terry drehte langsam ihren Kopf zu ihm. Das ältere Paar blickte ihn erwartungsvoll an.

„Hi", sagte er betreten, „hat es Ihnen in *Buffalo* nicht gefallen?"

Die ältere Frau schluchzte auf, erhob sich vom Stuhl und drängte sich an Vince hastig vorbei nach draußen auf den Flur. Der Mann stand ebenfalls auf, seine Figur war schmächtig, reichte ihm die Hand und sagte: „Patrick O´Connor. Ich nehme an, Sie sind der Mann, der sie damals gefunden hat?"

Vince nickte: „Vince Fuller", sagte er. „Ja, so war es." Er wandte sich zu Terry. „Was ist passiert, Terry? Ich darf Sie doch so nennen?"

Er sah, dass eine Träne aus einem ihrer Augen rann. „Tja, ich lag wohl eine Nacht zu lang dort oben." Ihre Stimme klang hart, aber brüchig. „Mein linkes Bein ist ...unterhalb des Knies. Amputiert." Ihre Lippen bebten.

Er spürte, wie ihm plötzlich schwarz vor Augen wurde, wie er schwankte. Fahrig fuhren seine Hände durch die Luft auf der Suche nach Halt. Eine Hand erwischte ihn an der Schulter. Patrick O´Connor hielt ihn fest, bis er das Gleichgewicht wieder gefunden hatte. „Oh, das ...das ..." Jetzt spürte er eine eigene Träne auf seiner Wange. „Das ...ist ...grausam."

Terry drehte das Gesicht von ihm weg. Ihr Blick trug sie weit aus dem Fenster in die Ferne.

„Geht es *Sherry* gut?", fragte sie.

„Sherry?" Er verstand nicht.

„*Sherry*, meiner Stute. Geht´s ihr gut?"

„Oh, ja, der geht es gut. Ein feines Pferd. Ich habe mir erlaubt, einmal mit ihr zu reiten. Wunderbar. Ich hoffe, Sie kommen sie bald einmal besuchen. Ich habe das Gefühl, sie wartet auf Sie."

Die Mutter betrat wieder das Krankenzimmer, setzte sich neben ihren Mann. Ihr Gesicht war voller Kummer und Sorge.

„Ich schlage vor", ergriff Vince wieder das Wort, „Sie besuchen uns zu dritt. Sie sind herzlich willkommen. Wir sind zwar erst in Begriff, unsere Ranch aufzubauen, aber wir ziehen nächste Woche in das neue Haupthaus ein. Ein Gästezimmer wird es auch geben. Wir feiern ein Fest, und Sie werden unsere Gäste sein. Okay? Streng dich also an, Terry, damit du auf die Beine kommst und wir pünktlich einziehen können." Vince hatte Terry zum Schluss bewusst mit *du* angesprochen, um der Tragik etwas die Schwere zu nehmen, und zudem wollte er gezielt einen Impuls hinterlassen, der für Terry besonders und vielleicht auch für die Eltern ein Ziel, das es zu erreichen galt, zu setzen. Mr. und Mrs. O´Connor schauten sich gegenseitig, und Terry sah Vince an, als sei dieser verrückt.

*

Als Vince nach Hause kam, fragte Sancho, ob es mit der Bank Probleme gegeben hätte, weil es so lange gedauert habe. Vince beruhigte ihn. „Mit der Bank ist alles in trockenen Tüchern", sagte er. Dann erzählte er Sancho, dass er in *Sheridan* gewesen war und die Frau besuchte, die sie vor vier Wochen aus dem Tal gerettet hatten.

„Ich habe sie für unser Einweihungsfest eingeladen. Ist dir das recht?"

„Wenn Martha endlich da ist, ist mir alles recht", sagte Sancho pragmatisch.

„Wie kommst du mit dem Kamin vorwärts?"

Sancho kratzte sich am Kopf. „Man kann Feuer machen und man könnte kochen, wenn ein Kochherd vorhanden wäre. Der Rauchabzug steht. Was noch fehlt ist die Ummauerung mit den alten Steinen, aber die sind ja nur zur Zierde. Das schaff´ ich bis Sonntag."

*

Vom Haus ihrer Eltern war ihnen nichts geblieben. Alles war ein Fraß der Flammen geworden. Die Feuerversicherung der Eltern hatte keinen Cent bezahlt, weil Brandstiftung die Ursache des Feuers gewesen war. Der oder die Täter liefen noch immer frei herum. Der alte Sheriff des *Johnson County* war ein Jahr nach dem Brand nicht mehr zur Wahl angetreten, und der neue zeigte an weiterführenden Ermittlungen kein gesteigertes Interesse.

Alles was man in einem Haus zum Leben braucht, vom Kaffeelöffel bis zur Waschmaschine, musste neu gekauft werden. Eine Mammutaufgabe.

Sancho war am Mittwoch der letzten Maiwoche mit dem Truck nach *Denver* (Colorado) gefahren, um seine Martha abzuholen. Martha ihrerseits war in der Zwischenzeit nicht untätig gewesen, denn sie hatte nach den Maßen, die Sancho ihr gesandt hatte, eine komplette Küche in Vollholzausführung gekauft. Prunkstück war ein schwerer Holzkochherd mit integriertem Backofen und Heißwasserbehälter. Ferner hatte sie eine Waschmaschine und einen Wäschetrockner auf die Ladefläche des Trucks laden lassen, sowie die Pfannen und Töpfe, mit denen sie bevorzugt kochen würde. Bis dahin hatte sie sich von Sancho nicht reinreden lassen. Erst als es um die Beschaffung der Möbel für ihr eigenes neues Zimmer ging, gestattete sie Sancho ein Mitspracherecht, das bei der Auswahl der Bettwäsche jedoch schon wieder endete. Als sie freitags der gleichen Woche Richtung *Buffalo* in ihr neues Leben fuhren, war die Ladefläche des Trucks vollbeladen. Martha fühlte sich, als würde sie zu den ersten Siedlern des neunzehnten Jahrhunderts gehören, die den weiten Westen des jungen Amerika eroberten. Ihr Herz klopfte zum Zerspringen.

*

Vince hatte Linda in *Casper* abgeholt. Ihr ganzer Besitz fand in einem schmalen Koffer Platz. Sie trug ein langes Kleid, das vielleicht aktuell nicht mehr in Mode war, ihr aber sehr gut stand, mit einer schlichten einfarbigen gestrickten Stola. Gegen die Helligkeit, die sie fünf Jahre lang nicht gewohnt war, trug sie die dunkle Sonnenbrille.

Nach den lästigen Formalitäten, die Vince vorher an der Rezeption der geschlossenen Anstalt erledigte, hatte sich Linda bei ihm untergehakt und war neben ihm aus dem Gebäude und aus dem Anwesen gegangen, ohne sich ein einziges Mal umzudrehen oder umzuschauen. Vince spürte, wie zielstrebig sie an seiner Seite vorwärts schritt, die Augen geradeaus gerichtet, ein erwartungsfrohes Lächeln auf den Lippen.

„Bist du bereit, Linda?"

Dass sie es war, merkte er an ihrem Schritt, der plötzlich noch entschlossener zu werden schien. „Bring mich weg von hier, Vince. Es ist nicht schön hier."

„Zu Hause wird es dir gefallen", sagte er.

„Zu Hause? Aber ..."

„Unser neues Zuhause, Linda. Wir müssen heute noch einkaufen gehen. Wir brauchen Möbel und Matratzen und Bettwäsche und Geschirr und Besteck, ach, wir brauchen alles. Ich hab´ einen Einkaufszettel geschrieben. Und du suchst alles aus. Das wird ein toller Tag."

„Und dann, Vince?"

„Dann kommt morgen alles mit dem großen Truck, und wir füllen unser Haus mit den neuen schönen Dingen."

„Morgen?"

„Ja, Linda. Und am Freitag kommen Martha und Sancho. Sie werden mit uns im Haus wohnen und leben, und auch sie werden mit Möbeln kommen und allem, was sie brauchen. Du wirst sie mögen. Martha ist eine hervorragende Köchin, und Sancho ist mein Freund und Partner."

„Ach Vince, das freut mich, dass du einen neuen Freund hast. Und Martha wird meine Freundin sein, auch wenn ich nicht kochen kann?"

Vince lachte. „Ja, das wird sie ganz bestimmt."

„Dann lass´ uns gehen und einkaufen. Hilfst du mir dabei?"

„Aber hallo. Ich bin der beste Helfer, den du dir nur vorstellen kannst."

Sie fuhren mit dem alten Ford Pick-up den Hügel hinunter, auf dem die Anstalt lag, in der Linda fünf lange Jahre verbracht hatte, durchquerten *Caspers* Innenstadt und gelangten in die Außenbezirke auf der anderen Seite. Vince bog auf den Parkplatz eines riesigen Möbelhauses ein. Er reichte Linda den Einkaufszettel und sagte: „Das werden wir alles als Grundbedarf kaufen. Wenn du jedoch etwas siehst, von dem du denkst, dass wir es brauchen, dann greife unbedenklich zu."

Seite an Seite betraten sie den Laden und wurden von dem Warenangebot regelrecht erschlagen. Kaum dass sie nach Luft geschnappt hatten, stand auch schon eine Verkäuferin vor ihnen und bot ihre Unterstützung an. Sie bemerkte den Zettel, den Linda in der Hand trug.

„Darf ich mal einen Blick auf den Zettel werfen?", fragte sie freundlich. Als sie den Umfang der auf der Liste aufgeführten Wünsche erfasste, blies sie vor Erstaunen die Backen auf.

„Wow", entfuhr es ihr, „das sieht nach der Einrichtung für ein ganzes Haus aus."

„Das ist es auch", erwiderte Vince, „und meine Schwester wird Ihnen sagen, ob uns gefällt, was Sie uns zeigen werden."

„Nennen Sie mich Catherine", reichte die Frau Vince und Linda die Hand. „Dann wollen wir mal in die Hände spucken." Sie hieß einen jungen Angestellten des Möbelhauses, ihnen mit Schreibblock und Bleistift zu folgen und führte Linda und Vince durch die diversen Abteilungen, verteilt über zwei Stockwerke. Beiläufig erkundigte sie sich, um welche Art Haus es sich handle, ob in der Stadt oder auf dem Land gelegen, und welcher Stil grundsätzlich in Frage käme oder ausgeschlossen werden könne. Catherine, im Business-Look gekleidet, verstand ihr Geschäft. Zielsicher führte sie ihre Kunden zu den Objekten, die am ehesten für einen Kauf in Betracht zu ziehen waren. Sie verfügte über profunde Kenntnisse der Hersteller, der verwendeten Hölzer und der Qualität der Artikel. Sie drängte nicht, sondern beriet, was ihr bei der Masse an verlangten Waren sichtlich leicht zu fallen schien. Vince beobachtete, wie sich Linda nach und nach auf Catherine einließ, wie sie begann zu diskutieren und argumentieren, wie sie überlegte und bei Nichtgefallen energisch den Kopf schüttelte, wie sie Zustimmung äußern konnte und mit Überzeugung entschied, genau dieses Teil, auf das sie ihre Hand legte, zu erwerben. Vince stellte fest, dass sie einer besonderen Geschmacksrichtung folgte, die sich wie ein roter Faden exemplarisch durch die Einkäufe zog. Traumwandlerisch sicher kombinierte sie den kompletten Hausrat zusammen, sodass am Ende Catherine ihr ein dickes Lob aussprach. „Sie haben die wundervolle Fähigkeit, Dinge verschiedener Hersteller miteinander zu vereinen, sodass sich ein harmonisches Gesamtbild ergibt, und doch jedem Teil seine eigene unverwechselbare Herkunft lässt. Ihr Zuhause wird wunderschön werden, Linda."

„Ich habe unser neues Haus überhaupt noch nicht gesehen", gestand Linda ein, und wischte sich ein bisschen Schweiß von der Stirn. „Puh! Einkaufen kann ganz schön anstrengend sein."

Catherine wunderte sich: „Und wie können Sie da wissen, ob die Möbel in das Haus passen?"

Linda lächelte: „Ich kenne meinen Bruder."

Vince mischte sich ein. „Wir haben uns jetzt anhand der Ausstellungsstücke für den Kauf entschieden. Wir werden genau diese Ausstellungsstücke auch nehmen, wenn wir bei diesem Umfang bereits morgen mit der kompletten Lieferung rechnen können. Ist das okay für Sie?"

Catherine staunte: „Donnerwetter, legen Sie aber ein Tempo vor. Aber ich denke, dass das in Ordnung geht. Haben Sie sonst noch Wünsche, oder wie wär´s zwischendurch mit einer Erfrischung?"

„Bettwäsche, Badezimmerwäsche, Geschirr, Büroartikel", las Linda von der Liste ab. „Erfrischen können wir uns später."

„Kommen Sie", lachte Catherine, „das macht selbst mir Spaß."

Zum ersten Mal besuchten sie das Grab ihrer Eltern, das auf dem Friedhof von *Bender´s Edge* lag. So wurde die kleine Holzkirche auf dem gleichnamigen Bergausläufer genannt, der wie ein Dreieck in die Ebene hinausragte. Ein schlichtes Holzkreuz, auf dem in weißer Schrift die Namen ihrer Eltern standen: Edna und Victor Fuller. Sie legten einen Strauß bunter Wildblumen, die ihre Mutter geliebt hatte, auf den flachen Hügel zu ihren Füßen.

Es war Abend, als Vince auf den Platz neben seinem Wohnwagen fuhr, aber noch hell genug, dass Linda das neue Haus bestaunen konnte. Sie stieg aus und blieb davor stehen. Vince trat hinter sie, umarmte mit beiden Armen ihren Oberkörper. Erschöpft lehnte sie sich an ihn.

„Das ist unsere neue alte Heimat, Linda", sagte er leise.

„Es ist wundervoll, Vince. Es ist größer als unser altes Haus, nicht wahr?"

Vince nickte. „Komm, ich zeige es dir." Er nahm sie bei der Hand und gemeinsam gingen sie ins Haus hinein, ehrfürchtig, nach schier ewig anmutender Zeit wieder als Bruder und Schwester vereint.

„Übermorgen kommen Martha und Sancho mit ihrer eigenen Fuhre. Sie werden beide das große Zimmer im Erdgeschoss beziehen. Für Martha ist das wichtig wegen der Küche."

„Verstehe", sagte Linda. „Der rechte Flügel wird dann wohl das Büro enthalten?"

„Ja, und ein kleines Gästezimmer. Dein Zimmer wird oben sein, mit eigenem Bad."

„Und du?"

„Auch oben mit eigenem Bad. Ich kann aber wechseln, falls nötig."

„Wie wechseln und wie falls nötig?"

„Falls wir mehrere Gäste unterbringen müssten, würde ich ins kleinere Gästezimmer ziehen. Oder auch in den Stall. Aber der muss erst noch umgebaut werden."

Linda wanderte durch alle Räume und stellte sie sich mit den Möbeln vor, die sie heute ausgesucht hatte. „Es wird schön werden", sagte sie. „Die Möbel werden passen, als hätte ich das Haus vorher ausgemessen." Sie war stolz.

„Komm´, ich zeig´ dir Lennox." Vince ging ihr zum provisorischen Stall voraus. Er führte sie zur Box, in der Lennox prustete. „Später wird der Stall natürlich größer, um mehr Pferde aufzunehmen", erklärte er ihr.

„Ein schöner Hengst ist das", sagte sie anerkennend. „Und ein schöner Name. Was ist das für ein Pferd in der anderen Box? Ich dachte, du hättest nur das eine."

Vince erzählte ihr die Geschichte um Terry, die junge Frau, wie er sie aufgefunden hatte und in welch bedauernswertem Zustand sie sich heute befand.

„Vielleicht kommt sie mit ihren Eltern am Wochenende zu unserem Einweihungsfest. Ich hab´ sie eingeladen."

„Aha, deswegen meintest du, dass du falls nötig das Zimmer wechseln könntest."

„Ja, so etwa in der Art. Sherry, Terrys Pferd, reitet sich übrigens sehr gut. Wenn du mal Lust auf einen Ausritt haben solltest ...? Terry hätte bestimmt nichts dagegen, wenn ihr Pferd hin und wieder bewegt wird."

Linda gähnte. „Danke Vince, dass du mich aus der Anstalt geholt und dass du für uns eine neue Heimat gebaut hast. Schau dir dieses tolle Haus an. Es muss enorm viel Arbeit gekostet haben. Danke, Bruderherz."

Vince nahm sie in die Arme. „Ja, wir beginnen noch einmal von vorne", murmelte er.

„Das alles muss ja auch eine enorme Summe Geld gekostet haben. Woher kommt das eigentlich?"

Vince löste sich wieder von ihr. „Zuerst", begann er, „handelte es sich bei dem Haus praktisch um einen Bausatz von der Stange. Man kann es komplett kaufen. Und wenn man es selber aufbaut, kostet es fast nur die Hälfte. Dann haben wir bis auf zwei Quadratmeilen alles Weideland der Eltern zu einem guten Preis verkauft. Von jenem Erlös konnten wir auch deinen Klinikaufenthalt bezahlen, und wir haben jetzt immer noch was auf der hohen Kante. Die restlichen zwei Quadratmeilen liegen auch schon beim Makler zum Verkauf. Wir brauchen das Land nicht mehr. Dieses Tal hier vom Haus bis zur Quelle gehört uns, Linda. Für unsere Pferdezucht ist das mehr als genug. Geldsorgen brauchen wir uns momentan keine zu machen."

„Ich bin müde, Vince. Es war ein langer ungewohnter Tag für mich."

„Hast du noch Hunger? Ich könnte uns etwas von Marthas Vorräten aufwärmen."

„Nein danke. Ich lege mich sofort hin, wenn´s recht ist." Sie öffnete die Tür zum Wohnwagen.

„Okay, Linda. Willkommen daheim. Morgen Abend wirst du in deinem eigenen Zimmer im eigenen Bett schlafen. Du hast dich großartig gehalten. Ich trinke noch ein Bier vor dem Wohnwagen."

„Ja, ich freu´ mich drauf, Vince. Gute Nacht."

„Gute Nacht, Linda." Vince öffnete eine Dose Bier und setzte zum Trinken an, als ihm einfiel, woran Sancho und er nicht gedacht hatten. Sie hatten noch immer kein Telefon beantragt.

Schon am frühen Morgen des folgenden Tages hatten sie Lennox und Sherry gesattelt und waren ins Tal hinein geritten. Bis die Möbel geliefert werden würden, konnten sie längst wieder zurück am Haus sein.

„Sherry ist wirklich ein angenehmes Pferd. Obwohl ich so lange nicht geritten bin, fühle ich mich auf ihr total sicher."

„Ja, das ist sie. Wenn sie zum Verkauf stünde, würde ich sie umgehend kaufen."

„Es hat sich nichts verändert", kommentierte Linda beim Anblick des felsenbewehrten Talkessels. „Hier kannst du deine Pferde halten. Vielleicht, wenn du mehrere Pferde hast, musst du den Unterstand vergrößern."

„Ja", bestätigte Vince, „auf jeden Fall. Auch beim Haus brauchen wir einen größeren Stall. Sancho und ich denken, dass wir während des Sommers damit beginnen."

„An wie viele Pferde hast du so gedacht?"

„Nicht mehr als zwanzig. Mehr werden wir über den Winter nicht im Stall unterbringen. Während der Saison können es auch bis zu dreißig sein, wenn der Markt es hergibt."

Linda stellte es sich bildlich vor. „Du wirst Hilfe brauchen. Jemanden, der auch ein guter Zureiter ist. Ich werde das nicht können."

„Stimmt", sagte er, „Sancho kann leider nicht reiten und für mich allein würde es zu viel sein. Sancho wird sich eher um die Ställe kümmern und dafür sorgen, dass wir im und ums Haus alles haben werden, wie zum Beispiel Feuerholz. Wir werden eine Hilfe suchen."

„Komm´, reiten wir zurück. Ich bin ziemlich aufgeregt." Linda wendete ihr Pferd. Dann hielt sie jedoch noch einmal an und sagte mit bebender Stimme: „Vince, wirst du mir beistehen, wenn ...wenn ...meine Angstzustände zurückkommen? Ich habe immer Angst, allein zu sein, und ..."

Vince schaute sie liebevoll an: „Du brauchst keine Angst zu haben. Wir alle werden ständig bei dir sein. Martha wird das Haus so gut wie nie verlassen, außer sonntags für die Fahrt in die Kirche. Ich glaube, sie ist tief religiös."

Linda lächelte: „In die Kirche? Dann kann ich sie ja begleiten. Das ist gut, Vince."

Er studierte ihr Gesicht. „Ja, das ist gut, Linda."

Der Möbeltruck kam gegen Mittag. Linda fragte sich, ob sie dem Ansturm von acht Möbelpackern gewachsen sein würde. Vince hatte gesagt, dass sie sich das nicht antun müsse, doch sie atmete dreimal tief durch, stellte sich auf die Terrasse und dirigierte die Männer mit ihren Lasten in die verschiedenen Zimmer. „Diesen Schreibtisch ins Büro, den Schreibtisch in den ersten Stock, dieses Bett in den ersten Stock, diesen Schrank nach oben, diesen Esstisch ins Wohnzimmer, dazu die Stühle..." Nach ungefähr drei Stunden war der Truck leer, und die Männer hatten die Möbel nach Lindas Anweisung zusammengebaut und aufgestellt. Linda schwitzte und ihre Bluse zeichnete zwischen den Schulterblättern den Schweiß ab. Vince ließ sie in aller Ruhe walten. Jede Aktion, dachte er, bringt sie der Normalität, dem Leben, ein Stück näher, und das war das einzige, was sie sollte: Leben.

Vince gab den Spediteuren ein dickes Trinkgeld, bevor sie mit ihrem Truck zurück nach *Casper* fuhren. Linda war schon dabei, die Betten zu beziehen und die Badezimmer mit Handtüchern auszustatten, den Teppich unter den Esstisch zu legen und das bessere Geschirr in das Regal beim Esstisch stellen. Um das Alltagsgeschirr zu verstauen musste sie bis morgen auf die Ankunft der Küche warten.

Endlich ließ sie sich auf die Sitzgarnitur vor dem Kamin im Wohnzimmer sinken. „Mann, was für ein Tag", sagte sie.

Vince lehnte sich neben ihr zurück. „Jeder Tag wird ein besonderer Tag, Linda."

„Meinst du das wirklich, oder sagst du das nur, um mir Hoffnung zu machen?"

„Es ist die Wahrheit, Linda. Dazu gibt es nichts Weiteres zu sagen."

Linda betrachtete ihn. „Weißt du, was mir auffällt?"

„Oh, das klingt spannend."

Sie lächelte. „Du bist anders geworden. Ruhiger. Überlegter. Beherrschter. Früher warst du ein richtiger Aufbraus."

Er beugte sich nach vorne, stützte die Ellenbogen auf die Knie. „Dann waren fünf Jahre Gefängnis in dieser Beziehung vielleicht gar nicht so übel."

Sie schlug die flache Hand vor ihren Mund. „Das ...das ...das wollte ich nicht ...das hab´ ich nicht so gemeint, Vince, entschuldige ...das ...das ..."

Er nahm ihre Hand vor dem Mund weg. „Linda, das ist kein Problem. Es war, und es gehört zu meinem Leben dazu. Auch das ist Wahrheit. Wir brauchen nicht darüber zu schweigen. Es totzuschweigen würde bedeuten, dass diese Jahre nicht gelebt wurden, und das will ich nicht. Für mich war und ist es kein Verlust. Und vielleicht hast du recht. Möglicherweise bin ich anders geworden, auch und nicht zuletzt durch die Jahre im Gefängnis. Verstehst du?"

Sie senkte den Kopf. „Ich kann über meine fünf Jahre in der Anstalt nicht sprechen. Noch nicht, Vince. Vielleicht werde ich es eines Tages können, ich weiß es nicht. Bitte dränge mich nicht dazu. Ich weiß, dass ich in deiner Schuld stehe."

„Das tust du nicht, Linda." Er zog sie an der Schulter an seine Brust. „Das tust du nicht."

Sancho hupte laut, als er mit seinem vollbeladenen Truck auf den Platz vor dem Haus fuhr. Es war Freitag frühmorgens um halb acht Uhr. Vince fiel beinahe aus dem Bett, und als er verschlafen und ungekämmt zur Haustür hinausschaute, trug er nur ein T-Shirt und Shorts.

„He, aufgestanden, ihr Schlafhühner", brüllte Sancho breit lachend mit diebischem Vergnügen in die frische Luft. „Mama und Papa sind da."

Martha war ausgestiegen und kam mit ausgebreiteten Armen auf Vince zu. „Vince, Vince", liefen ihr die Tränen über die Wangen, als sie ihn umarmte und an ihr Herz drückte, „endlich sind wir hier bei euch. Wo ist meine kleine Linda?"

Linda war hinter Vince aus dem Haus gekommen, auch sie im Nachthemd. Als Martha sie sah, entfuhr ihr ein leises Stoßgebet. „Madre mia. Du, du bist Linda. Komm´ an meine Brust, meine Kleine. Du bist noch schöner als dein Bruder mir von dir erzählt hat. Komm´ in meine Arme."

Auch Sancho umarmte Linda so herzlich, dass allen die Tränen in den Augen standen.

„Wir haben es in *Denver* nicht mehr ausgehalten", plapperte Sancho drauflos, „und auf Marthas Befehl sind wir mitten in der Nacht losgefahren. Und jetzt sind wir hier. Endstation."

„Nicht Endstation", protestierte Martha energisch. „Das hier ist erst der Anfang, nicht wahr Linda? Der Beginn eines neuen Kapitels. Aber wenn wir hier herumstehen wie die Öl-götzen, wird es mit dem Beginn nichts werden." Sie hakte sich bei Linda unter. „Willst du mir nicht mal das Haus zeigen, Linda? Das Haus und die Küche, währenddessen können die Mannsbilder mit dem Abladen anfangen. Komm."

Sancho breitete die Arme aus. „So ist sie nun mal, Vince. Bestimmend und resolut."

Vince lachte. „Sicher, und nur so kann es funktionieren. Ob sie bemerkt hat, dass wir noch in den Schlafanzügen stecken?"

Diesmal war es Martha, die den Einzug ihrer Möbel dirigierte, und sie tat es mit einer unbändigen Freude. „Hach, ich fühle mich zwanzig Jahre jünger", rief sie ihrem Mann zu.

„Wieso sind wir nicht früher auf so eine Idee gekommen."

War das Abladen der Waschmaschine schon sehr kraftraubend, erwies sich Marthas Holzkochherd als Problem.

„Mist", schimpfte Sancho, „wieso musste es ausgerechnet dieser Herd sein? Beim Aufladen waren wir ja auch nur zu viert."

„Ja", meinte Martha sarkastisch, „aber da waren es auch vier Männer. Hattest du nicht mal von einem kleinen Bagger gesprochen? Wo hast du ihn?"

„Martha, den hab´ ich wieder abgeben müssen. Er war nur gemietet."

Martha schüttelte nur den Kopf, sagte aber nichts. Was sie dachte, sah man ihrem Gesicht an.

Man behalf sich mittels einer Rutsche aus dicken Bohlenbrettern, die schräg an die Ladefläche gelegt wurden, über die der Ofen auf Bodenniveau rutschte. Auf den gleichen Brettern zogen und schoben und zerrten sie den zentnerschweren Herd danach bis zu seinem Bestimmungsort in der Küche. Sancho kümmerte sich zu Marthas Freude sogleich um das Kaminrohr. „Im Prinzip", sagte er zu ihr, als er fertig war, „kannst du jetzt sofort anfangen zu kochen."

„Das würde dir so gefallen", kniff sie ihn in die Wange. „Zuerst muss die Küche stehen. Also Unterschränke gestellt und Oberschränke gehängt, Waschmaschine und Trockner angeschlossen werden. Unser Bett und der Kleiderschrank zusammengebaut sein. Linda, du hilfst mir doch beim Einräumen? Vamos, vamos."

Martha hatte zum ersten Mal in ihrer neuen Küche gekocht. Spanische Tortillas mit Kartoffeln und reichlich Zwiebeln und Knoblauch. Dazu gab es einen Gurkensalat mit Bohnen. Es war gleichzeitig ein Funktionstest für den neuen Herd und den neuen Kamin. Martha hatte es kategorisch abgelehnt, einen Elektroherd zu kaufen. Sie hatte ihr Leben lang mit Holz gekocht, und so sollte es für sie auch bleiben. Sie äußerte sich über den Herd und den Kamin sehr zufrieden, und überhaupt gefiel ihr das Haus, ihr neues Heim, ausgezeichnet, was wiederum Sancho sehr glücklich machte.

Als sich die Sonne dem Horizont näherte, saßen die vier auf der Terrasse um einen rechteckigen Tisch und tranken Rotwein aus Kalifornien. Vince hob sein Glas.

„Liebe Martha, lieber Sancho, liebe Linda", sagte er, „den ersten Schritt haben wir getan. Dafür danke ich euch. Wir werden noch weitere Schritte tun müssen, um unsere Idee wahr werden zu lassen. Es gehört eine gehörige Portion Mut dazu, sich auf dieses Wagnis einzulassen, von dem wir noch nicht wissen, ob es uns gelingt. Für mich und für Linda ist dieses Tal hier unsere Heimat. Hier sind wir groß geworden. Für euch aber, Martha und Sancho, ist es etwas anderes. Aber ich hoffe, dass es für euch ebenfalls eine Heimat werden wird. Gut, eure Wurzeln liegen in Mexiko, doch die Umstände haben euch hierher geführt. Übrigens zu meinem Glück. Ich möchte euch für euer Vertrauen danken, denn es ist nicht selbstverständlich, sich auf ein Abenteuer einzulassen. Danke euch, und auf unsere Zukunft. Prost."

Martha trank einen kleinen Schluck. „Vince, Linda! Sancho und ich, wir haben natürlich darüber gesprochen. Als

Sancho vor einigen Monaten aus dem Gefängnis in *Tucson* nach Hause kam, madre mia, was red´ ich, wir hatten ja gar kein Zuhause mehr, als er also nach *Denver* (Colorado) kam, wo ich bei meiner Schwester wohnen durfte, und er von dir, Vince, und Linda sprach, da war ich zu Beginn ziemlich skeptisch. Wieder so ein Gringo, dachte ich, der billige Arbeitskräfte braucht und nichts weiter von ihnen will, als sie auszubeuten. Aber Sancho hat nicht lockergelassen. Vince ist anders, hat er ständig gesagt. Er ist keiner, der die Mexikaner als minderwertige Menschen betrachtet. Er hat mir eure Geschichte erzählt, weswegen du im Gefängnis warst und Linda in der Anstalt. Er hat dir geglaubt, Vince, dass du unschuldig verurteilt worden bist, und so lernte auch ich es glauben. Als du dann selber freigekommen bist und uns in *Denver* besuchtest, sah ich sie in deinen Augen: die Ehrlichkeit, die Redlichkeit. Dein Auftreten war das eines Menschenfreundes. Du hast uns die gleichberechtigte Partnerschaft angeboten. Welcher amerikanische Gringo bietet einem armen mexikanischen Arbeiter schon eine Partnerschaft an? Sancho durfte für dich das Pferd kaufen, Lennox, nicht wahr? Den Wohnwagen und den Pickup. Du hast ihm vertraut. Dann habt ihr begonnen, dieses Haus für uns alle zu bauen. Und heute sitzen wir hier zusammen. Alle vier. Wir haben selber keine Kinder. Für mich war das nicht einfach. Aber jetzt, mit uns vieren zusammen, ist es fast so wie eine echte Familie. Herrgott, gleich muss ich heulen. Trinken wir auf euch, Vince und Linda.“

„Martha“, staunte Sancho, „so viel auf einmal hast du noch nie gesprochen. Mit mir wenigstens nicht.“

„Ich hab´ nur geredet, damit du nicht anfängst zu reden, mein Lieber. Das würden wir nicht aushalten.“

Das Lachen der vier schallte über den Hof. „Weswegen warst du im Gefängnis, Sancho?“, fragte Linda danach.

„Man hatte behauptete, ich hätte ein Rind gestohlen. Ich war Arbeiter auf einer Rinder-Ranch und war zuständig für die Instandsetzung der Zäune. Den ganzen Tag klapperte ich mit meinem Truck die Weiden ab, war also ständig unterwegs. Es kam immer wieder vor, dass Rinder fehlten. Für einen Rancher und noch mehr für seine Cowboys zählt Rinderdiebstahl zu den schwersten Verbrechen."

„Und wieso hat man dich beschuldigt? Du warst es doch sicher nicht, oder?"

„Sie nannten vier Gründe, warum ich es gewesen sein musste. Erstens: Der letzte Diebstahl betraf eine Herde, die dort auf der Weide stand, wo ich gerade die Zäune kontrollierte. Zweitens: Ich hatte die Mittel und die Gelegenheit dazu ..."

„Mittel?", hakte Linda nach.

„Den Truck", erklärte Sancho. „Mit dem Truck hätte ich das Rind abtransportieren können. Drittens: Ich war Mexikaner und schon deshalb der geborene Viehdieb, und viertens: Auf meinem Truck wurde die Haut des Rindes gefunden."

„Die Haut?"

„Genau, Linda, die Haut, die dem geschlachteten Rind abgezogen worden war. Das war letztlich der Beweis."

„Und warum vier Jahre Gefängnis für ein gestohlenes Rind? Das ist doch nicht verhältnismäßig."

„Oh, doch, in den Augen des Rinderbarons fiel die Strafe viel zu glimpflich aus. Seiner Ansicht nach wäre Tod durch den Strang gerechtfertigt gewesen. Und noch etwas. Hätte ich den Diebstahl gestanden, wäre die Strafe vielleicht geringer ausgefallen. Aber da ich die Tat stets bestritten hatte, wurde mir Uneinsichtigkeit und Sturheit vorgeworfen, und dann kamen halt noch meine mexikanischen Wurzeln als Erschwernis hinzu."

„Und dort in *Tucson* habt ihr beide euch also kennengelernt", was Linda nicht als Frage, sondern als Feststellung meinte.

„Ja", sagte Sancho bewegt, „zu unserem Glück. Wir sind Freunde geworden, nicht wahr, Vince?"

„Absolut, Sancho", bestätigte er. „und das bleiben wir auch, ob wir mit unserer Pferderanch nun Erfolg haben oder nicht."

„Warum sollten wir keinen Erfolg haben?"

„Vielleicht weil es Menschen gibt, die einiges daran setzen werden, um unseren Erfolg zu verhindern."

„Wie meinst du das?"

„Man braucht zum Beispiel nur schlecht über uns reden. Unwahre Gerüchte verbreiten. Zum Boykott aufrufen. Sabotage verüben."

Linda war bleich geworden. „Vince ...?"

Doch Vince beruhigte sie sofort. „Keine Sorge, Linda. Wir werden allem standhalten."

„Jawohl, das werden wir", sagte Sancho, „bei der heiligen Gottesmutter Maria von Guadalupe."

Vince und Sancho waren nach *Buffalo* gefahren, um Lebensmittel und Getränke einzukaufen. Martha hatte ihnen einen langen Einkaufszettel mitgegeben. Die beiden Frauen würden auf der Ranch die Zeit nutzen, das Haus etwas wohnlicher zu gestalten und sich näher kennenzulernen.

„Du rechnest mit Schwierigkeiten, Vince?", hatte Sancho gefragt. „Meinst du die alte Geschichte mit den Kendalls?"

„Ich wüsste sonst keinen Grund", antwortete er. „Sie hatten lange genug Zeit, die Stimmung im County zu vergiften. Wenn wir jetzt wieder im Land sind und unser Geschäft aufziehen wollen, müssen wir eventuell mit Widerstand rechnen. Um unsere Pferde an den Mann bringen zu wollen, ist es notwendig, dass wir zu den Leuten gehen, die Pferde brauchen. Da sind möglicherweise dann Leute drunter, die negativ von uns denken, weil sie negativ beeinflusst worden sind, verstehst du?"

Sancho rieb sich das unrasierte Kinn. „Aber du bist unschuldig verurteilt worden, wie ich auch. Wissen das die sogenannten Leute nicht?"

„Du weißt ja wie das ist, Partner. Die Leute glauben eher dem Lügner, weil die Lüge einfacher zu verbreiten ist als die Wahrheit."

„Dann müssen wir dafür sorgen, dass die Wahrheit verbreitet wird", brummte Sancho. „Was meintest du übrigens mit Sabotage?"

„Du brauchst nur an den Brand unseres Elternhauses zu denken. Das war Sabotage. Aber auch, dass man unsere Pferde zum Beispiel abschießt oder erschreckt, wenn sie allein im Talkessel stehen. Der übliche und eigentlich auch einzige Weg zu unserem Talkessel führt an unserem Haus vorbei. Es gibt jedoch noch einen Kletterpfad über die Berge, dort wo wir Terry aus dem Geröllfeld heruntergeholt haben. Wer uns also Schaden zufügen will, hat mehrere Möglichkeiten. Aber Sancho, kein Wort zu Linda über meine Befürchtungen. Du siehst ja, wie viel Mühe sie hat, ein normales Leben ohne Angst zu führen."

„Kein Wort, Partner."

Kurz vor der Stadt fuhr Vince an eine Tankstelle. Er ging in den Store, um die Menge Sprit zu bezahlen, die er in den Tank füllen würde. Auf dem Weg zurück zum Auto fiel ihm jenseits der Straße ein eigentümliches Bild auf. Ein Mann mit glatten langen schwarzen Haaren und dunklem Teint ging um ein Pferd herum. Das an sich war nichts Besonderes. Merkwürdig war, dass das Pferd dem Mann seine Hufe zeigte, ohne dass er es berührte. Vince, der einige Zeit zugeschaut hatte, ging interessiert über die Straße. Als er dem seltsamen Duo näher kam, sah er, dass es ein junger Mann war, vermutlich Indianer.

„Hi", begrüßte er den Jungen, „das hab´ ich ja noch nie gesehen. Dein Pferd hebt die Hufe, ohne dass du es berührst?"

Der junge Mann schaute misstrauisch. Schlechte Erfahrungen mit Weißen? Dann hob er gleichgültig seine Schultern und sprang aus dem Stand auf den sattellosen Rücken des Pferdes.

„Du benutzt keinen Sattel? Zu welchem Stamm gehörst du? Shoshone? Cree?"

Der Indianer spie neben Vince in den Sand. „Arapaho", sagte er stolz und setzte an, davonzureiten.

„Warte", rief Vince, und fasste ihn an der Hose. „Du scheinst dich mit Pferden auszukennen. Hör´ zu. Mein Partner dort drüben im Auto und ich werden Pferde züchten und suchen einen Pferdemann. Wenn du Interesse hast? Mein Name ist Vince Fuller."

Der Reiter schaute Vince intensiv an, bis er dessen Hose losließ. „Spotted Horse hat von dir gehört, Vince Fuller. Ob ein Mann gut ist oder schlecht, weiß man erst, wenn man ihn kennt."

Vince war von dieser Antwort überrascht. „Und? Willst du mich kennenlernen?"

„Ich muss reiten", sagte der Indianer, schnalzte kurz mit der Zunge und ritt davon. Vince schaute beeindruckt hinterher. Pferd und Reiter bildeten eine Einheit.

„Wer war denn das?", fragte Sancho, als Vince in die Fahrzeugkabine stieg.

„Das", antwortete er knapp, „war unser Mann."

Auf dem Rückweg zur Ranch bemerkte Vince, dass hinter seinem Ford Pick-up ein weiteres Fahrzeug eine Staubwolke bildete. Wollten die Leute zu ihm? Es gab kein anderes Haus weit und breit in dieser Richtung. Die Abzweigung zu Kendalls Schaffarm hatten sie schon längst passiert.

Als er vor dem Haus ausstieg, hielt hinter ihm das Auto, das er im Rückspiegel beobachtet hatte. Er stieg aus und ging steifbeinig zu dem Wagen hin, ein alter Chevrolet mit Weißwandreifen. Er bückte sich zur Fahrerseite. Am Steuer saß Patrick O´Connor, neben ihm seine Frau, und auf dem Rücksitz, mit ausgestreckten Beinen, Terry.

„Oh, hallo, Mr. O´Connor. Sie kommen gerade rechtzeitig. Wir kommen soeben vom Einkauf zurück. Dann wird es heute ja doch noch was mit einem richtigen Fest. Mrs. O´Connor, Terry, schön Sie hier zu sehen. Da wird sich Sherry aber freuen. Kann ich irgendwie behilflich sein?"

„Puh", sagte Mr. O´Connor, stieg aus und wischte mit einem Taschentuch Schweiß von der Stirn, „Sie wohnen ganz schön weit draußen, nicht wahr? Ach, wenn Sie so nett wären und im Kofferraum nachsehen wollen. Terrys Rollstuhl ist drin und noch ein paar Sachen für Sie."

Vince umrundete den Chevrolet und öffnete Mrs. O´Connor die Beifahrertür. „Es freut mich, dass Sie es möglich gemacht haben." Dann rief er nach Sancho, dass er sich doch bitte um Mrs. O´Connor kümmern und sie zum Haus führen möge, wo Martha und Linda schon im Eingang warteten.

Er holte den Rollstuhl aus dem Kofferraum und klappte ihn auf. Er öffnete Terrys Tür.

„Was soll ich tun, um Sie ...um dich ...soll ich dich tragen oder ..."

„Stell´ den Stuhl einfach neben den Wagen, Vince, dann hieve ich mich selber hinüber. Ich darf doch Vince sagen?"

„Ähem ja, natürlich", stotterte er und lief puterrot an.

„Aber über den Platz musst du mich schon schieben. Er ist für die Räder zu weich."

So schob er Terry in ihrem Rollstuhl zum Hauseingang, um sie Martha und Linda vorzustellen. „Meine Prothese ist noch nicht fertig", erzählte sie ihm unterwegs, „viel mehr, der Beinstumpf muss erst noch besser verheilen, bevor ich eine Prothese anpassen kann."

„Verstehe", murmelte er. „Ich will dir etwas sagen, von dem ich hoffe, dass du es nicht falsch interpretierst. Meine Schwester, das ist die junge Frau dort vor uns, ist in gewisser Weise auch amputiert. Bei ihr ist es die Seele. Sie hat Traumatisches erlebt. Genaueres kann ich dir erst später erklären."

„Okay, Vince, danke", flüsterte Terry zurück, „und welche Amputation werde ich bei dir finden?"

Eine rhetorische, aber auch gute Frage, dachte er und war insgeheim froh, dass sie jetzt gerade bei Martha und Linda angekommen waren.

Martha schwang nach der Begrüßung sofort das Zepter. „So, endlich sind wir komplett. Wenn ich dann alle zu Tisch bitten dürfte? Es gibt als erstes einen Willkommenstrunk. Kühlen Früchtetee für die Damen, und für die Herren ein kühles Bier, wenn sie wollen, haha. Terry, holst du bitte mit Linda den Saftkrug und die Gläser aus der Küche? Ja, danke, und bring bitte einen Flaschenöffner mit."

Martha machte das glänzend. Sie brachte Terry erst gar nicht in die Verlegenheit, sonderbehandelt zu werden, sondern band sie in das normale Geschehen im Haus ein. Terry kam das sehr entgegen. Während ihre Eltern förmlich vor Rücksichtnahme und Übervorsicht erstarrten, wurde Terrys Behinderung von Martha schlichtweg übersehen. Sie schloss diese Frau mit dem kernigen Naturell sofort in ihr Herz.

„Du wirst dich an Martha gewöhnen", sagte Linda zu ihr, als sie allein in der Küche waren und Tee und Gläser auf ein Tablett stellten. „Sie ist zwar erst gestern hier angekommen, aber mit ihr ist ein guter Geist in das Haus eingezogen. Sie sprüht nur so vor Tatkraft und Optimismus."

„Dann kennst du sie wohl auch noch nicht lange?", fragte Terry.

Linda lachte. „Seit gestern", sagte sie, „aber es kommt mir vor, als wär´ sie schon immer meine geliebte Tante gewesen."

„Wie hast du das gemeint, mit *ich werde mich an sie gewöhnen*? Für Gewöhnung braucht es Zeit, soviel mir bekannt ist."

„Na, du wirst doch hoffentlich nicht das letzte Mal hier gewesen sein", strahlte Linda sie an.

„Apropos hier sein. Sherry, mein Pferd steht hier. Ich würde sie gerne sehen. Kannst du sie mir zeigen, bitte?"

Patrick O´Connor erzählte, dass seine Frau und er in *Cheyenne*, der Hauptstadt Wyomings wohnen, wo er hauptberuflich Schulbusfahrer ist. Nebenberuflich ist er in den Abendstunden Pizzabäcker bei einer Fast-Food-Kette mit überwiegend italienischem Speiseangebot. Dolly, seine Frau, arbeitet tagsüber in einer Textilwäscherei und abends als Serviererin im gleichen Restaurant wie ihr Mann. Terry hatte in *Cheyenne* die Universität besucht, Fachrichtung Biologie, und bis Ende ihres Studiums bei den Eltern gewohnt. Nach dem Studium war sie jedoch nach *Casper* umgezogen, wo sie durch Vermittlung ihres Arbeitgebers eine kleine Wohnung gefunden hatte.

Denn Terry bekam nach ihrem Abschluss eine Anstellung bei *The Nature Conservancy*, einer Naturschutzorganisation, die in *Casper* ein Büro betrieb. Seit einigen Monaten arbeitete sie mit anderen Kollegen an einem langfristigen Projekt über die Erforschung von Pumas in Wyomings Bergen, das hauptsächlich statistische Erhebungen und Bewegungsverhalten der Tiere untersuchte. Terry arbeitete mit sogenannten

Fotofallen, die sie in den Bergen in mutmaßlichen Revieren der Raubtiere aufstellte, nahm aber auch Fell- oder Kotproben, um diese im Labor zu analysieren und mit anderen Proben zu vergleichen. Eines dieser Reviere war die Bergregion um das Tal, in der sie den Unfall hatte. Die Fotofallen wurden in regelmäßigen Abständen kontrolliert, die Daten auf eine Festplatte kopiert und im Büro in *Casper* ausgewertet.

Wenn Terry unterwegs zu einer ihrer Kontrollen war, benutzte sie ihr Pferd Sherry, das sie in einem Pferdetransporter der Organisation so nah wie möglich an die angestrebte Region fuhr und auf ihm weiterritt, wo mit einem Auto nicht weiterzukommen war. Sherry stand, wenn sie nicht gebraucht wurde, in einem Stall in *Casper* in der Nähe des Büros.

Normalerweise hinterlegen die Mitarbeiter des Büros bei aushäusigen Terminen ihren wahrscheinlichen Aufenthaltsort, die Art der Tätigkeit und deren voraussichtliche Dauer, um bei eventuellen Un- oder Notfällen eine Sicherheit zu haben, gefunden zu werden. Eine Lebensversicherung sozusagen. Auch Terry hielt sich an diese Praxis. Wie immer, wenn sie in das Geröllfeld oberhalb des Talkessels einstieg, trug sie zwei Tage Dauer ein, und in der Regel hatte sie einen Schlafsack dabei, um bei ihrem Pferd im Schutze des Unterstands zu übernachten. Weil sie bereits einige Male in besagtem Geröllfeld gewesen war, ohne je das Gefühl einer besonderen Gefährdung verspürt zu haben, hatte sie auch ohne Bedenken jeweils zwei Tage Ausbleibezeit im Büro eingetragen, denn für gewöhnlich stieg sie am zweiten Tag bis zur Passhöhe hinauf, um dort, beim Übergang vom einen in ein anderes Tal, eine Fotofalle zu platzieren. Sie hielt den Weg über den Pass für Pumas geradezu verlockend.

„Es ist aber nicht so, dass der Pferdetransporter und das Zugfahrzeug nach deinem Unfall jetzt noch irgendwo da draußen herumstehen und auf deine Rückkehr warten?" Vince schaute Terry an.

„Nein, ich hab´ aus dem Krankenhaus das Büro angerufen. Die haben sich darum gekümmert."

„Aber die Fotofallen befinden sich jetzt noch immer dort oben?"

Terry hob die Schultern. „Tja, das ist wohl so, und dort werden sie wahrscheinlich auch noch lange bleiben, zumindest bis ich eine Prothese an meinem Bein habe."

„Deine Kollegen ..."

„Meine Kollegen werden sich nicht darum kümmern, weil sie selber genug zu tun haben. Zudem habe ich versprochen, dass ich mich nicht unterkriegen lassen und meine Forschungsarbeit fortführen werde."

„Aber Terry, es ist ohne Prothese schon gefährlich, dort hinaufzusteigen. Mit Prothese kannst du das vergessen."

Terrys Mutter schaltete sich ein: „Hörst du, du starrköpfiges Kind, was Vince sagt? Es ist gefährlich. Aber mir als Mutter willst du ja nicht glauben." Und zu Vince gewandt fuhr sie fort. „Rede ihr diesen Spleen aus. Vielleicht hast du mehr Erfolg. Auf uns hört sie ja doch nicht, nicht wahr, Pat?"

Patrick O´Connor nickte bestätigend, aber aus seinen Augen leuchtete auch der Stolz auf seine dickköpfige Tochter.

„Sie ist jung, Mutter", versuchte er sie zu beruhigen, „und sie wird sowieso tun, was sie will, und das ist auch richtig so. Wie sonst soll sie sich selber finden, wenn sie sich nicht getraut auf die Suche zu gehen."

„Ooooch, du bist der selbe irische Sturkopf wie deine Tochter", schimpfte Dolly und erwartete Unterstützung von den anderen am Tisch, doch sie schaute nur in grinsende Gesichter. „In welche Gesellschaft bin ich denn hier nur hineingeraten?"

„Wenn du soweit bist, Terry", schlug Vince vor, „helfe ich dir gerne."

Dolly und Martha bereiteten das Abendessen vor, vermutlich irisch/mexikanische Küche. Die beiden Frauen schienen zusammen einigen Spaß zu haben, denn immer wieder schallte Gelächter nach draußen auf die Terrasse. Patrick O´Connor war froh, dass seine Dolly für ein paar Stunden die Sorgen um Terry vergessen konnte.

„Was sollen wir bei diesem Vince?", hatte sie in der Woche nach der Einladung gefragt. „Was bezweckt er mit dieser Einladung. Der will doch nur unsere Dankbarkeit dafür hören, dass er unserer Tochter das Leben gerettet hat, und danach sind wir für ihn uninteressant. Was verspricht er sich davon?"

Sie war letztlich nur mitgefahren, weil Terry es so wollte. Und jetzt, nach ein paar wenigen Stunden bei diesen Leuten, stellte Patrick fest, dass Dolly mehr und mehr entspannte, dass der Fokus überhaupt nicht so sehr auf Terrys Verletzung gerichtet war, sondern es insgesamt recht leger zuging. Dolly und Martha verstanden sich prächtig, Sancho erwies sich als Pfundskerl, und Linda und Vince gaben sich so natürlich wie sie allem Anschein nach auch waren. Obwohl, Linda erweckte in manchen Augenblicken den Eindruck, als schaue sie eher nach innen als nach außen.

Terry fühlte sich ausgesprochen wohl in diesem Ambiente. Derart unbelastet hatte Patrick seine Tochter schon lange nicht mehr erlebt. Ihr Unfall, und erst recht die Amputation ihres Beines, hatten sie verständlicherweise an den Rand der Verzweiflung gebracht. Sie, eine junge schöne Frau, der alle Möglichkeiten offengestanden waren, deren Ziele und Erwartungen weit hinter dem Horizont gelegen hatten, die sich von einer auf die nächste Minute aller Träume beraubt sah, entdeckte gerade hier in dieser Umgebung, bei diesen Menschen, ihre Kämpfernatur, ihren Überlebenswillen.

Weil es so war, fühlte sich Patrick O´Connor ziemlich glücklich, weswegen er eine Mundharmonika aus der Hosentasche kramte, und je länger desto überschwänglicher irische Volkslieder zum Besten gab. Sancho, Terry, Linda und Vince klatschten begeisternd den Rhythmus dazu. Dolly und Martha, derart aus der Küche gelockt, hörten nebeneinander unter der Eingangstür der Musik zu. „Jetzt spinnt er", sagte Dolly mit einer Freudenträne im Auge.

Martha schien sich bei der Zubereitung des Abendessens durchgesetzt zu haben. Sie servierte mit Fleisch gefüllte Tortillas, Tacos, die, in eine dezent scharfe Soße getunkt, äußerst praktisch direkt aus der Hand gegessen wurden.

Bei der Verteilung der Schlafplätze entstand ein halbherziger Streit zwischen Patrick, Dolly und Vince. Terrys Eltern wollten aus lauter Anstand partout nicht in Vince´ Zimmer übernachten. Da es jedoch keine andere Möglichkeit gab, gemeinsam in einem Zimmer zu schlafen, ohne jemandes anderen Bett zu belegen, blieb ihnen zum Schluss nichts anderes übrig. Im kleinen Gästezimmer gab es nämlich nur ein schmales Bett, und das war für Terry reserviert, damit sie, ohne Treppe steigen zu müssen, ebenerdig in ein Badezimmer gelangte. Vince würde auf der Couch vor dem offenen Kamin schlafen, so wie er es Linda kürzlich erst erklärt hatte.

*

Aus irgendeinem Grund war er aufgewacht. Er schaute auf die Armbanduhr. Halb sechs Uhr morgens. Sonntag. Er spürte, dass von irgendwoher kühle Luft ins Haus drang. Über den weiten Ebenen im Osten färbte sich der Himmel rot. Vince stand auf, tapste barfuß zum Badezimmer im Erdgeschoss und erleichterte sich. Als er das Badezimmer wieder verließ, fiel ihm auf, dass die Eingangstür nur angelehnt war. Er öffnete sie und schaute hinaus auf die Terrasse. Ein roter Punkt glühte kurz auf. Terry in ihrem Rollstuhl.

„Kannst du nicht schlafen, oder ...?"

„Nichts oder. Ich bin aufgewacht und konnte nicht wieder einschlafen. Da dachte ich mir, ich setz´ mich eine Weile hierher. Es ist so friedlich hier."

„Camel Filter, hm?"

„Ach, du hast mein Kippenversteck gefunden? Keine Sorge. Ich hätte meine Umweltverschmutzung zu gegebener Zeit bereinigt."

Vince winkte ab. „Nicht der Rede wert", meinte er. Noch vor Wochen hatte er sich darüber aufgeregt, erinnerte er sich. „Wie geht es dir, Terry? Und sag´ mir nicht, *den Umständen entsprechend.*"

„Weiß du, Vince", sagte sie, nachdem sie ein paar Sekunden verstreichen ließ, „diese Frage kann man nicht mit *gut* oder *beschissen* beantworten. Deswegen wird deine Frage auch nicht zugelassen. Ich will, dass du mich verstehst. Wenn du mich so fragst, bin ich gezwungen, zu reflektieren. Und das tut so sehr weh, wie du es dir nicht vorstellen kannst. Mein komplettes ganzes späteres Leben wird total anders verlaufen, wie es hätte verlaufen sollen. Alles wird zur Diskussion gestellt. Wer einen Fahr- oder Masterplan für seine Zukunft erstellt hatte, muss ihn über den Haufen werfen, wird zurückgeworfen auf die Entwicklung eines Kindes. Dort beginne ich jetzt und muss mir täglich vor Augen führen, dass ich nur noch ein gesundes Bein habe. Das ist der Umstand, dem der Rest aller Planung unterstellt ist. Mein Wille ist zwar noch so stark vorhanden wie vorher auch, doch mit den Möglichkeiten ist es wie mit dem Bein: amputiert, beschnitten. Eingeschränkt verwendbar. Darum frag´

mich bitte nicht mehr, wie´s mir geht. Ich bin diejenige, die es dir sagen wird."

Vince schwieg.

„Okay, Vince? Das war keine Zurückweisung. Es war eine Bitte."

„Was hältst du von einem kleinen Ausritt? Jetzt?"

Sie ritten im Schritt den Bach entlang ins Tal, Terry voraus. „Du kennst ja den Weg", hatte Vince gesagt. Er beobachtete ihre Haltung, ihren Sitz auf dem Pferd. Sie bewegte sich wie eine erfahrene Reiterin, arbeitete nicht gegen, sondern mit dem Rhythmus des Pferdes. So würde sie es stundenlang aushalten, wenn ihr Sitzfleisch es zuließe. Von einer Behinderung war nichts zu sehen.

„Warum nicht?", hatte sie auf seine Frage geantwortet und war zurück in ihr Zimmer gerollt, um sich entsprechend umzuziehen. Vince brauchte nicht eine Minute auf sie zu warten. Er schob sie im Rollstuhl in den Stall.

„Hast du keine Krücken?"

„Kommt noch. Nur Geduld mit den jungen Pferden, Vince."

Behände sattelte er beide Pferde und führte sie in die Mitte des Stalls. „Leg´ deinen linken Schenkel in meine Hände, dann hebe ich dich hoch."

Als sie aus dem Wald in den Kessel ritten, strebte sie dem Unterstand zu. Vince half ihr beim Absteigen. „Komm´, ich trag´ dich zur Bretterwand. Dort können wir sitzen und ..."

„... rauchen?"

„... uns das Tal ansehen."

Er fasste sie unter den Kniekehlen und dem Rücken. „Du bist leichter geworden, seit vor fünf Wochen."

„Wem sagst du das", stichelte sie. „Was wiegt eigentlich so ein linkes Bein?"

„Oh, ...ooooh ...Terry, so hab´ ich das nicht gemeint. Entschuldige, ich muss noch lernen, sensibler zu sein."

Jetzt lachte sie. „Quatsch, Vince, das war ein Scherz. Du kannst mich übrigens jetzt auf den Hosenboden setzen."

„Ja, sofort", beeilte er sich und setzte sie behutsam an die Außenseite der Bretterwand. Er ließ sich neben ihr nieder.

„Hier", sagte er und beschrieb mit seinem Arm einen weiten Bogen, „möchte ich unsere Pferde stehen haben."

Sie zündete sich eine Zigarette an. „Ja, das ist ein schönes Land. Jedes Mal, als ich hierher kam, war ich neidisch auf den Besitzer dieses Fleckens Erde. Ich kann es mir gut vorstellen."

Er deutete zum steilen Aufstieg bei der Quelle hinüber.

„Wie viele Fotofallen hast du denn noch dort oben stehen?"

„Sechs Stück. Zwei linker Hand, zwei rechter Hand, und zwei auf dem Weg zum Pass."

„Und? Hattest du schon Erfolg?"

Sie blinzelte. Zigarettenrauch stieg ihr ins Auge. „Allerdings. Wir haben mindestens einen Kater und eine Katze auf Film gebannt, beziehungsweise auf der Speicherplatine. Männchen und Weibchen, aber noch keine Jungtiere."

„Wenn du eine funktionstüchtige Prothese hast, holen wir sie uns."

Sie schaute ihn von der Seite an. „Es beschäftigt dich? Oder was ist es?"

Er nahm eine kleine Handvoll Steine und warf sie ein paar Meter weiter ins Gras. „Nun", begann er ein wenig herumzueiern, „wenn hier einmal Fohlen grasen werden, ist es wichtig, von der Nähe der Pumas zu wissen. Früher hatte ich schon eine kleine Herde, die überwiegend im Kessel gelebt hat. Pferde wittern ihre Feinde. Dann hab´ ich den Schlafsack genommen und hab´ sie hier im Unterstand bewacht."

„Würdest du auf Pumas schießen, weil sie deine Zucht gefährden könnten?"

Er schüttelte den Kopf, warf neue Steine ins Gras. „Das ist das Leben. Der Verlust gehört dazu. Und schließlich bin ich es, der dem Puma ins Gehege kommt. Ich denke, er war lange vor mir da. Er hat die älteren Rechte, wenn man so will."

„Also keinen Interessenskonflikt mit einer Pumaforscherin? Sei ehrlich."

„Ich würde mich sehr freuen, wenn du einmal wiederkämst."

Als sie sah, dass die Röte in seinem Gesicht nicht von der aufgehenden Sonne stammte, kicherte sie. „Wie alt bist du?"

„Einunddreißig, wieso?"

Sie ging aufs Ganze. „Frau? Freundin? Kinder?"

Er schluckte. „Ja, später, bestimmt."

„Nein, ich meine aktuell? Gibt es jemanden?"

Er versteifte sich. Er wollte aufstehen und barsch antworten, dass es Zeit sei zu gehen. Wie hatte seine Schwester gesagt, was er war? Ein Aufbraus? Er unterdrückte den Impuls, atmete einige Male tief durch.

„Ich war fünf Jahre im Gefängnis, Terry. Bin erst seit einigen Wochen wieder auf freiem Fuß. Keine schöne Zeit, und keine Gelegenheit, um eine Frau zu suchen."

Terry reagierte betroffen. „Hängt das mit Lindas Geschichte zusammen? Ich habe gestern ein paar verkohlte Balken abseits des Hauses gesehen. Es war euer altes Haus, nicht wahr? Es ist abgebrannt? Und jetzt beginnt ihr ein neues Leben. Du und Linda. Ist es so, Vince?"

Sein Gesicht war starr wie eine steinerne Maske. „Du bist eine kluge Frau. Es ist so, wie du sagst. Genau so. Wir fangen ein neues Leben an. Es war die Ranch meiner Eltern. Sie sind bei dem Feuer ums Leben gekommen. Linda hatte es mit ansehen müssen. Und ich wollte den Schuldigen zur Rechenschaft ziehen, und habe versagt. Das ist im Grunde die Geschichte. Wenn du denkst, dass du es mit mir, einem Verurteilten, unter einem Himmel nicht aushalten kannst, dann ...dann ...“

„Dann, Vince? Dann soll ich gehen?“

Er schaute verunsichert zur Seite.

„Traust du mir so wenig zu, Vince? Denkst du, dass eine Frau, die es mit Pumas hält, keine Menschenkenntnis besitzen kann? Denkst du, dass ich nicht imstande bin, bis auf den Grund deiner ehrlichen Seele zu blicken? Ich sage dir, dass ich es kann, und ich tue es. Ich habe deine wahre Seele gesehen, als du erfuhrst, dass mein Bein amputiert worden ist. Ich habe gesehen, wie du mit Martha und Sancho umgehst, wie du meinen Eltern begegnest, wie du deine Schwester anhimmelst. Und ich bin überzeugt davon, dass du überhaupt nicht in der Lage bist, etwas Unrechtes zu tun. So. Wenn du jetzt noch willst, dass ich gehe, dann gehe ich. Beziehungsweise, dann reite ich. Ich meine, du müsstest mir schon auf das Scheißpferd helfen. Oh verdammt! Grrrrrr!“

Von ihrem furiosen Temperamentsausbruch überrollt, durchbrach sein Lachen die Barriere, die er sich selber aufgebaut hatte. Ja, er lachte, und konnte sich kaum noch einkriegen. „Du bist so ...du bist so ...ulkig? Ja, du bist eine Ulknudel, Terry“, brachte er unter Mühe hervor.

„Was hast du gesagt? Ulknudel? Warte, ich geb´ dir Ulknudel, du Blinder mit Krückstock!“ Sie warf sich auf ihn. „Hier hast du die Ulknudel“, schnaufte sie, warf ihn um, wälzte sich auf und über ihn, bekam das Übergewicht, rollte auf seiner anderen Seite herunter, geriet unter ihn, „Ulknudel“, wetterte sie, „da hört sich doch alles auf, du Cowboy, du“, strampelte sie.

„Ulknudel“, ätzte er und wälzte er, oben, unten, mal sie, mal er, bis die Puste aus war und sie keuchend nebeneinander auf dem Rücken im Gras lagen. Ihre Hände berührten sich wie absichtslos. Er schloss die Finger um ihre Hand.

„Terry?", sagte er senkrecht in den Himmel hinauf.

„Ja, Vince?"

„Könntest du dir vorstellen hierzubleiben?"

Die anderen hatten mit dem Frühstück auf sie gewartet. Vince hatte eine schnell geschriebene Nachricht auf dem Tisch hinterlassen. Dolly war entsetzt, als sie ihre Tochter auf dem Pferd reiten sah, und Patrick konnte sie nur mit aller Geduld beruhigen.

„Terry", hatte sie gehadert, „es ist absolut zu früh, in deinem Zustand auf einem Pferd zu reiten."

„Es ging nicht anders, Mom. Ich hab´s im Liegen probiert, aber das hat nicht funktioniert."

„Jetzt werd´ nicht auch noch frech, du Gör. Ich habe mir die größten Sorgen gemacht."

„Hey Dolly, Dolly, lass´ jetzt gut sein. Sie ist ja wieder da. Sie ist achtundzwanzig und immerhin erwachsen", fasste Patrick seine Frau um die Schultern.

„Das nennst du erwachsen? Und was bin ich dann in deinen Augen, Patrick O´Connor? Na, raus mit der Sprache."

„Aber du weißt doch, wie sehr sie Sherry liebt. Lass´ ihr doch das Vergnügen. Zudem war Vince ja mit dabei", sprach Patrick sanft.

„Ach so. Und Vince ist in deinen Augen ebenfalls erwachsen, oder was?"

„Ja, unbedingt ist er das, Schatz. Trink noch einen Kaffee und ..."

„Gibt es hier auch einen Schnaps in den Kaffee? Ich glaube, den brauch ich jetzt nach dieser Aufregung. Ach, dass man mit Kindern nichts als Sorgen hat." Dolly ließ sich auf einen Stuhl plumpsen.

Linda und Martha trugen das Frühstück aus der Küche herbei. Rührei, gebratene Speckstreifen, Pfannkuchen, Ahornsirup, Heidelbeerkompott, Butter und Fladenbrot.

„Wir werden nach dem Frühstück nach Hause zurückfahren", verkündete Patrick. „Nach *Cheyenne*."

Terrys Augen huschten zu Vince. Ein kurzer Blick in ihr Gesicht genügte. „Mir ist aufgefallen, dass sich Terry hier sehr wohl zu fühlen scheint", sagte er und faltete die Serviette zusammen. Ihm entging nicht, dass Dollys Mund beim Kauen innehielt. „Sie kann hier barrierefrei wohnen, und sie wäre für Linda und Martha eine große Hilfe. Also, sie kann gerne hierbleiben."

Dollys Kauwerkzeuge blieben offen, und auch Patrick hatte aufgehört zu essen. „Und speziell für Dich, Vince, wäre Terry doch bestimmt auch eine große Hilfe, um es mal vornehm auszudrücken. Oder trügen mich meine Antennen? Terry kommt mit, und damit basta."

Vince wurde rot. „Es ist nicht das, was du meinst, Dolly, es ..."

„Und was meine ich denn, Vince?", fragte Dolly blasiert. „Wir reden doch in derselben Sprache von der gleichen Sache, oder? Wusst´ ich´s doch. Nein nein, Terry braucht Reha-Maßnahmen von Fachleuten, die es in *Cheyenne* gibt. Sie braucht irgendwann eine Prothese, die sie in *Cheyenne* bekommt. Und sie braucht ihr Zuhause."

„Aber wenn sie doch ..." Patrick schien der Idee nicht abgeneigt zu sein.

„Patrick O´Connor, ich sage nein, und wenn ich einmal nein ..."

„Ich bleibe hier, Mom!", sagte Terry gelassen, aber bestimmt.

Plötzlich stand Martha vom Tisch auf, beugte sich zu Dolly und flüsterte ihr etwas ins Ohr. Daraufhin erhob sich auch Dolly und folgte Martha in die Küche. Minuten vergingen. Vince schielte zu Terry, Linda drückte Terry sichtbar die Daumen, Patrick hatte das Kinn auf die Brust gesenkt und Sancho verdrückte seelenruhig die letzten Pfannkuchen.

Weitere Minuten tickten vorüber. Dann erschienen die beiden Frauen wieder, und irgendwie sahen beide zufrieden aus.

„Also, Terry", eröffnete Dolly ihrer Tochter, „Martha fährt zweimal die Woche nach *Sheridan* zur Physiotherapie. Sie würde dich jeweils mitnehmen, und du könntest dort in der Klinik die Reha-Maßnahmen in Anspruch nehmen. Bei uns zu Hause wärst du ja sonst den ganzen Tag allein. Pat und ich müssen sowieso arbeiten. Du bleibst also hier, versprichst mir aber, dass du zur Therapie gehst."

Sancho wunderte sich über das, was Dolly gerade gesagt hatte. Martha konnte gar nicht Auto fahren, sie besaß nicht mal einen Führerschein. Als er jedoch unter dem Tisch einen Tritt gegen sein Schienbein bekam, wusste er, wer der Absender war und wie er sich verhalten musste. Linda lief indes um den Tisch herum und herzte Terry. „Das ist wunderbar, Terry. Ich freue mich so." Und zu Dolly sagte sie nur: „Danke", lief um den Tisch zu ihr hin und küsste sie auf die Stirn.

Dolly und Patrick waren noch keine volle Stunde weg, als Vince eine Staubwolke auf das Haus zukommen sah. Er trat vor die Tür, um zu sehen, wer ihnen einen Besuch abstatten könnte. Einige Augenblicke später bremste ein silbergrauer Pick-up mit überdimensionierten Reifen scharf vor seinen Füßen, dass der Kies empor spritzte. Die Fahrertür öffnete sich, und ein großer wuchtiger Mann stieg aus, den Vince kannte. Das Gesicht des Mannes war von Wind und Wetter gegerbt, seine farblich zweigeteilte Stirn, die untere Hälfte braun, die obere Hälfte weiß, verriet den Hutträger. Es war John Decker, sechs oder sieben Jahre älter als Vince, Vorarbeiter der großen Schafsfarm der Kendalls. Er trat auf Vince zu und streckte ihm die Hand zum Gruß entgegen, die Vince jedoch ignorierte. Linda hatte Terry im Rollstuhl auf die Terrasse geschoben, und auch Martha und Sancho standen unter dem Vordach und betrachteten die Szene.

John Decker zog seine Hand zurück, lachte: „Hallo, der stolze Vince ist wieder im Land, und seine schöne Schwester Linda ebenso. Wir wollten euch willkommen heißen und uns der Feier anschließen, aber offensichtlich gibt es nicht viel zu feiern, wie ich sehe." Er schaute zu Linda, Terry, Martha und Sancho hinüber. „Ich erkenne neue Gesichter bei dir, Vince. Willst du sie uns nicht vorstellen?"

John sprach von *uns*, Mehrzahl. Vince bemerkte, dass noch jemand auf dem Beifahrersitz des Pick-ups saß. Er ging auf die andere Seite und blickte durchs Seitenfenster. Er zuckte zusammen wie von einem Schlag ins Gesicht. Auf dem Beifahrersitz hockte der Mann, dessentwegen er fünf Jahre im Gefängnis verbracht hatte. Der Mann, der einmal sein bester Freund gewesen war. Er hing mehr in dem Sitz als dass er saß, in sich zusammengesackt, regloses Gesicht ohne Reaktion, wie ein gemehlter Teig, stumpfer Blick ohne Ziel, offener Mund, aus dem ein Speichelfaden bis auf die Brust hing. Vince erkannte eine Baseballkappe auf seinem Kopf. Den Schriftzug darauf konnte er nicht entziffern. Jason Kendall, einunddreißig Jahre alt.

Linda hatte Terrys Rollstuhl losgelassen, war bis an die Hauswand zurückgetaumelt. Dort stand sie zuerst mit geschlossenen Augen, am ganzen Körper zitternd, Schweiß im kalkweißen Gesicht. Dann begann sie zu hyperventilieren, verlor die Kontrolle über ihre Hände, Arme und Beine, verkrampfte wie bei einem epileptischen Anfall und sank an der Wand zu Boden. Martha stürzte ihn großer Sorge zu ihr, sprach, rief sie an. „Linda, mein Kind, Linda?"

Terry indes rollte, ohne den Stuhl bewusst in Bewegung gesetzt zu haben, bis auf drei Meter an den silbergrauen Pick-up heran, sodass sie den Mann auf dem Beifahrersitz ebenfalls sehen konnte.

„Was willst du, John", fragte Vince mit einer Stimme, als hätte er Glas zerkaut. „Es gibt keine Feier mehr. Du kommst zu spät."

„Nun, normalerweise lädt man seine nächsten Nachbarn zu jeder Feier ein. Hast du diese Tradition dort, wo du warst, vergessen?"

Vince schaute ihm direkt in die Augen. „Ich habe nichts vergessen, John. Nichts, wenn du verstehst was ich meine." Er verstand seine eigenen Worte kaum, weil es in den Ohren zu dröhnen begann.

John nickte und zündete sich eine Zigarette an. „Ich verstehe", sagte er. „Machst du jetzt eine Ranch für Behinderte und Ausländer auf? Ich glaube, du solltest dich um deine Schwester kümmern. Sieht so aus, als ging's ihr nicht so gut. Wenn du nichts vergessen hast, dann hast du bestimmt auch deinen Hengst von damals nicht vergessen. Wie war nochmal sein Name? Starface? Herrliches Tier. Nur schade, dass er uns gegenüber so störrisch war. Wir mussten ihn leider erschlagen. Mit dem Hammer. Schönes Haus übrigens. Aus Holz, nicht wahr? War das Haus deiner Eltern nicht ebenfalls aus Holz?" John Decker tippte sich an die Stirn. Zum Schluss raunte er Vince zu: „Die Rothaarige mit dem Bein – sie läuft dir wenigstens nicht weg, hähähä. Man sieht sich."

Er kletterte in den Pick-up, startete den Motor und raste mit durchdrehenden Rädern vom Hof.

Vince stand auf dem Platz und pumpte mit den Händen. Starface. Die plötzliche Erinnerung an ihn wälzte sich wie ein Waldbrand durch seine Brust. Sein wunderbarer rotbrauner Hengst, der seinen Namen wegen einer sternförmigen Blesse auf der Nase bekommen hatte. Bis jetzt hatte er angenommen, er wäre zusammen mit seinen anderen Pferden von seinem Anwalt verkauft worden, im Rahmen all der anderen Verkäufe, die Vince ihm nach dem Prozess aufgetragen hatte. Und jetzt kam dieser John Decker daher, und warf ihm Starface´s abscheuliches Ende vor die Füße?

Terry quälte den Rollstuhl durch den Kies zu ihm hin.

„War das eine Begegnung der dritten Art? Vince? Vince?"

Das Dröhnen in seinen Ohren ließ nach. Er wurde auf Terry aufmerksam, die ihn ansah als warte sie auf eine Antwort. „Entschuldige Terry, was hast du gesagt?"

„Wer war das, Vince?"

Er schaute der Staubwolke nach, bis sie verschwand. „Das war unser Nachbar von der Kendall Schaffarm. John Decker, der Vorarbeiter."

„Und der Mann im Auto? Der aussah, als sei er geistig weggetreten?"

„Das", atmete Vince schwer, „war mein bester Freund, der jüngste Sohn der Kendalls, der Grund meiner Gefängnisstrafe, der Mann, den ich vor fünf Jahren angeblich zum Krüppel schlug."

Terry riss an den Rädern des Rollstuhls. Sie kam im Kies einfach nicht vom Fleck. „Hilf mir bitte, Vince. Wir sollten uns um Linda kümmern. Nebenbei: Ich kenne den Mann."

Vince blieb perplex stehen. „Du kennst John Decker? Woher?"

„Nein", sagte sie. „Nicht den Großen. Den Mann im Auto. Den kenn´ ich."

Wenn Martha eins nicht war, dann war es zimperlich. Als sie gesehen hatte, wie sich Linda weiter und weiter verkrampfte, war sie in die Küche geeilt und hatte eine Plastiktüte geholt, in die sie Linda hineinatmen ließ. Linda lag mittlerweile lang ausgestreckt auf dem Terrassenboden. Ihre Hände bogen sich extrem nach innen. Als ihr Atem jedoch immer flacher zu werden drohte, griff Martha auf ein brachiales Mittel zurück. Wieder verschwand sie in der Küche und kam mit einem Lappen gerannt, den sie Linda kurz unter die Nase hielt. Die Reaktion war frappant. Schockartig schnappte sie nach Luft und öffnete gleichzeitig weit die Augen, hustete, um wieder nach Sauerstoff zu ringen.

„Was war das denn, Martha?", rief Terry aufgeregt, die nicht eingreifen konnte.

„Salmiak", antwortete Martha trocken. „Altes Hausmittelchen. Hilft bei fast allen Wehwehchen, außer Geburtswehen." Sie lächelte schelmisch.

Linda begann allmählich wieder normal zu atmen und löste ihre Verspannungen. Dann konnte sie sich aufrichten, schließlich sitzen und mit Unterstützung vorsichtig gehen. Ihre Blicke suchten nach Vince. Als sie ihn fokussieren konnte, sagte sie: „Kann ich bitte mit Vince allein sprechen?"

Er bat die anderen um Verständnis und begleitete Linda in den ersten Stock in ihr Zimmer. Dort setzten sie sich nebeneinander auf ihr Bett. „Du weißt wer das war, Vince?"

„Natürlich Linda", antwortete er ruhig.

„Es war seine Stimme", sagte sie fest. „Es war seine Stimme. Ich erinnere mich genau. Er war es, Vince. Er war dabei."

Vince überlegte, ob er es erwähnen sollte, und tat es dann: „Sie waren maskiert, hast du mir geschrieben. Hatten Masken vor den Gesichtern."

„Ja", antwortete sie ihm, „aber er hat mit mir gesprochen. Er hat mir direkt ins Ohr gesagt: *Schau sie dir an, wie sie brennen. Und du wirst auch gleich mit ihnen verbrennen.*" Das hat er mir ins Ohr gesagt. Es war seine Stimme, Vince."

„Ich glaube dir, Linda. Ich habe es schon immer vermutet, dass er daran beteiligt war. Er ist ein böser Mann. Aber er wird nicht wieder hierherkommen. Heute wollte er nur demonstrieren, dass wir ihm nichts anhaben können, dass wir nichts gegen ihn in der Hand haben. Du aber hast seine

Stimme erkannt. Damit hat er vielleicht nicht gerechnet, und das war ziemlich leichtsinnig von ihm, findest du nicht?"

„Ja, das war gut von mir. Ich weiß etwas über ihn, das er nicht weiß."

„Genau, Linda, das ist die richtige Einstellung. Fangen wir damit an, mehr über sie zu wissen. Keine Angst mehr?"

„Nicht, wenn du da bist."

Terry saß im Rollstuhl auf der Terrasse und rauchte. Vince setzte sich neben sie.

„Wie geht es Linda?"

„Es geht ihr besser", antwortete er, „sie gewinnt an Stärke."

„Die Geschichte damals war wohl sehr tragisch? Ich meine, wenn sie dermaßen aus der Bahn ...du weißt, was ich meine."

„Ja, das war sie", bestätigte er, ohne zunächst näher auf ihre Anspielung einzugehen. „Aber erzähl′ mal. Woher kennst du diesen Mann, der im Pickup auf dem Beifahrersitz gesessen hat?"

Terry zündete sich eine neue Zigarette an. „Kennen ist zu viel gesagt. Ich meinte eher, dass ich ihn vom Sehen her kenne."

„Aha, und woher also bitte. Du warst doch noch nie auf der Kendall-Farm, oder?"

„Ich kenne ihn auch nicht von dort, sondern aus *Cheyenne*."

„Aus *Cheyenne*?"

Sie blies Rauch in die Luft, nickte: „Yes Sir, aus *Cheyenne*. Ich hab′ ihn dort einmal fast über den Haufen gerannt."

Vince schüttelte sich. Er musste sie wohl korrigieren. „Du hast ihn, als er im Rollstuhl saß, über den Haufen gerannt, wie du sagst. In *Cheyenne*, wo deine Eltern wohnen und wo du auch studiert hast."

„Nein, Vince, du kapierst es nicht. Er war Fußgänger, ich war Joggerin, er latscht mir in die Quere, und peng – rumms hat´s gemacht. Zusammenstoß."

„Das kann nicht sein, Terry. Ich meine, du hast den Mann soeben aus der Nähe gesehen. Der latscht nicht als Fußgänger durch *Cheyenne*. Der ist ...ist ...schwerbehindert. Wann soll das denn überhaupt gewesen sein? Wenn es länger als fünf Jahre her ist, dann kann es stimmen. Aber sonst? Terry! Unmöglich!"

„Ich habe erst vor drei Jahren mit dem Joggen angefangen. Ich schätze, dass es vor eineinhalb Jahren war. Ich sage: Dieser Mann, zu Fuß, in *Cheyenne*." Sie schaute ihn felsenfest an.

„Ein Doppelgänger", tat er es leichtfertig ab. „Ein Doppelgänger. Anders ist es nicht möglich. Das wäre ja ...das wäre ja ..." Vince blieb stecken. Er versuchte es erneut: „ Das wäre ja ein ..."

Terry hatte sich weit zu ihm hingebeugt, dass ihre Nase fast die seine berührte. „Das wäre, ja genau, Vince. Das wäre ja eine Ungeheuerlichkeit sondergleichen. Verstehst du, was ich meine? Dann wäre der zur Schau gestellte Schwerstbehinderte im Auto bloß ein Fake. Und deine Verurteilung wegen schwerer Körperverletzung wäre nichts weiter als ein Fake. Ein riesiger Betrug. Betrug. Betrug." Die letzten Worte schleuderte sie ihm förmlich entgegen.

Vince verstand. Und er verstand noch etwas. Wenn Terry tatsächlich Jason Kendall zu Fuß in *Cheyenne* entdeckt haben sollte, dann erinnerte sich vielleicht auch dieser Jason Kendall an Terry. Sie war heute ja nur mal drei Meter von ihm entfernt gewesen. Und falls Jason Kendall in der Tat alles andere als schwerbehindert war, würde das bedeuten, dass Terry ab sofort in unmittelbarer Lebensgefahr schwebte. Und genau das machte Vince ihr in den nächsten zwei Minuten klar.

Kapitel 3

Juni 2010

Nachdem es Linda endlich wieder besser ging, sich ihr mentaler Zustand stabilisiert hatte und sie in vertrauter Gesellschaft keine Anzeichen von Angst und Panik mehr zeigte, war Vince mit ihr und in Begleitung Terrys nebst einer Einkaufsliste für Martha nach *Buffalo* gefahren. Hintergrund ihrer Fahrt war, Lindas und Terrys Wahrnehmungen bezüglich John Decker und Jason Kendall bei einem Notar sicherstellen und beglaubigen zu lassen. „Warum ein Notar, warum kein Anwalt?", hatte Terry gefragt, und auch Vince war bei seinen Überlegungen auf diese Frage gestoßen. Ohne konkret nachvollziehbaren und plausiblen Grund war seine Entscheidung gegen einen Anwalt und für den Notar ausgefallen. Eine Bauchsache.

„Anwälten traue ich nicht über den Weg", hatte er geäußert. „In meinen Augen sind sie durch die Bank käufliche Windhunde, Opportunisten, die dem Geld dienen und nichts anderem. Irgendwie halte ich Notare für seriöser."

„Und warum gehen wir nicht gleich zur Polizei und erstatten Anzeige? Ich würde einen Eid schwören."

Gute Frage, dachte Vince, aber er vertraute der Polizei so wenig wie den Anwälten. Es würde Aussage gegen Aussage stehen, und bereits im Fall vor fünf Jahren hatte man den Behauptungen des Kendall-Clans mehr Glauben geschenkt als ihm, der sich lediglich auf einen Gedächtnisverlust hatte berufen können. Es nutzte nichts, jetzt mit einer lauten Kanone viel Lärm zu machen, dem Echo jedoch nichts entgegensetzen zu können, was er Terry so auch erklärte.

„Aber ich habe ihn gesehen, Vince, munter wie du und ich", beharrte sie. „Wie sieht es mit einem Privatdetektiv aus? Einer, der Jasons Wege auf Schritt und Tritt verfolgt. Einmal muss er doch seine Maske fallen lassen."

„Ja, das hab´ ich mir auch schon überlegt, Terry. Wir brauchen stichhaltige Beweise, und die könnte uns ein privater Schnüffler möglicherweise liefern. Wir werden uns erkundigen, wer so etwas macht und wie die Tarife sind, okay? Nächste Woche werden wir endlich die Telefonleitung bekommen und dann auch Internet."

Mit Einrichtung des Telefons bekam Terry nun auch Verbindung zu ihren Eltern in *Cheyenne*. Dolly erkundigte sich misstrauisch regelmäßig, ob Terry auch ihre Termine in *Sheridan* zur Nachbehandlung der Amputation wahrnahm. Terry konnte sie beruhigen. Den Rollstuhl brauchte sie so gut wie nicht mehr, da sie mittlerweile mit Krücken bestens zurechtkam, und sobald die Schwellungen und Narben an ihrem Beinstumpf es zuließen, würde einer Prothese nichts mehr im Wege stehen.

Sie hatte im Internet nach Privatdetektiven recherchiert und zu ihrem Entsetzen festgestellt, dass billig ein anderes Kapitel war. Die Tagessätze allein waren schon enorm hoch, womit aber anfallende Spesen noch nicht abgedeckt waren. Ungeachtet dessen hatte sie in Abstimmung mit Linda und Vince einen Termin mit einem Mr. Fergusson aus *Casper* für kommende Woche arrangiert.

Sancho und Vince arbeiteten an der Erweiterung des Pferdestalles. Sancho hatte mit seinem Truck das Bauholz besorgt, wieder ein Systembaukasten, und so verbrachten sie die ersten Tage des Juni damit zu, einen Stall mit einer Kapazität für zwanzig Pferde aufzurichten, lediglich unterbrochen von den Tagen, an denen er Terry zur Therapie nach *Sheridan* fuhr. Die ersten Stunden eines jeden Tages aber ritt

Vince, meist in Terrys Begleitung, ab und zu auch mit Linda, am *Crystal Creek* entlang in den Talkessel, um sich einfach an dem Gelände und an den zukünftigen Pferdeweiden zu erfreuen. Dann ließen sie sich an der Bretterwand des Unterstandes nieder und genossen nur den Ausblick, oder stiegen, entsprechend vorsichtig wegen Terrys Krücken, zur Quelle unterhalb des Einstiegs in den Klettersteig, um sich zu erfrischen.

„Hast du dir wegen der Zukunft schon mal Gedanken gemacht?", wollte Vince wissen, als sie nebeneinander, die Rücken an die Bretterwand gelehnt, Lennox und Sherry beim Grasen zusahen. Wie üblich rauchte Terry bei dieser Gelegenheit. Inzwischen sammelte sie ihre Kippen in einer kleinen Schachtel, die sie in der Jackentasche stecken hatte.

„Meinst du deine oder meine Zukunft?"

Warum können Frauen manchmal nur so messerscharf denken, dachte er, und nahm sein gewohntes Ritual des Steinchenwerfens auf. „Nehmen wir zuerst mal deine."

Terry lehnte auch den Kopf an die Bretter. „Nun, in erster Linie bin ich immer noch Biologin", sagte sie. „Um das zu sein, muss man nicht unbedingt in den Felswänden herumkraxeln, sondern es gibt reichlich Möglichkeiten, sich auch anderweitig zu betätigen, zum Beispiel im Labor oder anderen Wirkungsstätten. Obwohl – die Freiheit in der Natur, das selbstständige Arbeiten, Feldforschungen – das war eigentlich die Triebfeder, die mich diese Fachrichtung überhaupt hat einschlagen lassen. Für einen Bürojob bin ich, glaub´ ich, nicht geeignet. Dass mir solch ein Bürohockerjob zugewiesen wird, davor hab´ ich ein wenig Bammel."

„Okay", bohrte er weiter, „das war die eine Seite. Und die andere, private? Du weißt schon: Mann, Freund, Kinder, Familie? Magst du dich erinnern? Wir saßen schon einmal hier, als du auf dieses Thema zu sprechen kamst."

Sie schielte mit steifem Nacken zu ihm hinüber. „Damals hab´ ich dich gemeint, und nicht mich, und für mich war deine Auskunft nicht gerade erfreulich, wenn du das meinst."

Er lächelte. „Genau das meine ich."

„Ich bin achtundzwanzig, Vince, und ich bin streng genommen ein Krüppel. Wer, glaubst du, würde eine Frau wie mich haben wollen? Stell´ dir nur vor, die Hochzeitsnacht, der Bräutigam liegt im Bett und wartet auf seine sexy Frau. Sie zieht sich aus, und zum Vorschein kommt eine Prothese. Ich bitte dich, Vince, sowas will doch keiner."

Er schwieg. Er wäre nie auf die Idee gekommen, es aus dieser Perspektive, die sie genannt hatte, zu sehen. Er stellte sich die Situation gerade bildlich vor und kam zu dem Schluss, dass das für ihn überhaupt keine Rolle spielen würde. Aber sollte er ihr das jetzt und hier sagen? Er entschied sich. „Das würde für mich überhaupt keine Rolle spielen."

Nun war es an ihr zu schweigen. Was wollte er damit sagen? Behauptete er das im Allgemeinen oder meinte er speziell sie? Und wenn er es nicht im Allgemeinen meinte, dann hatte er sich soeben vorgestellt, dass er und sie ...also, dass er und sie ein Paar wären. Wenn ich die richtigen Schlüsse gezogen habe, dachte sie weiter, und das habe ich getan, meint er genau das. Aber so leicht wollte sie es ihm nicht machen.

„Dich brauche ich in Erinnerung an das letzte Mal ja nicht zu fragen, ob du über die Zukunft nachgedacht hast. Ich meine nicht über die Pferdezucht und so, sondern an Frau, Freundin, Kinder, Familie? Oder?" Eine leise, aber wahrscheinlich vergebliche Hoffnung schwang in diesem *oder* mit, und das wusste sie bereits, nachdem sie es ausgesprochen hatte.

Er grinste. „Oh doch, heute bin ich richtig aufgelegt, deine Fragen zu beantworten."

Mist, dachte sie, jetzt hat er mich im Sack. „Also, wie sieht es aus bei dir mit Frau und Freundin und Kind und Familie?" Sie versuchte total beiläufig zu klingen.

Er veränderte seine Haltung ein wenig und lehnte nun mit der Schulter an den Brettern.

„Ja", sagte er, „es stimmt. Ich stelle mir die Zukunft mit einer Frau vor, mit der ich verheiratet sein will. Dann wünsche ich mir Kinder, damit wir uns eine Familie nennen können. Und ich kann mir sehr gut vorstellen, dass du diese Frau wärst, Terry, denn ich möchte mir nicht ausmalen müssen, ohne dich zu sein."

Sie reagierte atemlos und tonlos. „Das sagst du jetzt aber nicht aus Mitleid, oder?"

Er berührte sachte ihren Arm. „Nein. Ich habe mich in dich verliebt. Ich konnte an fast nichts anderes mehr denken, als wie ich es dir gestehen sollte."

Sie ließ sich einfach auf die Seite fallen, sodass ihr Kopf in seinem Schoß landete. Von dort schaute sie ihn mit ihren grünen, jetzt wässrigen Augen an. „Ich liebe dich seit dem Tag, als du mich in der Klinik in *Sheridan* besucht hast. Damals entschied ich mich für dich und ich wusste, dass dieser große gutaussehende Cowboy mein Mann sein würde. Allerdings, als ich dich das erste Mal nach Frau und Kind gefragt hatte, sah ich meine Felle davonschwimmen. War wohl zur falschen Zeit am richtigen Ort."

„Und heute?"

„Alles ist gut, Vince. Übrigens darfst du die Braut jetzt küssen."

Die letzte Strecke ritten sie Seite an Seite, Hand in Hand, auf das neue Ranchhaus zu. Martha, die unter der Eingangstür stand, stieß einen spitzen Schrei aus und schlug sich mit einer Hand an die Brust. Sancho, der am Pferdestall auf einer Leiter stand, fiel der Hammer aus der Hand. Linda kam nach

Marthas Schrei aus dem Haus auf die Terrasse gelaufen, und als sie die beiden Reiter sah, eilte sie ihnen entgegen. Vince sprang aus dem Sattel und fing sie mit offenen Armen auf.

„Ist es wahr", rief Linda ausgelassen, „ist es wahr, was ich sehe?"

Sie löste sich von ihrem Bruder und stürzte zu Terry. „Ist es wahr", rief sie auch bei ihr, „sag´, dass es wahr ist", und drückte sie an sich, als sie mit den Krücken sicher auf der Erde stand. Dann umarmten sie sich zu dritt, und bald waren auch Martha und Sancho bei der Gruppe, und schließlich weinten alle vor Freude. Gemeinsam gingen sie zum Haus, um die Neuigkeit zu feiern. Terry drängte es förmlich zum Telefon, um ihre Eltern zu informieren, und Terrys Schluchzen nach war anzunehmen, dass auf der anderen Seite der Leitung ebenfalls kräftig geschluchzt wurde. Aus ihren Augen strömte flüssiges Glück.

Zwei Tage später, Vince und Sancho standen auf Leitern am Stall, machte Sancho eine Bewegung auf der Straße zum Ranchhaus aus. Er rief Vince´ Name und deutete mit dem Hammer in die entsprechende Richtung. „Es kommt Besuch, Vince."

Sie stiegen die Leitern hinunter und gingen zur Mitte des Platzes vor dem Haus. Ein einzelner Reiter tauchte auf, der zielstrebig auf sie zu ritt. Vor ihnen angekommen sprang er elegant vom Rücken des Pferdes und landete federnd auf den Beinen. Es war der junge Mann, den Vince auf der Fahrt nach *Buffalo* am Straßenrand mit seinem Pferd gesehen hatte. Der Indianer vom Stamm der Arapaho. Es war dasselbe Pferd, das er damals auch geritten hatte.

„Willkommen, Spotted Horse", begrüßte Vince den Mann. „Willkommen auf unserer Ranch. Der Mann neben mir heißt Sancho. Er ist mein Partner."

Er trug verwaschene Wrangler-Jeans und ein kariertes Flanellhemd mit zurückgeschlagenen Ärmelaufschlägen. An den nackten Füßen saßen weiche Mokassins. Das lange schwarze Haar hing ihm bis zur Mitte des Rückens. Er hatte ein freundliches, offenes Gesicht und gutmütige Augen, doch er reichte weder Vince noch Sancho die Hand. Mit Sicherheit hatte er bereits das ganze Anwesen überblickt.

„Darf ich dein Pferd tränken und dich zu einem Glas Fruchtsaft einladen?"

„Dass du zuerst an das Pferd denkst, gefällt mir." Er führte sein Pferd, einen Falben mit glänzendem Fell, zur Pferdetränke und kam dann zu Sancho und Vince zurück. Mit einer Handbewegung lenkte ihn Vince zur Terrasse. Sancho beeilte sich, Martha in der Küche Bescheid zu sagen.

Der Indianer schaute zur Baustelle des Stalles. „Du baust einen großen Stall", stellte er fest.

„Ungefähr zwanzig Boxen", bestätigte Vince.

„Du hast noch keine zwanzig Pferde." Wieder eine Feststellung.

In diesem Moment betrat Linda die Terrasse, mit einem Krug Fruchtsaft und sechs Gläsern auf einem Tablett. Martha folge ihr im Abstand, und auch Terry humpelte auf ihren Krücken herbei. Vince stellte sie der Reihe nach vor. Als er auf Linda als seine Schwester wies, meinte er einen glimmenden Funken in den Augen des jungen Mannes zu entdecken, schenkte dem jedoch keine Beachtung, sondern bat alle, sich zu setzen. Er schilderte den Frauen, wie er auf Spotted Horse aufmerksam geworden war. „Du bleibst zum Essen?", fragte er den Indianer. Der verneinte und sagte, dass er die Pferdeweide besuchen wolle, um sich ein Bild davon zu machen. „Gut", sagte Vince, „reiten wir."

Er ritt mit Lennox voraus. Als sie im Talkessel angekommen waren, hielt Vince an. Spotted Horse lenkte sein Pferd neben ihn.

„Das ist es", sagte Vince.

Der Indianer sprang vom Pferd, bückte sich und griff ins Gras, roch daran. Er ging einige Meter in die Weide hinein bis zum Bach, schöpfe mit der Hand Wasser und trank einen Schluck. Dann kehrte er zu Vince zurück.

„Gutes Gras", sagte er. „Gutes Wasser." Dann schickte er seine Blicke die Felswände entlang, den Klettersteig hinauf bis zum Pass. „Pumaland." Er schien ein Freund von Feststellungen zu sein.

Vince blieb still.

„Deine Schwester", hob der Indianer an, „sie hat eine verbrannte Seele."

Vince glaubte, er höre nicht recht. Er erinnerte sich, dass er fast die gleichen Wörter gewählt hatte, als er mit Terry über Linda sprach. Wie konnte der Mann das wissen?

„Du hast gesagt, dass du weißt, wer ich bin. Woher weißt du, wer meine Schwester ist?"

„Ich kenne deine Schwester nicht, aber ich sehe, dass ihre Seele gebrannt hat. Es ist warm, aber sie trägt als einzige ein Kleid mit langen Ärmeln."

„Du hast recht, aber woher weißt du das."

Der Indianer zog sein Hemd aus. Vince erschrak. Brust und Rücken waren mit großflächigen weißen Flecken bedeckt. „Ich bin Spotted Horse. Geschecktes Pferd. Ich bin als Kind in ein Feuer gefallen. Darum weiß ich es."

Zurück beim Ranchhaus, sagte Spotted Horse:

„Mein Oheim ist Herr über viele Pferde. Ich kann dir gute Pferde besorgen. Stuten, die schon Leben in sich tragen. Nächstes Jahr wirst du schon Fohlen haben. Ich arbeite mit den Pferden und mit dir, Vince."

„Gut", antwortete Vince. „Trägst du auch einen amerikanischen Namen?"

„Ja, aber ich benutze ihn nicht. Er sagt nicht, wer ich bin. Er ist für die Verwaltung."

„Du kannst dort im Zimmer neben dem Eingang wohnen, Spotted Horse."

Ohne auch nur hinzuschauen bestimmte er: „Ich werde dort in dem Haus auf Rädern wohnen." Er zeigte auf Vince' Wohnwagen.

Vince schaute dem Arapaho in die Augen. Dann streckte er ihm die Hand hin, und Spotted Horse schlug ein.

Stunden später spazierten Linda und Vince hinunter zum *Crystal Creek* und setzten sich dort unter eine der Erlen. Die Zeit der kalten Nächte war vorbei und die Sonne besaß Kraft genug, um die Luft bis in die Abende zu erwärmen. In den Wipfeln der Bäume rauschte der ewige Wind. Vince klaubte einige Kiesel vom Ufer, warf sie in den Bach und lauschte dem glucksenden Platschen.

„Was hältst du von Spotted Horse?", begann Linda ein neues Gespräch.

Er dachte einen Moment nach. „Ein interessanter Mann", sagte er. „Er strahlt etwas Geheimnisvolles aus. Es umgibt ihn eine Aura, die mich an Darstellungen von Heiligen auf Bildern denken lässt."

„Er hat dich beeindruckt", merkte Linda an.

„Ja, du hättest ihn sehen sollen, als er um sein Pferd herumging, und das Pferd ihm die Hufe zeigte, ohne dass er es berührte oder ein Wort sagte. Fast unheimlich. Und er ist ein guter Beobachter."

„Ein Mann weniger Worte", lächelte sie.

Vince lachte. „Da hast du recht. Ich glaube, er wird zu uns passen."

„Ja", sagte Linda, während ihr Blick einen entfernten Traum zu verfolgen schien.

„Er hat gesehen, dass du verletzt bist, Linda."

„Ich weiß". Ihr Blick kehrte zurück. „Ich weiß, und er ist es auch."

Vince hörte eine seltsame Färbung in ihrer Stimme. Ein dunkles Vibrato, das aus ihrem Innersten nach außen drang. Er überlegte, ob er Linda daraufhin ansprechen sollte, beschloss jedoch, dieses fragile Flair nicht zu zerstören. Beide spürten sie die statische Spannung, in der sie sich befanden, als säßen sie in einer Seifenblase, deren Hülle beim leisesten Hauch zerplatzen konnte. Es dauerte Minuten, in denen sie einander verstanden, ohne zu sprechen und zu hören, in denen die Träume Zustimmung erhielten, ohne sie in die Außenwelt entlassen zu haben, die deshalb so wertvoll waren, weil man ihre Wahrheit nur in solch gläsernen Augenblicken vermittelt bekam.

Als Vince sich bewegte, verflüchtigte sich diese Atmosphäre wie Äther in lauer Luft, und nur die Ahnung davon blieb zurück wie der Duft eines Parfums auf sonnenwarmer Haut.

„Ich werde wieder gesund", flüsterte Linda, noch in der Andacht der vergangenen Minuten. „Das spüre ich."

„Weil du stark bist", sagte Vince, obwohl er wusste, dass sie nicht zu ihm gesprochen hatte.

In einer Woche waren Sancho und Vince mit den Außenwänden und dem Dach des Stalls soweit fertig, dass sie sich an den Innenausbau der Pferdeboxen machen konnten.

Zweimal pro Woche fuhr Vince mit Terry weiterhin nach *Sheridan* zur Therapie, bis sie endlich eine erste Prothese angepasst bekam. Euphorisch und übermütig wagte sie erste Schritte und ließ sich kaum bremsen. Am liebsten wäre sie zu Fuß nach Hause gelaufen. Man sagte ihr, dass es sich keineswegs um den endgültigen Beinersatz handele, sondern eher um ein Testmodell, anhand dessen gemessen werden sollte, wo man den Schaft, in dem der Beinstumpf saß, noch optimieren konnte. Muskeln und Narben würden sich noch über Wochen und Monate verändern. Ihrer Freude und ihrem Optimismus tat das jedoch keinen Abbruch. Sie barst schier vor lauter Energie, und als sie nachmittags wieder zu Hause waren, wirbelte sie Martha buchstäblich um die Ohren. Dem Tag, an dem sie die erste Prothese bekam, folgte auch die Nacht, in der sie zum ersten Mal bei Vince in dessen Zimmer schlief.

Mr. Fergusson, der Privatdetektiv, fuhr einen unauffälligen Jeep Cherokee, als er am nächsten Tag in den Hof gefahren kam. Er hatte sein Kommen per E-Mail angekündigt. Er war ein Mann Mitte vierzig, in einem abgetragenen blauen Anzug, mit einem Aktenkoffer in der Hand. Er hatte schütteres, zurückgekämmtes dunkelblondes Haar und ein glattrasiertes blasses Gesicht beinahe ohne Merkmale, und war von durchschnittlicher Größe. Seinem Händedruck musste man das Prädikat defensiv verleihen, etwas, das man leicht vergessen würde.

Die Familie und Mr. Fergusson nahmen am großen Esstisch im Wohnzimmer Platz. Terry, Linda und Vince schilderten ihm, worum es bei seinem Einsatz gehen sollte und wie es zu ihren Mutmaßungen bezüglich Jason Kendall und John Decker gekommen war. Als Vince anhob, von den Ereignissen vor fünf Jahren zu berichten und sowohl seine als auch Lindas Sichtweise darzulegen, winkte Mr. Fergusson ab.

„Ich kenne Ihre Geschichte in- und auswendig, Mr. Fuller", sagte er. „Ein Skandal, in meinen Augen, wenn Sie meine ungeteilte Meinung hören wollen. Damals schon. Und sollten sich Ihre jüngeren Beobachtungen als fundiert herausstellen, dann wird das ein Superskandal, der das ganze County erschüttern wird."

Leider konnten Linda und Vince nicht mit Fotos der Männer dienen, aber auch das kostete Mr. Fergusson nur ein Lächeln. Er lächelte auch noch, als er auf seinen Tarif zu sprechen kam. So verlangte er pro Tag einen pauschalen Satz von zweihundertfünfzig Dollar, plus Spesen nach belegbaren Einzelnachweisen. „Nicht billig", gab er uneingeschränkt zu, „aber das verlangen alle bei nicht garantiertem Erfolg."

Die Familie erbat sich fünf Minuten Bedenkzeit, während Mr. Fergusson auf der Terrasse eine Zigarette rauchte, erteilte ihm danach aber den Auftrag, den er sich schriftlich mit Durchschlag quittieren ließ. „Ich melde mich, sobald ich erste Indizien für Ihren Auftrag besitze, grundsätzlich aber wöchentlich." So, wie er gekommen war, fuhr er auch wieder davon.

In der ersten Woche, die auf Mr. Fergussons Besuch folgte, schafften es Sancho und Vince, zehn Pferdeboxen herzurichten. Der Privatdetektiv meldete sich telefonisch. Er erklärte Terry, die den Hörer abgenommen hatte, dass er die Personen *im Fokus* habe, wie er sich ausdrückte.

In der zweiten Woche wurde die zweite Hälfte der Pferdeboxen fertig, aber von Mr. Fergusson war nichts zu vernehmen.

Sancho war mit dem Truck unterwegs, um eine Ladung Stroh in Ballen zu holen, das sie später gehäckselt als Einstreu verwenden würden. Jetzt wären wir bereit, dachte Vince, Pferde aufzunehmen. Er versuchte sich zu erinnern, ob Spotted Horse einen Zeitpunkt erwähnt hatte, als er von seines Oheims Pferden sprach, doch es fiel ihm nichts dergleichen ein. In welchen Zeiträumen ticken Indianer eigentlich, und sind sie von Stamm zu Stamm verschieden? Er wusste, dass Shoshonen und Arapaho früher untereinander verfeindet waren, weshalb er verstehen konnte, dass Spotted Horse ausgespuckt hatte, als er ihn den Shoshonen zuschreiben wollte, und dass die Geschichte der Nordamerikanischen Indianer so vielfältig war wie ein Buch mit tausend Kapiteln. Es blieb ihm nichts anderes übrig, als sich auf das Wort des Mannes zu verlassen. Es kam nicht auf einen Tag oder eine Woche an. Fohlen würden sowieso erst nächsten Frühling zur Welt kommen. Aber natürlich reizte es ihn, den Status als Pferdemann wieder zu tragen und das anzugehen, auf das er seine Zukunft und die aller Hausbewohner abrichtete: Pferde.

Das Haus entwickelte sich täglich weiter. Unverkennbar war, dass Frauenhände für die Innenausstattung sorgten. Martha erwies sich als hervorragende Näherin. Wenn sie nicht gerade mit Kochen und Wäsche waschen beschäftigt war, saß sie an ihrer alten Nähmaschine, mit der sie wahre Wunderdinge vollbrachte. Ihr erstes Anliegen waren die Fenster gewesen, die sie nach und nach mit Vorhängen ausstattete. Dass sie eine echte Künstlerin in Sachen Stoff und Faden war, bewies sie mit ihren Quilts, die bald alle Wände zierten.

Linda indes hatte im Schweiße ihres Angesichts seitlich des Hauses ein Viereck Land von etwa zehn auf zehn Meter Größe umgegraben, die Erde durch ein Sieb geworfen und Beete mit Sämereien angelegt, die sie eifersüchtig bewachte und gegen alle Eindringlinge, ob sie aus der Luft oder unter der Erde kamen, verteidigte. Eines Tages, hatte sie versprochen, wird Martha eigene Rüben, Zwiebeln und Kräuter für die Küche ernten. Lindas Fingernägel starrten vor Dreck.

Terry übernahm mit ihrem Laptop Bürodienste für *The Nature Conservancy*. Sie war zwar noch immer arbeitsunfähig geschrieben, wollte jedoch nicht untätig sein. Zur Entscheidung, wann und ob überhaupt sie ihren Arbeitsplatz in *Casper* wieder einnehmen sollte, war sie jedoch noch nicht bereit. Sie liebte Vince, und ihn, das war ihr klar, würde sie nicht verlassen. Sie hoffte auf eine Art Arrangement, das ihr erlaubte, beides zu haben. Ihre Liebe zur Biologie und das Leben mit ihm in ihrer neuen Heimat, denn ja, so bezeichnete sie die Ranch mit allem drum und dran, mit Linda, Martha und Sancho. Sie übte so oft es ging wortwörtlich den Umgang mit ihrer Prothese, unternahm Spaziergänge, steigerte die Distanzen, und wartete im Prinzip wie Vince auf die Pferde.

Und dann kamen sie, die Pferde. Es war ein Samstag, als kurz vor Mittag Sprotted Horse mit einem weiteren Mann, vom Aussehen her sein jüngerer Bruder, der sich im Nachhinein jedoch als ein Cousin herausstellte, insgesamt sieben ledige Pferde aus seines Oheims Herde auf die Ranch führte. Sechs Stuten sowie einen Hengst. Alle Bewohner des Hauses waren auf den Hof gekommen, um die Ankunft der Pferde zu begrüßen. Der Mann knapper Worte trat auf sie zu. „Hier bin ich", sagte er.

Kapitel 4

Juli 2010

Die ersten beiden Wochen nach seiner Ankunft mit den Pferden verbrachte Spotted Horse tagsüber wie nachts im Talkessel, um den Tieren die neue Umgebung vertraut zu machen. Verhielt er sich Menschen gegenüber meist sehr wortkarg, sah man ihn dort oft mitten unter den Pferden und hörte ihn in einer seltsamen, unverständlichen Sprache reden. Zuweilen verfiel er in eine Art Singsang, der die Tiere magisch anzuziehen schien. Wenn Vince ihn besuchte, fand er ihn seltenst beim Unterstand, sondern irgendwo in dem weiten Rund zwischen Wald und Felswänden in der Nähe der Pferde. Dann saß er entweder im hohen Gras oder lehnte an einem Stein, umgeben von seinen Schützlingen. Vince kam er vor wie ein Geschichtenerzähler, dem die Zuhörer gespannt lauschten, und wahrscheinlich lag er mit seiner Einschätzung nicht fern der Wahrheit.

Bei einem seiner Besuche sprach er ihn wegen des Preises für die Pferde an: „Wir haben noch nicht über den Preis gesprochen."

Ein kurzes Lächeln huschte wie ein Schatten über Spotted Horses Gesicht: „Du bezahlst nicht mit Geld", erwiderte er. „Mein Oheim nimmt jedes Jahr dein erstes Fohlen."

Vince überlegte und fand, dass das ein guter Handel sei.

„Und du, Spotted Horse? Was nimmst du für deine Arbeit?"

Wieder dieses schattenhafte Lächeln. „Schenke mir dein Vertrauen, Vince. Wertvolleres gibt es nicht. Wenn ich etwas brauche, sage ich es dir."

Welch seltsamer Mann. Einmal sagte Spotted Horse: „Der Puma ist da. Die Pferde wittern ihn."

„Willst du ein Gewehr?", hatte Vince gefragt.

Spotted Horse hatte ihn zuerst nur angesehen und den Kopf geschüttelt, um dann zu antworten: „Du bist auch da, Vince, und ich schieße nicht auf dich."

Linda und Vince brachten ihm abwechselnd Frühstück und Abendessen, die Martha liebevoll für ihn zubereitete und zum Transport in Aluminiumbehälter gab. Den Flüssigkeitsbedarf deckte er aus dem Bach.

Vince stellte nach einigen Tagen fest, dass Linda bei der Gelegenheit stets länger wegblieb als er selber, mit zunehmender Tendenz. Es war nichts, das ihm Kummer bereitet hätte, doch registrierte er es wie etwa eine Veränderung des Wetters, also eine ganz natürliche Sache. Linda kam mit Sherry, Terrys gutmütiger Stute, glänzend allein zurecht.

Wenn sie anfangs der beiden Wochen von ihrem Essenstransport aus dem Talkessel zurückkam, wohnte in ihrem Herzen noch eine naive Ungläubigkeit, einer Verwirrung nahe, die sich in ihrem Gesicht durch verlegene und rastlose Blicke auszeichnete, als würde sie alles Bekannte in Frage stellen wollen. Bald wurde ihr Ausdruck jedoch ein anderer und eine positive Grundeinstellung nahm von ihr Besitz, eine Gelassenheit, die sie von Kopf bis Fuß verändern sollte. Ihre Körperhaltung wurde aufrechter, ihr Gang straffer, gleichzeitig jedoch insgesamt geschmeidiger und weicher. Fraulicher? Und wann war es zum letzten Mal geschehen, dass sie, in irgendeinen Gedanken versunken, eine Melodie gesummt hatte?

Vince beobachtete es voller Hoffnung. Aus seiner Schwester wurde wieder ein Mensch, der sich nicht mehr nur unter der Last der Vergangenheit beugte, sondern sich dem Mädchen näherte, das sie vor dem großen Unglück gewesen war.

Terry indes beurteilte es, wie nur eine Frau es konnte. „Der Indianer scheint ihr gutzutun."

Der Indianer. Vince fragte ihn, was an Besonderem es war, das er Linda erzählte.

„Wir sprechen nicht viel", antwortete Spotted Horse wie gewohnt kurz. Dann fügte er zu Vince´ Erstaunen doch noch einen Satz dazu. „Sie hat ein gutes Herz und versteht, was sie damit sieht." Mehr war aus ihm nicht herauszukriegen.

Und Linda, gezielt auf Spotted Horse angesprochen, verfiel ebenfalls in ein von einem geheimnisvollen Lächeln umrahmtes Schweigen. Ja, sie ging gern zu dem stillen Mann, der so vollkommen in sich zu ruhen schien. Trotz seiner jungen Jahre war er erfüllt von einem Wissen, das man an keiner Universität des Landes lernen und durch Internet-Suchmaschinen nicht erreichen konnte. Er verstand sich nicht als Krone und Beherrscher der Schöpfung, sondern als Teilhaber an der endlosen Abhängigkeit zwischen der Natur und den Geschöpfen. Aus diesem Bodensatz geboren, sah er sich als einen der letzten Vertreter seines Volkes, die Erde, auf der er stand und lebte, zu ehren, und ihr und allem, was sich darauf befand, Respekt zu zollen. Er verleugnete seine Herkunft nicht, auch wenn sein Volk durch die amerikanische Geschichte seiner Wurzeln beraubt wurde. Er war nicht den Weg gegangen, dem so viele seiner Leute verfallen waren. War nicht in den Teufelskreis eingestiegen, der mit Verlust der Identität und im Alkoholismus endete, was ihn zwar sehr traurig stimmte, weil er durch den Verlust seiner Leute einsamer wurde, ihn aber auch in seiner Lebensanschauung stärkte.

Zuerst hatte Linda sich gefragt, wie man so, augenscheinlich reduziert auf die einfachsten Dinge, leben und dabei dermaßen zufrieden und erfüllt aussehen konnte. Dieser Mann benutzte eine einfache Decke zum Schlafen, seine hohle Hand als Trinkgefäß, den Wald als Toilette und ein paar seltene Worte, um mit ihr zu reden. Dass es sich nicht um Einfältigkeit handelte, erkannte sie an der Klarheit seines Blickes und der Sicherheit seiner Bewegungen. Aus seinen Augen sprach die Selbstverständlichkeit seines Handels, und zu keiner Zeit betrachtete er sie anzüglich, besitzergreifend oder gar lüstern, wie sie es vor fünf Jahren und davor noch bei fast allen ihren Bekannten erlebt hatte.

Von Tag zu Tag zog es sie mehr in seine Nähe, sodass sie es kaum erwarten konnte, Sherry zu satteln und am *Crystal Creek* entlang zu ihm zu reiten. Seine Ausstrahlung schenkte auch ihr ein unmittelbares Gefühl der Sicherheit. An seiner Seite würde ihr nichts passieren, was sie nicht selber wollte. Sie begleitete ihn zu den Pferden, setzte sich mit ihm ins Gras und lauschte der geheimen Sprache, die er für die Pferde verwendete, und manchmal meinte sie zu hören, dass er auch zu ihr sprach. Wenn er aufstand und die Pferde berührte, tat er es mit einer ungewöhnlichen Sanftheit. Es glich eher einem vertrauten Spiel, das den Tieren von Generation zu Generation weitergereicht wurde und zu ihrem natürlichen und angeborenen Erbe zu gehören schien.

Eines Tages sagte er zu ihr: „Zeig´ mir dein Feuermal."

Linda erschrak keineswegs. Sie wunderte sich eher, dass er sie nicht schon früher danach gefragt hatte. Sie zog ihre weite Bluse aus, die sie über den Jeans trug, und drehte ihm den Rücken zu. Sie senkte den Kopf und zog ihre langen Haare über die Schulter vor das Gesicht. Die Brandnarben bedeckten die ganze linke Hälfte des Rückens, ihren Hals und den linken Arm bis zum Ellenbogen. „Es reicht hinunter bis zur Kniekehle", sagte sie, keinen Gedanken daran verschwendend, dass er physisch gesehen immer noch ein Fremder für sie war.

„Keine Angst", hörte sie ihn leise sagen, und dann berührten seine Finger die geschundene Haut. Sie spürte seine Fingerkuppen wie kühle Regentropfen, die auf ihren Rücken fielen. Nach ihrer Mutter und dem Dermatologen der Klinik war Spotted Horse der erste Mensch überhaupt, dem sie diese intime Nähe gestattete. Er nahm nun die Hand und streichelte sie über den Hals, die Schulter und den Oberarm. Bald begann es sie unter seiner Hand zu kribbeln, und sie machte ihn darauf aufmerksam. „Ich weiß", erwiderte er. „Wir werden das jetzt öfter machen."

„Woher weißt du das?"

Wortlos zog er sein Flanellhemd aus. „Dreh´ dich um und schau." Er zeigte ihr seine Brandwunden an Brust, Bauch und Rücken, die er sich als Kleinkind zugezogen hatte. Er nahm ihre Hand, presste sie mit der Fläche auf seinen weißen Brustfleck und hielt sie einige Sekunden fest. „Deine Hand zittert", meinte er, „aber auch du kannst es."

Ihre Hand zitterte tatsächlich ein bisschen. „Was kann ich auch?"

„Dein Herz durch die Hände sprechen zu lassen."

„Kann das nicht jeder?", fragte sie.

Er schaute ihr in die Augen. „Nicht jeder hat ein Herz", lautete seine Antwort.

Als sie zurück zur Ranch ritt, dachte sie lange über seine letzten Worte nach. Sie erbaute daraus einen Kokon, der sie umhüllte und in dem sie sich geborgen und wohl fühlte. *Nicht jeder hat ein Herz.* Den Sinn hatte sie durchaus verstanden, und es war für sie eine beispiellos schlichte Erklärung und Erkenntnis über der Menschen Unterschied. Spotted Horse gehörte, soweit sie wusste, keiner der bekannten Religionen an. Und doch schien er durchdrungen zu sein von einem Geist, der älter war als alle gängigen Götter und deren Gebote, und darum auch freier und ungebundener. Wie, fragte sie sich, konnte er in dieser nach Reichtum und Macht süchtigen Welt zurechtkommen? Wie konnte er mit seiner Welt in dieser Welt überleben?

Gerade als sie vor dem Stall vom Pferd stieg, traten Vince und Terry aus dem Haus. „Alles okay, Linda?", riefen sie wie aus einem Mund über den Hof. Sie fühlte sich beinahe ein wenig ertappt, weil sie so lange fortgewesen war. „Alles okay", beeilte sie sich zu erwidern.

Vince und Terry kamen auf sie zu. „Wir beide gehen mal den Wasserkanal von der Zisterne bis zur Quelle ab. Martha meint, das Wasser in der Küche hätte einen komischen Geschmack. Vielleicht schaust du selber auch mal danach."

Linda warf einen skeptischen Blick auf Terrys Bein. „Das ist aber kein Spaziergang dorthin."

Terry grinste. „Das wird ein Test", wiegelte sie ab, „bevor es richtig in die Berge geht."

„Du hast vielleicht Nerven."

„Nein, ich habe Vince", scherzte Terry optimistisch.

Wie Linda prophezeit hatte, war es kein Spaziergang. Jeder Schritt mit dem linken Bein wollte überlegt sein, und bald standen Terry Schweißtropfen auf der Stirn. Solange sie sich nicht im Wald befanden, ließ Vince sie vorausgehen und ihr eigenes Tempo bestimmen. Als sie die ersten Bäume erreichten, übernahm er die Führung, bog Äste zur Seite und trat Ranken zu Boden. Sie kamen langsam voran, doch sie hatten keine Eile. In ein paar Tagen wollte Terry mit ihm den Aufstieg zu den Fotofallen in Angriff nehmen, doch erst nach dem Besuch ihrer Eltern, die für das Wochenende einen Besuch angekündigt hatten. Dolly O´Connor würde Himmel und Hölle in Bewegung setzen, um zu verhindern, was sie vorhatten.

„Terry, was hältst du davon, wenn wir uns nach einem eigenen Pferd für Linda umschauen? Ich habe das Gefühl, sie braucht eins."

„Meinst du, weil sie Sherry in Beschlag nimmt?"

„Ja, zum Beispiel."

„Wir können heute Abend ja mal ins Netz gehen und uns verschiedene Angebote ansehen. Was meinst du?"

„Also gut, heute Abend."

Der Wasserlauf, der das Ranchhaus mit Frischwasser versorgte, war nur etwa zwei Hände breit und doppelt so tief. Es war eine Meisterleistung von Vince´ Vater, den Graben von der Quelle ohne Höhenmessgerät und ohne Theodolit exakt so anzulegen, dass er mit immer leichtem Gefälle hinter dem Ranchhaus ankam. Vince konnte sich nur noch schwach daran erinnern, doch wenn er sich das Gelände mit Steinen, Felsen und Wurzeln heute ansah, war er dankbar dafür, dass ihm diese Arbeit abgenommen worden war.

Er blieb stehen, als er die Bescherung entdeckte. Terry rempelte ihn von hinten an. „Oh pardon, warum bleibst du stehen?"

„Sieh´ selbst", sagte er, und deutete mit dem Arm voraus.

Mitten in der schmalen Wasserrinne lag ein Körper mit Fell, aufgedunsen und stinkend. Von dem, was der Kopf sein musste, führte ein schäbiges Seil an einen Ast in der Nähe, sodass der Tierkörper nicht abgetrieben werden konnte.

Terry hielt sich die Nase zu und atmete durch den Mund.

„Was ist das? Das stinkt ja ekelhaft."

Vince schien unberührt. „Ein Kojote", sagte er. „Mit Absicht hier deponiert. Siehst du das Seil?"

„Boaaah, macht dir das nichts aus? Ich meine, dieser Gestank?"

„Mich ekelt eher die Tat und die Absicht an, die dahinter steckt. Das arme Tier."

„Vince, was soll das? Wer macht sowas? Hat das vielleicht mit dem Besuch von der Kendall-Farm zu tun?"

Vince nahm sich einen abgestorbenen Ast, der am Waldboden lag und stemmte damit den Kadaver aus dem Wasser. Er drehte den Körper um die Längsachse, konnte jedoch nicht erkennen, nach was er suchte. „Ich sehe kein Einschussloch", sprach er mehr zu sich selbst. „Vielleicht ist er einfach überfahren worden und man ist erst dann auf die Idee dieses üblen Scherzes gekommen. Er hat einfach schon zu lange im Wasser gelegen. Dann hat Martha doch einen feinen Geschmack."

„Das ist einfach widerlich", würgte Terry und drehte sich um.

„Ja, das ist es. Gehen wir zurück. Ich werde eine Schaufel holen und das Tier dann begraben. Heute noch."

Martha schlug die Hände über dem Kopf zusammen, als sie von dem grausigen Fund hörte.

„Da hilft nur Wasser abkochen. Sancho? Sancho! Sancho, du musst für mehr Brennholz sorgen. Ich muss alles Wasser abkochen, das ich zum Kochen verwende, hörst du? Sancho? Wo steckt er nur wieder. Nie ist der Bursche da, wenn man ihn braucht."

Dass Vince noch kein Wort über den Vorfall mit dem toten Kojoten verloren hatte, hieß nicht, dass er sich keine Gedanken darüber machte. Früher wäre er vielleicht losgerast, um den vermeintlichen Verursacher zur Rede zu stellen, und wenn Worte nicht ausgereicht hätten, würde er seine Fäuste als Argumente benutzt haben. Derart ungestüm war er schließlich ins Gefängnis geraten. Das sollte ihm nie wieder passieren, und wenn Linda aufgefallen war, dass aus dem einstigen *Aufbraus* ein anderer geworden war, wollte er sie nicht Lügen strafen. Ganz untätig wollte er jedoch nicht bleiben, denn das war eindeutig ein Angriff auf die Gesundheit und das Leben der Ranchbewohner, und darum wollte er speziell diesen Fall anzeigen. Er wusste, dass Terry eine kleine digitale Kamera besaß. Er würde von dem Kojoten einige Fotos zur Beweissicherung anfertigen und dann den Sheriff anrufen, auch wenn seine Meinung über ihn nicht die allerbeste war.

Hank Shepherd, gewählter Sheriff des *Johnson County*, kam am Nachmittag mit einem Allrad-Streifenwagen auf den Hof vor dem Ranchhaus gefahren. In seiner Begleitung befand sich ein junger Deputy namens Thomas Wakeman. Beide trugen vom Gürtel aufwärts so etwas wie eine offizielle Uniform: Beiges Hemd mit Brusttaschen und gleichfarbige Hüte mit einer kreisrunden Krempe. Die Beine steckten in Jeans. Shepherd, ein schwerer, rotgesichtiger Mann, schob einen dicken Bierbauch vor sich her. Als Vince ihn sah, war sein erster Gedanke, dass es ihm bestimmt nicht gelingen würde, diesen Fettsack an den Fundort des Kojoten zu bewegen. Aber er sollte sich täuschen. Der Sheriff ließ es sich nicht nehmen, persönlich einen Eindruck von dem Anschlag zu erhalten. Er folgte Vince, der eine Schaufel und die Digitalkamera bei sich trug, zwar unter Ächzen und Fluchen, während er seinen Deputy wegen des Funkverkehrs beim Wagen gelassen hatte, fand aber zwischendurch immer noch ein paar Worte, um so etwas wie ein belangloses Gespräch zu führen. Vince wusste hingegen, dass ab jetzt nichts mehr belanglos seine würde.

„Ist es noch weit, verdammt?" Die Frage hätte genauso gut von einem Kind kommen können.

„Es ist eine Stelle im Wald. Nur noch ein paar Meter."

„Ich kenne natürlich eure Geschichte, Mr. Fuller." Der Sheriff stolperte, wäre um ein Haar gestürzt. „Ganz schön mutig von euch, hier wieder anzufangen."

„Was hat das mit Mut zu tun? Es ist unser Besitz, unsere Heimat."

„Man munkelt, dass du damals reingelegt worden bist." Der Sheriff wechselte zur gebräuchlicheren Anrede.

„Ach, tut man das? Hier draußen hören wir so gut wie nichts, Mr. Shepherd. Damals hätte ich´s vielleicht gebrauchen können, aber man wollte unbedingt einen Täter. Und wegen der Brandstiftung hat der damalige Sheriff viel zu schnell die Akte geschlossen. Nicht mal die Versicherung hat für den Schaden bezahlt."

„Ich weiß das, Junge. Mir gefiel es auch nicht, wie das damals abgewickelt wurde."

„Ja, abgewickelt." Vince blieb stehen und drehte sich zum Sheriff um. „Nicht mal zur Beerdigung unserer Eltern haben sie mich gelassen, Mr. Shepherd. Linda, meine Schwester, lag mit Brandwunden schwerverletzt in der Klinik. Ehrbare Leute wie meine Eltern, Sheriff, wurden nur in Anwesenheit von Lorna Forester von der *Conifer Cross-Ranch Wy.*, von Roy Rogers, meinem Anwalt, und dem Pastor unter die Erde gebracht. Kein Choral wurde gesungen, keine Worte gesprochen. Als hätten sie die Pest gehabt. Das war schäbig."

Hank Shepherd wischte sich mit einem riesigen Stofftaschentuch den Schweiß von der Stirn. „Wen willst du jetzt eigentlich anzeigen? Wegen des Kojoten, meine ich."

„Unbekannt. Wir sind gleich da. Vielleicht können Sie mit dem Seil etwas anfangen, mit dem das Tier angebunden war. Fußspuren gibt es glaub´ ich keine. Aber ich will es für alle Fälle amtlich dokumentiert haben."

„Was hast du vor?", fragte der Sheriff hellhörig geworden, aber Vince zog es vor zu schweigen. Sie waren am Fundort des Kadavers angekommen.

Wie Vince vermutet hatte, gab es für den Sheriff nicht viel aufzunehmen. Er schoss mit einer kleinen Kamera ein paar Fotos von der örtlichen Situation, ebenso wie Vince es tat. Tatsächlich zeigte er Interesse an dem Seil. Zu seiner größten Überraschung jedoch zog der Sheriff einen stabilen Kunststoffbeutel aus der Hosentasche und bat ihn, ihm beim Einpacken des toten Tieres behilflich zu sein."

„Sie nehmen wirklich das komplette Tier mit?"

Mr. Shepherd nickte. „Ob das Tier überfahren oder erschossen worden ist, können wir nur durch eine Obduktion klären. Wenn wir Glück haben, steckt noch eine Kugel im Körper. Es soll mir keiner nachsagen, ich würde meinen Job nicht ordentlich erledigen."

Obwohl der Kadaver nicht schwerer wog als um die zwanzig Kilogramm, trugen sie ihn zu zweit. Sie schoben den Schaufelstiel durch den Tütengriff und jeder packte an einem Ende der Schaufel an.

Zurück auf der Ranch, hieß Shepherd den Deputy den Beutel zu übernehmen und ihn im Streifenwagen zu verstauen. „Aber im Kofferraum, Tom, er stinkt gewaltig. War was am Funk?"

„Yep", schnappte der Deputy, „geht uns aber nichts an, ist außerhalb unseres Countys. Ein tödlicher Verkehrsunfall in der Nähe von *Cheyenne*. Ein einzelner Mann. Im Fahrzeug nach Überschlag verbrannt."

Sheriff Shepherd spuckte in den Sand. „Kennen wir ihn?"

Der Deputy schüttelte den Kopf. „Noch nie gehört, Sir. Das Fahrzeug, ein Jeep Cherokee, war zugelassen auf einen Mann namens Fergusson."

Sie hockten rund um den Tisch auf der Terrasse. Martha servierte Eistee mit Zitrone. „Ihr könnt es beruhigt trinken, es ist Flaschenwasser."

Hank Shepherd und Thomas Wakeman hatten ihre Hüte abgesetzt. Die Nachricht vom Tod eines gewissen Mr. Fergusson sorgte für einige Aufregung, obwohl seine Identität noch nicht zweifelsfrei feststand. Bei Verbrennungen war es allenthalben kompliziert und kam auf die Schwere und auf den äußeren Zustand des Toten an. Bislang hatte man nur das Fahrzeug eindeutig Mr. Fergusson zuweisen können.

Ursprünglich war Vince´ Strategie gewesen, die Polizei, deren Vertreter jetzt bei ihnen am Tisch saß, nicht in ihre privaten Nachforschungen einzuweihen, denn eigentlich wusste er zu wenig über Hank Shepherd und dessen Deputy. War er durch Protektion zu seinem Amt gekommen, und wenn ja, von wessen Gnaden? Pflegte er Seilschaften und war er korrupt? Das gleiche galt natürlich auch für Thomas Wakeman. War er seinem Chef loyal ergeben? War er bestechlich? Obwohl noch nicht abschließend geklärt war, ob es sich bei dem Unfallopfer bei *Cheyenne* um den Privatdetektiv Fergusson handelte, musste Vince sich entscheiden. Bisher hatte er an Sheriff Shepherd nichts auszusetzen. Im Gegenteil. Die Vorgehensweise im Fall des Kojoten hatte ihn beeindruckt. Er selber hätte im Leben nie an eine Obduktion gedacht. Und wenn Shepherd, lediglich angenommen, von dem alten Zwist zwischen den Fullers und den Kendalls Kenntnis hatte und er in irgendeiner Weise ein geschmierter Lakai der Kendalls sein sollte, dann würde er auch einen Bezug zwischen diesem Kadaver-Anschlag und den Kendalls herstellen. Auf keinen Fall würde er dann das tote Tier obduzieren lassen, sondern zu Vince gesagt haben: *Du hast eine Schaufel dabei, also begrab´ das Tier.* Weil Shepherd jedoch nicht so gehandelt hatte, fasste Vince den Entschluss und schilderte dem Sheriff den Besuch John Deckers und des schwerstbehinderten Jason Kendall vor einigen Wochen, sowie Terrys Beobachtungen in *Cheyenne* und hier auf dem Hof.

„... und darum haben wir den Privatdetektiv Mr. Fergusson engagiert. Er wollte sich jede Woche bei uns melden, doch seit seinem letzten Anruf ist er schon seit mehreren Wochen überfällig.“

Sancho empörte sich: „Das kann doch kein Zufall sein. Vielleicht war es gar kein Unfall, sondern geplanter Mord?“

Martha bekreuzigte sich dreimal. „Wir haben einen Auftrag unterschieben. Ich hole das Original.“

Hank Shepherd trank vom Eistee. Er hatte schweigend zugehört und kam dann auf Jason Kendall zu sprechen. „Von ihm geht wohl alles aus. Zufällig kenne ich den Neurologen, der vor fünf Jahren das Gutachten für das Gericht über Jason Kendall erstellt hat. Er ist ein Mann von zweifelhaftem Ruf, sowohl in der Ärzteschaft als auch gesellschaftlich. Man sagt ihm nach, er habe immense Schulden. Spiel- und Alkoholsucht und solche Dinge. Aber wenn das zuträfe, was Terry beobachtet hat, dann wäre das sein definitives Ende."

Linda sagte: „Ich habe die Stimme von John Decker wiedererkannt, der mich damals gewaltsam aus dem Truck gerissen und ins Feuer unseres Hauses gestoßen hat. Wir haben Terrys und meine Aussage bei einem Notar in *Buffalo* hinterlegt, für den Fall, dass uns etwas zustoßen sollte."

Sheriff Shepherd stand auf. „Danke, dass Sie mich ins Vertrauen gezogen haben. Ich verspreche Ihnen, vorsichtig vorzugehen und keine Pferde scheu zu machen. Ich werde die Kollegen in *Cheyenne* auf die Möglichkeit eines herbeigeführten Unfalls aufmerksam machen. Wenn nötig, fahre ich selber dorthin. Verhalten Sie sich bis auf Weiteres ruhig. Lassen Sie sich auf keine Provokationen ein. Die Sache ist zu wichtig, als dass man sie jetzt leichtsinnig verspielen sollte. Und sehr brisant, verdammt. Komm, Tom, fahren wir, und lass´ den Kofferraumdeckel offen."

„Was soll das, Vince? Sind wir jetzt alle hier in Gefahr?" Martha war instinktiv näher an Sancho herangerückt. „Das sieht doch ein Blinder mit dem Stock, dass diese Dinge zusammenhängen. Der freche Besuch von diesem John Denver, oder wie er heißt ..."

„John Decker, Martha", korrigierte Sancho sie geduldig.

„... meinetwegen, John Decker", redete sie weiter, „dann unser Wasser verseucht, und nun ist auch noch unser Privatdetektiv ermordet?"

„Das ist doch noch gar nicht sicher, Martha."

„Zweifelst du etwa daran, Sancho? Ich nicht. Herrgott, gibt es in diesem Haus eigentlich keinen Tequila? So einen bräuchte ich jetzt."

Sie saßen zu fünft um den Tisch. Noch waberte die Staubwolke von Sheriff Hank Shepherds Streifenwagen in der Luft, und mit ihr die miese Stimmung. Jeder hing seinen trüben Gedanken nach oder malte sich das Bild einer ungewissen Zukunft.

„Warum fahren wir nicht einfach zu den Kendalls und stellen sie zur Rede? Jetzt gleich, sofort? Wir alle fünf? Während die ihre bösen Pläne schmieden, sind wir zum Stillhalten verdammt." Sancho sah aus, als wolle er aufspringen und seinen Truck besteigen.

„Danke, Sancho, aber das werden wir garantiert nicht machen", versuchte Vince die Wogen zu glätten. „Was würden wir ihnen auch sagen wollen? *Du böser Kendall, du. Du darfst nicht unser Wasser vergiften und unseren Detektiv umbringen?* Uns bleibt nichts anderes übrig, als die Augen offenzuhalten und abzuwarten. Wir dürfen nicht den Fehler begehen, unser Wissen unbedacht preiszugeben. Ich traue dem Sheriff einiges zu, zum Beispiel, dass er sich wegen des angeblichen Unfalls erkundigt und dass er eventuell eine Verbindung zwischen den Kendalls und dem ominösen Gutachter entdeckt. Ich denke da an Kontoüberprüfungen, also ob bestimmte Summen von dem einen auf das andere Konto geflossen sind. Und dass vielleicht sogar der Kojote eine Kugel in sich trägt, die aus einer bestimmten Waffe abgeschossen wurde. Solche Beweise können wir nicht beschaffen, Sancho. Das muss der Sheriff machen."

„Ja", leistete Linda ihren Beitrag, „wenn es stimmen sollte, dass es ein Mord an Mr. Fergusson war, heißt es noch lange nicht, dass ihn die Kendalls umgebracht haben. Mr. Fergusson dürfte vermutlich für mehrere Klienten gearbeitet haben. Doch wenn es die Kendalls waren, oder jemand in deren

Auftrag, dann wissen sie auch Bescheid, dass Fergusson für uns gearbeitet hat. Also wissen sie, dass wir es wissen, und werden entsprechend vorbereitet sein."

„Ach ja, Terry", sagte Vince. „Du gehst ab sofort nirgendwo mehr alleine hin. Du bist die Gefährdetste von allen. Schließlich warst du es, die Jason Kendall entlarvt hat. Du stellst die größte Gefahr für sie dar."

„Und wann soll das alles ein Ende haben?", fragte sie.

„Wenn es gut ist", sagte er.

Es war Abend. Die Sonne würde bald die Baumwipfel erreichen. Linda war unterwegs zu Spotted Horse. Sie hatte Vince gesagt, er könne heute zu Hause bleiben.

Er lag mit Terry, beide bäuchlings, auf dem Bett in seinem Zimmer. Zusammen schauten sie auf den kleinen Bildschirm ihres Laptops und blätterten hunderte Verkaufsangebote von Pferden durch, die allein für den Staat Wyoming existierten. Terry hatte gefragt, ob sie den Filter anklicken sollte, mit dem man diverse Kriterien ausschließen konnte, wie zum Beispiel Geschlecht, Alter, Rassen, Farben, Preise, doch Vince hatte Laune, das ganze Spektrum zu sehen. Terry machte sich nebenbei Notizen, falls ihnen ein Pferd ins Auge stach, das in eine erweiterte Auswahl genommen werden sollte. Sie war bereits müde, die Haltung war anstrengend, und auch er gähnte des Öfteren. Wie viele hatten sie bereits gesehen, wie lang war die Liste ihrer Notizen, und wie lange würden sie noch durchhalten? Die Flut der Angebote schien kein Ende zu nehmen. „Machen wir Schluss für heute?"

Vince hielt sich die Hand vor den Mund. „Hast du Linda nach Hause kommen hören?"

Terry räusperte sich verlegen. „Sie hat sich nicht getraut, es dir selber zu sagen."

„Blödsinn", rumpelte er los. „Linda kann mir alles sagen."

„Ja, so war´s ja auch nicht gemeint. Natürlich kann sie dir alles sagen. Nur: Das war wohl etwas speziell."

„Speziell?"

„Also gut, ich sag´s dir, aber sei ihr nicht böse. Sie bleibt heute Nacht bei Spotted Horse."

Vince war platt. Ja, das war selbstverständlich etwas speziell. Da schau mal einer an, seine kleine Schwester. Bilder zogen an seinem inneren Auge vorbei. Linda und er als Kinder. Ihr Spiel im Pferdestall oder am Bach. Der Moment der Katastrophe im brennenden Haus, und der Augenblick, als er sie zum ersten Mal nach seiner Haftentlassung in der Anstalt wiedersah. Wie schön sie war. Wie schön sie ist. Der Fokus seiner Augen veränderte sich wieder, der Bildschirm tauchte vor ihm auf. Eine Unzahl von Pferden hatten sie gesehen. Bestimmt hunderte. Aber keines wie das, auf das er gerade geistesabwesend starrte. Ein Hengst, achtjährig, rotbraunes Fell, eine eigentümliche Form der Blesse auf der langen Nase. Wie ein Stern.

Er benötigte eine erklecklich lange Zeit, bis das Bild in ihm auf die richtigen Nervenenden traf. „Das ...das ..." Dann überwältigte es ihn und stumme Tränen rannen ihm übers Gesicht. „Terry, ...das ...Pferd ..."

Terry schaute ihn erschrocken an. Nein, nicht erschrocken. Gebannt und fasziniert. „Oh Gott, Vince, was ist passiert? Was ist mit dem Pferd?"

„Es ...ist ...mein ...Pferd. Es ...ist ...mein ...Starface."

Kapitel 5

Fünf Jahre früher.

Die Winterweide lag etwa drei Meilen weiter östlich, wo die Berge in das Hügelland übergingen. Ein Bergvorsprung verhinderte, dass sie vom Ranchhaus eingesehen werden konnte. Sie umfasste ungefähr zwei Quadratmeilen. Der Sommer hatte bisher genug Regen gebracht, sodass das Gras saftig grün war und hoch stand. Victor Fuller wollte es nach dem Unabhängigkeitstag mähen, und wenn es in der Sonne getrocknet war, mit der Maschine in Ballen pressen.

Victor hatte die Ranch schon von seinem Vater übernommen und sie ständig ausgebaut. Im Vergleich mit anderen Ranches, deren Tierbestand weit über tausend ging, blieb es jedoch eine verhältnismäßig kleine Ranch mit lediglich achtzehn Quadratmeilen privater Weide, die bei Bedarf durch Zumiete vom BLM, Büro of Landmanagement, erweitert werden konnten, was er aber kaum in Anspruch nahm. Er hielt die Anzahl der Black Angus Rinder bewusst so, dass er nicht mehr als drei Ranchgehilfen, oder Cowboys, zu beschäftigen brauchte. Wenn zu Stoßzeiten im Frühjahr, wenn die Herden zusammengetrieben und einzelne Rinder und Jungtiere zum Brandmarken aussortiert wurden, der Arbeitsanfall am größten war, stellte er auch Saisonarbeiter ein, die ausschließlich zu diesem Anlass von einem Job-Center vermittelt wurden. Meist handelte es sich um junge Leute und Studenten, die sich ein paar Dollar verdienen wollten.

Er war mit Edna verheiratet, die er einst während eines Aufenthalts in Boston im Osten des Landes kennengelernt, und die bis dahin keinerlei Erfahrung mit dem Leben auf einer Rinderranch gemacht hatte. Sie war drei Jahre jünger als er, und 1979 brachte sie Vince zur Welt, fünf Jahre später Linda.

Die unmittelbaren Nachbarn der Fullers waren die Kendalls, Schafsfarmer in der dritten Generation, wobei man *unmittelbar* eher als *die nächsten* interpretieren musste. Zwischen beiden Häusern lagen etliche Meilen. Chef der Schafsfarm war Jubal Kendall, der ältere Bruder Jasons. Die Eltern der Brüder hatten die Geschäfte der Farm frühzeitig in die Hände des ältesten Sohnes übergeben und sich in Arizona in eine sogenannte *Sun City* für Rentner eingekauft. Das Verhältnis zwischen beiden Familien war, solange die alten Kendalls ihre Farm leiteten, stets gut gewesen. Die gleichaltrigen Kinder Jason und Vince sowie die jüngere Linda waren miteinander befreundet. Gelegentlich auftretende Interessensüberschneidungen zwischen Rinderrancher und Schafsfarmer wusste man in der Regel einvernehmlich zu trennen. Jubal Kendall, der ältere der Söhne, setzte jedoch bald auf Expansion, und so häuften sich mit der Zeit die Konfliktsituationen.

Eine Woche vor dem Independence Day kam einer der drei Cowboys, Lance Jenkins, im Galopp auf die Ranch geritten. Noch bevor sein Pferd stand war er halsbrecherisch aus dem Sattel gesprungen und ins Ranchhaus gestürmt.

„Vic", schrie er, „sie haben den Weidezaun zerschnitten und die Schafe auf die Winterweide getrieben. Sie fressen unser Winterfutter."

Edna, die aus der Küche kam, schlug sich eine Hand vor den Mund. Sie wusste, dass Ärger ins Haus stand. Denn schon war Victor aufgesprungen und aus dem Haus gestürzt. „Vince", rief er, „Vince."

Vince, sechsundzwanzig, trat verwundert aus dem Pferdestall. „Nimm dein Pferd und reite hinter mir her. Ich nehm´

den Truck und fahr´ zur Winterweide. Die Schafe fressen unser Gras."

Vince sattelte seinen jungen Hengst Starface, ein schöner Rotbrauner mit einer Blesse, die die Form eines Sterns hatte, und trabte los, den Spuren des Trucks im Gras folgend. Als er die Winterweide erreichte, hatte sein Vater bereits das Gatter geöffnet und war mit dem Truck auf die Weide gefahren. Und da sah er die Bescherung. Mindestens drei- bis vierhundert Schafe waren durch ein Loch im Zaun auf der gegenüberliegenden Ostseite auf die Weide geströmt. Victor war aus seinem Truck geklettert und hielt das Winchester-Repetiergewehr in den Händen, das er stets im Führerhaus des Trucks hängen hatte. „Los", brüllte er, „schafft die Biester raus!", und feuerte mit dem Gewehr in die Luft. „Jagt´ sie raus, hinter den Zaun, und dann flickt das Loch."

Vince und die drei Cowboys brauchten eine halbe Stunde, bis sie die Schafe nach und nach durch das Loch im Zaun drängen konnten. In diesem Moment fuhr der Pickup der Kendalls heran. Jason Kendall, sein älterer Bruder Jubal und John Decker stiegen aus, jeweils ein Gewehr in den Händen.

„Was soll das, Vince", rief Jason, und drängte sich durch die Herde. „Warum drängst du unsere Schafe vom Land?"

„Weil es unser Land ist und unser Gras. Wir brauchen das Futter für den Winter."

„Sollen unsere Schafe verhungern und verrecken, oder was?"

Victor war mit dem Truck näher gekommen. Auch er stieg mit dem Gewehr aus.

„Das ist dein Problem, Jason", antwortete Vince. „Ihr habt einfach zu viele Schafe. Melde dich beim BLM, wenn du zu wenig Schafweide hast."

„Du weißt ganz genau, dass das BLM uns Schafzüchtern kein Rinderland zum Abweiden gibt."

Jetzt schrie Victor ihn an: „Und warum ist das so? Weil deine Schafe das Gras bis auf die Wurzeln abfressen, sodass jahrelang kein Gras mehr wächst. Und der Wind bläst die Erdkrume davon. Das nennt man dann Erosion. Darum kriegst du keine Weide, Jason. Und meine Weide kriegst du auch nicht. Los, verschwindet mit euren Schafen, bevor ich sie erschieße."

Die beiden Parteien standen sich unversöhnlich gegenüber. Victor war kein übler Mann, doch neigte er zum Jähzorn. Er hob seine Waffe und erschoss vor Jasons, Jubals und Deckers Augen eines der Schafe. „Verschwindet", schäumte er.

„Dad", raunte Vince ihm zu, „hör´ auf. Es ist gut. Die Schafe können nichts dafür."

„Gut ist, wenn ich es sage", fauchte er seinen Sohn an. „Oder meinst du, ich soll einen der drei Kerle erschießen?"

John Decker trat nahe an Vince´ Vater heran. „Gut ist es auch, wenn ich es sage, alter Mann. Wir gehen. Aber ich schwöre dir, dass du das noch bereuen wirst. Komm Jason."

Victor starrte den dreien hinterher, bis sie mit ihrem Pick-up davonfuhren. Dann warf auch er seine Winchester in den Truck und stieg ein. „Treibt sie raus, die Viecher, und schließt das Loch. Werft das tote Schaf hinterher. Sollen es die Kojoten holen", knurrte er, gab Gas und rollte davon.

*

Lorna Forester begrüßte jeden einzelnen Gast persönlich. Wie alle Jahre, stets am Abend vor dem Independence Day, veranstaltete sie in der großen Scheune ihrer Ranch ein Fest, mit Live-Musik einer Country-Band, Tanz, Getränken und Imbiss. Der Unkostenbeitrag pro Person betrug zehn Dollar, doch auch dieses Jahr würde es für sie ein Geschäft mit roten Zahlen werden. Das störte sie jedoch keineswegs, denn hier führte sie jung und alt aus der gesamten Region zusammen, und manche kamen mittlerweile sogar von weit her.

Lorna war sechsundvierzig Jahre alt und nach dem Krebstod ihres Mannes Boss der *Conifer Cross Wy.*, einer der größeren Ranches in Wyoming. Die *Conifer Cross Wyoming* lag einige Meilen westlich von *Casper* am *North-Platte-River*. Es gab eine Ranch gleichen Namens, jedoch in *Arizona*. Den Namen hatte die Ranch dank der Lage des Ranchhauses auf einem kreisrunden Hügel, auf den vier von Koniferen gesäumten Straßen aus vier verschiedenen Richtungen führten. Das Brandzeichen der *Conifer Cross Wy.* waren zwei C mit einer römischen Eins in der Mitte, also etwa CIC, nicht zu verwechseln mit dem Brandzeichen der *Crystal Creek-Ranch*, das mit einer römischen Zwei versehen war. CIIC.

Als sie Linda Fuller entdeckte, freute sie sich aufrichtig. Sie war seit langem mit Edna, Lindas Mutter, befreundet und kannte das Mädchen bereits, als diese nur aus einem Gestell aus sperrigen Knochen und langen Zöpfen zu bestehen schien. „Wow, Linda", umarmte sie die junge Frau, „willst du heute Abend den Schönheitspreis gewinnen?"

Inoffiziell fungierte Lornas Fest auch als überregionaler Heiratsmarkt. Das Land wimmelte von Paaren, die sich bei Lorna kennengelernt hatten. Linda war nun einundzwanzig, eine blühende Schönheit mit langen braunen Haaren. Sie war schlank, etwa eins fünfundsechzig groß, und sie war schüchtern. Sie hatte ihren Bruder Vince gebeten, sie zu begleiten, doch er hatte abgelehnt. „Ich hab´ zwölf Pferde auf die Weide gebracht und will sie nicht unbedingt an den Puma verlieren." Also war er auf seinem Lieblingspferd Starface ins Tal geritten, um die Nacht bei seinen Pferden zu verbringen, während sie Vaters Truck geschnappt hatte und zu Lorna gefahren war. „Dann eben nicht", hatte sie dabei gedacht. Doch wohl war ihr nicht, fand sich sogar unbehaglich, weil es ihr in diesem Jahr besonders auffiel: Sie war das Objekt mancher Begierden. Konnte sie früher, die Jahre davor, Vince als Prellbock oder abschreckenden Begleiter vorschieben, war sie heuer ungeschützt. Sie konnte sich weder wehren noch verteidigen. Es fehlte ihr an Schlagfertigkeit gegenüber der verbalen Anmache und den Anzüglichkeiten, an Selbstbewusstsein, an Erfahrung im Allgemeinen und an Erfahrung mit Männern im Besonderen. Woher auch? Ihr Bruder war ein großmäuliger Lulatsch, der sie zwar liebte, sie jedoch immer wieder wissen ließ, welch zartes Pflänzchen sie doch war, wahrscheinlich getraute er sich das Wort *Mauerblümchen* nicht in den Mund zu nehmen, und sie insgeheim für etwas doof hielt. Dabei war er selber ein Aufbraus, der ob seines Temperaments regelmäßig in die eine oder andere Keilerei verwickelt wurde. Hätte er seine Pferde und seinen Starface nicht, zu denen er sanft war wie der gute Hirte zu seinen Schäfchen, hätte er vermutlich mehr Probleme mit dem Sheriff als ihm lieb sein würde. Aber was sollte es? Sie war nun einmal alleine gekommen, und sie hatte vor, auch alleine wieder zu gehen. Sie tanzte artig mit dem einen oder anderen Galan, ertrug heroisch deren Schweiß und Biergestank, wimmelte jedoch alles ab, was nach einem Tête-à-Tête außerhalb der Scheune roch.

Denn in der Regel gab es bei Lornas Scheunenfest nur zwei Sorten Männer: Die einen, die das Fest ausschließlich zum Anlass nahmen, um ein Mädchen zu einem, gelinde ausgedrückt, amourösen Abenteuer im Schutz der Dunkelheit auf dem Parkplatz zu überreden, wobei Linda ungewollt immer in eine Art Schockstarre verfiel und fluchtartig die Tanzfläche verließ. Und die anderen, die selbst zu schüchtern und gehemmt waren, dass sie vor Lindas Schönheit geradezu in Ehrfurcht erstarben und kapitulierten, und das Maul nicht aufbekamen. Die Folge war, dass sie von Ersteren bald gemieden oder geschmäht wurde, von Zweiteren nur begafft, doch nicht aufgefordert wurde, und sie sich, je länger der Abend dauerte, mehr und mehr einsam fühlte. Mist. Wieso waren Vince seine Pferde wichtiger als seine Schwester.

Sie erkannte einen von Vaters Cowboys, Marvin, in der Menge der Leute, der ihr zunickte, sie sonst aber missachtete. Soll er doch, dachte sie, ist sowieso nicht mein Typ. Womit sie vor der Frage stand, wie denn ihr Typ beschaffen sein müsste. Vom Typ her könnte er so aussehen wie Jason Kendall. Das stand für sie fest, wobei gerade er in Person nicht für sie in Frage kam, denn er war ein Freund seit Kindestagen. Freunde sind tabu, und sie empfand für ihn auch nicht mehr als eine enge Freundschaft. Da gab es nichts, das reizte. Hinzu kam, dass er erst kürzlich versucht hatte, sie zu küssen und ihr unter den Rock zu greifen, etwas, das sie von ihm überhaupt nicht gewohnt war. Aus einem Reflex heraus hatte sie ihm eine gescheuert, dass seine Nase blutete und er mit hochrotem Kopf in sein Auto gestiegen und davongefahren war. Verdammt, er musste doch wissen, dass bei ihr in dieser Richtung nichts lief. Und sonst? Sonst? Mit Erschrecken stellte sie fest, dass ihr Konto auf der Haben-Seite ziemlich leer aussah. Aber ich will nicht, dass ich *soll*, dachte sie. Das ist nicht mein Ding. Ihre Mutter sagte stets, dass sie es *merken* würde, oder *spüren*, wenn der Richtige vor ihr stünde. Ihr entfuhr unkontrolliert ein lautes „Ha", das sie erröten ließ, als Leute sich nach ihr umdrehten. Denken die, ich sei betrunken? Dieser Gedanke wiederum löste einen Lachanfall in ihr aus, dass sie aus der Scheune rennen musste, um nicht von jedem angestarrt zu werden. „Ach, wenn ich schon hier draußen bin, kann ich auch gleich nach Hause fahren", sprach sie mit sich selbst, suchte den Schlüssel für den Truck in der Hosentasche und schloss die Fahrerkabine auf. Als sie den Schlüssel ins Zündschloss steckte und den Motor anließ, war es eine halbe Stunde nach Mitternacht.

Dass sie aufmerksam beobachtet wurde, bemerkte sie indes nicht.

*

Zur selben Zeit saß Vince vor dem selbstgebauten Unterstand, den Rücken an die Bretter gelehnt, und beobachtete die Pferde auf der Weide. Über ihm wölbte sich die Milchstraße, durchquerte den Ausschnitt des Himmels, den er einsehen konnte, in der Mitte, von einer Bergspitze zur nächsten. Auf der anderen Seite der Bretterwand knabberte Starface an Möhren, die er ihm vor die Beine gelegt hatte. Der Sattel hing neben ihm über einem Balken.

Die zehn Stuten hielten sich in der Nähe des Baches auf und ästen in vollkommener Ruhe. Der Hengst und der Wallach hielten sich etwas abseits. Es gab keine Anzeichen für die Anwesenheit eines Raubtieres. Dass sich ein Puma an ausgewachsene Pferde wagte, kam selten vor. Ein Tritt mit den Hinterhufen eines Pferdes war auch für eine Raubkatze dieser Größe gefährlich. Ein Fohlen jedoch wäre eine willkommene Beute. Vince hoffte, im nächsten Jahr wieder Fohlen im Stall stehen zu haben.

Sein erstes Fohlen, dem er im eigenen Stall auf die Welt geholfen hatte, war Starface. Es war für ihn ein gewaltiger emotionaler Augenblick gewesen, nicht zu vergleichen mit der Geburt eines Kalbes. Aus Kälbern, so süß sie auch aussahen, wurden in absehbarer Zeit Rinder, gingen in der Vielzahl unter und wurden letztlich zum Spekulationsobjekt, zur anonymen Masse, Geld auf vier Beinen. Bei Pferden war das anders, jedenfalls für ihn, und seit er Starfaces Kopf im Schoß liegen gehabt hatte, sowieso.

Sein Vater hielt nicht viel von der Pferdeliebhaberei. Für ihn waren es Nutztiere, die der Rancher zur Weidearbeit benötigte. Doch war er klug genug, seinem Sohn die Weide im

Talkessel zu überlassen und damit auch die Voraussetzung für eine kleine Pferdezucht, denn damit wollte er verhindern, dass Vince eines schönen Tages die Ranch verließ. Bisher war ihm das gelungen. Vince jedenfalls verspürte überhaupt keine Lust nach etwas anderem.

Was ihn als einziges betrübte, waren die gelegentlichen jähzornigen Ausbrüche seines Vaters, wie vor einer Woche geschehen, als er eines der Schafe aus Kendalls Herde erschoss. Völlig unnötig, das Ganze, denn die Situation war im Grunde schon gelöst gewesen. Das Schaf hätte er nicht erschießen dürfen. Bisher waren sie mit den Kendalls noch immer gut ausgekommen, auch wenn diese Schafsfarmer waren. Mit Jason hatte er die Schulbank gedrückt, hatte ihm im Schulbus stets den Platz neben sich freigehalten, und sie waren auch außerhalb der Schule Spielkameraden gewesen. Jason hatte bei den Fullers mit am Mittagstisch gesessen, wie genauso umgekehrt er bei den Kendalls ein- und ausging. Gut, das gab ihnen zwar nicht das Recht, den Weidezaun durchzuschneiden und ihre Schafe auf die Weide der Fullers zu treiben, dazu ausgerechnet auf die Winterfutterweide, aber irgendwie war es zum Eklat gekommen und Vater hatte überreagiert. Vince war sich sicher, dass hinter dem Vorgehen nicht Jason steckte, sondern der Vorarbeiter der Kendalls, John Decker.

Seit John Decker bei den Kendalls das Sagen hatte, schien, und das fiel Vince nun in der Nachbetrachtung ein, das gute Verhältnis zwischen den beiden Familien abgekühlt zu sein. Doch, so musste er es nennen, denn irgendwie musste John Decker ein Interesse daran haben, für ein schlechteres Klima zu sorgen. Nicht nur zwischen den Familien im Allgemeinen war das auffallend, sondern besonders im Verhältnis zwischen Jason und Linda. Ob etwas zwischen den beiden vorgefallen war, konnte Vince nicht sagen. Linda sprach über solche Dinge nicht. Ihr Verhalten änderte sich jedoch, sobald sich Jason in ihrer Nähe aufhielt oder wenn von ihm gesprochen wurde. Dann wurde Linda schnippisch, kurz angebunden, ablehnend. Ob auch da John Decker die Finger im Spiel hatte? Ob er Jason dahingehend negativ beeinflusste, in dem er Linda zum Lustobjekt stilisierte? Machte er Jason verbal heiß auf Linda? Hatte sich Jason, aus dieser Sicht betrachtet, bei Linda eine Abfuhr eingehandelt? Vince wusste es nicht, aber er konnte sich gut vorstellen, dass es so oder so ähnlich gewesen war.

Er liebte seine Schwester. Er liebte sie, auch wenn sie manchmal etwas bockig sein konnte. Er schätzte ihre absolute Natürlichkeit. Sie wusch sich das Gesicht mit kaltem Wasser und kämmte ihre langen Haare mit einer Bürste, und das war auch schon die ganze Schönheitspflege. Am meisten mochte er sie, wenn sie sich in gewissen Dingen ein bisschen doof anstellte. Zum Beispiel konnte er ihr hundertmal sagen, dass man das Stalltürschloss mit einer Schlüsseldrehung nach rechts abschloss. Nein, sie probierte es genauso oft mit links. Dann blies sie sich meistens eine Haarsträhne aus ihrem Gesicht und rief laut um Hilfe.

Sie hingegen hielt ihn für einen Aufbraus, wie sie es nannte. In gewisser Weise musste er ihr recht geben, denn über dieses Erbe seines Vaters ärgerte er sich am meisten. Er schämte sich sehr dafür und versuchte, sich dieser Charakterschwäche stets bewusst zu werden, doch offenbar arbeiteten seine Kontrollmechanismen nicht richtig, denn wenn ihn erst einmal die Weißglut erfasst hatte, kannte er kein Zurück mehr. Was bei ihm anders war als bei seinem Dad, war, dass der Rauch meistens genauso schnell wieder abzog wie er gekommen war, und dass er in der Reflektion zur Einsicht fähig war. Das konnte sein Vater nicht, denn der fühlte sich immer im Recht und war zu Entschuldigungen nicht fähig.

Vince erhob sich und streckte die verspannten Glieder. Er ging zu Starface in den Unterstand, nahm dessen Kopf in die

Armbeuge und murmelte leise zusammenhangloses Zeug, nur damit der Hengst wusste, dass er da war. Starface furzte zum Dank. „Du bist ein Ekel, Alter", sagte er, und streichelte dem Pferd die Nüstern.

Er entschied sich, zu Fuß zur Quelle zu wandern und die Wasserflasche aufzufüllen, die ihm Mutter mitgegeben hatte. Das Rauschen des Waldes klang zwischen den Felswänden wie das Meeresrauschen in der großen Muschel, die ihm seine Mutter geschenkt hatte, als er noch ein Kind war. Sie hatte ihm vorgemacht, wie man in die Muschel hineinhört. Lange hatte er geglaubt, dass es wirklich das Meer sei, das er hörte. Ob er sie noch besaß? Er würde nach ihr suchen, sofern er es nicht wieder vergaß.

Er dachte an Linda, die zum ersten Mal alleine zu Lornas Scheunenfest gefahren war. Seit sie achtzehn war, hatte er sie sonst jedes Jahr begleitet, mehr als Personenschutz und Leibwächter als aus eigenem Interesse. Die Tanzerei sagte ihm nicht zu und in der Regel trank er zu viel, was wiederum seine Hemmschwelle für die eine oder andere Prügelei erheblich senkte. Meistens ging es in irgendeiner Form um Linda und Typen, die sich vor ihr aufspielten und den starken Mann markierten. Es gab für die jungen Leute von den abgelegenen Gehöften nach der Highschool sonst kaum Gelegenheiten, ihresgleichen zu treffen, wenn sie nicht den Sprung auf eine der Universitäten in den fernen Städten geschafft hatten. Er jedenfalls bereute seinen Entschluss, auf der heimischen Ranch zu bleiben, in keiner Minute. Es gab für ihn keinen schöneren Flecken auf der Erde als das Gebiet um den *Crystal Creek*.

*

Linda war müde und freute sich auf ihr Bett. Nach einein- halb Stunden Fahrt mit Vaters Truck von Lornas Scheune hatte sie nur noch wenige Meilen vor sich. Einmal meinte sie in einer Kurve, im Rückspiegel einen dunklen Schatten gesehen zu haben, doch der Eindruck wiederholte sich nicht. Insgesamt war sie enttäuscht. Das Fest hatte nicht das gebracht, was sie sich davon versprochen hatte, nämlich unbekümmerten und zwanglosen Spaß beim Tanz, ausgelassene Stimmung und kollektives Mitsingen der bekanntesten Songs der Country-Band, und nicht zuletzt auch das Bedürfnis, Teil einer gleichgesinnten Clique werden zu können. Nichts davon war eingetreten, ganz im Gegenteil. Die Kerle schienen nur darauf aus zu sein, in ihren aufgemotzten Pick-ups mit einer willigen Frau eine schnelle Nummer zu schieben und wurden echt anmaßend, wenn sie nicht zum Zuge kamen. Sie empfand das als ekelhaft und verabscheuungswürdig. Es war einfach lästig, sich insgeheim jeweils zu fragen, mit welcher Aufreißermasche wohl der nächste Tanzanwärter sein Glück bei ihr probieren würde. So aber wurde ihr der Abend vermiest. Sie war sich vorgekommen wie eine lebende Fliegenklatsche, die sich des Geschmeißes lästiger Mücken wild um sich schlagend erwehren musste. Mit Vince wär´ ihr das nicht passiert. Was er wohl gerade bei seinen Pferden machte? Sollte sie ihn noch besuchen? Sie schaute auf die Uhr. Es war kurz nach zwei Uhr. Nein, dachte sie, es ist zu spät. Ich geh´ zu Bett.

Sie fuhr auf den Hof vor dem Haus. Alle Fenster im Haus waren dunkel. Vater und Mutter werden schlafen. Ein ihr unbekannter Van mit geöffneten Hecktüren war am Rande des Hofes abgestellt. Nanu, hatten ihre Eltern Besuch?, dachte sie. Und warum brennt dann kein Licht im Haus? Dann bemerkte sie einen dunklen Schatten an der Hauswand entlanghuschen. Der Schatten lief in das Scheinwerferlicht des Trucks, der das Haus anstrahlte. Gott im Himmel, was ist denn dort los. Ihr Blut sackte vom Kopf in den Bauch, sodass sie sekundenlang blind war. Die Tür zum Truck wurde aufgerissen. Linda wurde am Arm gepackt und brutal aus dem Führerhaus gezogen. Ein großer brutaler Kerl mit Maske. Der Motor des Trucks lief, beleuchtete die Szenerie am Haus. Der Schatten, der am Haus entlanglief, verschüttete vor jedem Fenster eine Flüssigkeit aus einem Kanister, bespritzte die Fassade, goss die Flüssigkeit auf die Terrasse, an die Eingangstür, rannte weiter um die Hausecke. Er trug eindeutig gleichfalls eine Maske. Linda begann zu schreien und zu strampeln, wehrte sich aus Leibeskräften, aber sie konnte sich nicht befreien. Hinter ihrem Truck, bemerkte sie in der Angst, stand plötzlich ein anderer dunkler Wagen ohne Licht. Farbe? Dunkel. Grau? Rostrot? Ein Sack wurde über ihren Kopf gezogen, eine Tüte aus Plastik, am Hals zugehalten, sie rang nach Atem, verzweifelt, bog den Oberkörper hin und her, ging in die Knie, versuchte zu schreien, bekam immer weniger Luft.

Plötzlich traf sie ein Stoß aus brennend heißer Luft, eine Schockwelle, wie sie sie nur kannte, wenn sie die Backofentür öffnete, um den fertigen Kuchen herauszuholen, und ein Feuerschein drang durch den Sack auf ihre Augen. Luft, Luft, sie bekam keine Luft mehr. In den Ohren begann es zu rauschen, es rauschte wie in den Erlen am Bach, wenn der Wind durch die Äste fegte, und es fing an zu knacken und krachen, wie beim offenen Feuer im Kamin im Haus, wenn sie harziges Holz in die Flammen warf.

Der Sack, die Tüte wurde ihr vom Kopf gerissen. Vier harte Fäuste hielten sie umklammert. Sie bekam endlich Luft, heiße Luft, realisierte, wo sie war. Vor ihren Augen brannte das größte Feuer, das sie je gesehen hatte. Das Haus, ihr Haus, stand in hellen Flammen. Sie brachen durch die Fenster ins Hausinnere, schlugen unter das Dach, leckten das Dach hinauf und fanden oben ihresgleichen, die von der rückwärtigen Hausseite kamen. Ihre Eltern, Vater, Mutter, sie mussten im Haus sein. Linda fing wieder an zu schreien und begann sich zu wehren und zu sträuben. Die vier Fäuste ließen ihr keine Chance. Jetzt brannte auch die Eingangstür, sog Luft ins Haus hinein, Nahrung für noch mehr Feuer.

Da vernahm sie an ihrem Ohr eine Stimme: *„Schau sie dir an, wie sie verbrennen. Und du wirst auch gleich mit ihnen verbrennen."*

Sie wurde grob gepackt, in die Höhe gehoben. Sie warf den Kopf hin und her. Zwei Männer mit Masken über den Köpfen, Löchern für die Augen. Sie rannten mit ihr auf das brennende Haus zu. Linda schrie verzweifelt, vor Panik gelähmt, jetzt waren sie auf der Terrasse, sie traten die brennende Tür ein, die Hitze barst explosionsartig aus dem Hauseingang, und dann – dann stießen sie sie in die Flammenhölle.

*

Vince trank aus der Flasche. Er sah, wie die Pferde den Bach überquerten. Drei der Stuten waren noch jung, einjährig, Vorjahresfohlen. Sie verhielten sich zeitweise noch linkisch wie Kleinkinder. Alles muss gelernt sein, grinste er. Vince setzte auf eine behutsame und schonende Zucht. Er folgte der Ansicht nicht, jedes Jahr frische Fohlen auf der Weide stehen haben zu müssen. Er betrachtete seine Stuten nicht als Gebärmaschinen, sondern gewährte ihnen mindestens ein Jahr Pause.

Zum Umkehren gewandt, registrierte er innerhalb zweier Sekunden drei Zeichen. Als erstes gab Starface im Unterstand plötzlich eine Warnung von sich, aus tiefer Brust ein dumpfes Schnauben, und die anderen Pferde auf der Weide hoben gleichzeitig aufmerksam die Köpfe. Als zweites spürte Vince auf der Haut, dass sich die Atmosphäre statisch verändert hatte, als würde ein Blitzeinschlag unmittelbar bevorstehen, begleitet von einem Geräusch, das sich wie ein leises *Wupp* anhörte. Als drittes färbte sich schlagartig der Himmel über dem Wald rot.

Das ist nicht das Morgenrot, dachte er noch, bis ihm klar wurde, dass es ein Feuer beim Ranchhaus sein musste. Er rannte los zum Unterstand, wo Starface nervös tänzelte und aus tiefstem Hals röchelte. Vince ließ den Sattel liegen wo er war, nahm mit einer Hand die Satteldecke, zog Starface aus dem Unterstand, warf ihm die Decke auf den Rücken und schwang sich hinauf. Die Fersen in die Flanken schlagend, trieb er Starface zu höchstem Tempo an, hin zum Bach, den Bach entlang durch den Wald, gleichgültig, ob er von Ästen, von Zweigen gestreift wurde, riskierend, dass Starface sich vertreten oder stolpern könnte, aus dem Wald hinaus. Er schrie laut auf, als er erkannte, dass das Haus brannte, die Scheune brannte. Starface schien sich zu strecken, wurde schneller, stürmte den Hügel hinauf auf den Platz vor dem Haus. Vince sprang aus vollem Galopp von Starfaces Rücken, panisch vor Entsetzen, stand sekundenlang vor dem Elternhaus, aus dem die Flammen aus dem Dach züngelten und über es hinaus schlugen. Es war alt, komplett aus Holz, äußerst trocken, brannte wie Zunder. Warum ihm auffiel, dass Vaters Truck mit laufendem Motor und aufgeblendetem Licht auf dem Hof stand, konnte er nicht erklären. Aber er schrie plötzlich Lindas Namen, denn Linda hatte Vaters Truck benutzt. Ihren Namen brüllend, wieder und wieder, reißt er Starface die Decke vom Rücken, taucht sie ins Wasser der Pferdetränke, wirft sie sich über Kopf und Schultern und stürmt auf die Haustür zu. Sie steht offen, dahinter lodert die weiße Glut, die Hitze unerträglich, überall nur Flammen und Glut und Hölle. Linda, Linda schreiend, stolpert, fällt er auf die Knie, bloße Hände auf glühender Asche, egal, Linda, Linda, doch da, da, da, er ist über sie gestolpert, sie liegt längs hinter der Eingangstür, ihre Kleider brennen, ihre Haare schmoren, packt er sie am

Arm, zieht sie durch die Tür über die brennende Terrasse, die einzubrechen droht, nach draußen. Die Satteldecke über Linda, erstickt er die Flammen, erstickt den Rauch, sie bewegt sich nicht.

Die Decke des Hauses bricht ein, das Dach dazu, ein Vulkan voller glühender Geschosse bricht aus, die Hitze steigert sich zu flüssiger Luft, wirft ihn um, unmöglich zu atmen, die Lunge würde verbrennen, verdampfen, also weg, weg, weg.

Der Stall brennt, drinnen die Pferde für die Cowboys, Vaters Maschinen, brennen, stinken, schwarzer, fettiger, öliger Qualm, legt sich auf die Zunge, den Hals, die Lunge. Inferno.

Das Haus sackt in sich zusammen, der Kamin aus gemauerten Feldsteinen bleibt stehen, ragt in die rote Nacht, die glühende Nacht, wie ein Monolith. Was ist mit Dad, was mit Mom?

Linda, Linda, sie bewegt sich? Sie bewegt sich, sie hat sich bewegt.

Bewegung ist Leben, denkt Vince, versucht sie umzudrehen, dreht sie um, sie stöhnt vor Schmerz. Was soll er tun? Kein Telefon. Keine Hilfe. Keiner da der hilft. Wo sind sie alle, die Nachbarn? Wo sind unsere Cowboys? Alle Independence Day? Tut mir leid, Linda, ich muss dir weh tun, sagt er zu ihr, es tut mir leid, ich muss dir weh tun, er wiederholt es wie ein Mantra, Tränen kullern aus den Augen, verdampfen auf der Wange, schiebt seine Arme unter ihr hindurch, hebt sie hoch, trägt sie zum Truck, setzt sie irgendwie hinein, es tut mir leid, Linda, aber es muss sein, bitte verzeih.

Nach *Buffalo* war es eigentlich zu weit, und Vaters Truck war nicht der schnellste, aber er musste es versuchen, musste mit dem langsamen Truck rasen, wie er noch nie gerast war. Linda stöhnte, hauchte ihr Leben, aus oder ein, er befürch-

tete das Schlimmste, sie lag leblos da, stank nach verbrannten Haaren, geschmorten Textilien und verkohltem Gewebe,
er presste den Fuß aufs Gaspedal, bis er schmerzte, ohne
dass der Truck schneller wurde. Vince sagte, alles wird gut,
alles wird gut, bald sind wir da, bald sind wir da, bald …

Dann, endlich, *Buffalo*, Klinik, Helfer, Hilfe.

Vince ließ sich die Handflächen verbinden, die er sich verbrannt hatte, und wartete vor dem OP auf … nein, nicht die
Hiobsbotschaft, nicht, dass alles umsonst gewesen war, bitte
nicht, er wartete …wartete …

„Mr. Fuller? Mr. Fuller?" Er war vor Erschöpfung auf dem
harten Stuhl eingeschlafen. „Sie wird überleben, Mr. Fuller.
Im Augenblick hängt sie am Tropf, bekommt Flüssigkeit zu-
geführt. Aber sie muss in eine Spezialklinik für Verbrennungen gebracht werden. Ein Helikopter ist bereits verständigt.
Sie wird überleben."

„Wo wird das sein?"

„In *Helena* (Montana). Die haben Erfahrung mit Verbrennungen."

*

Er erstattete Anzeige beim County-Sheriff in *Buffalo*, er
kannte ihn nicht persönlich, nur von den Abbildungen der
Wahlplakate der vergangenen Wahl, und im nächsten Jahr
würden wieder Wahlen stattfinden. Sheriff Fred Stanford.

Er lenkte den alten Truck zurück zur Ranch, nicht mehr so
schnell, und brauchte doch nur unwesentlich länger als auf
dem Hinweg nach *Buffalo*, mit seiner Schwester auf der
Bank neben sich. In seinem Kopf begann es zu fressen und
zu nagen, er befand sich noch immer im Ausnahmezustand,
die Gedanken rasten und verbohrten sich und gerieten alsbald auf eine Schiene, auf ein Gleis, für das es nur eine
Richtung gab, ohne Weiche, ohne Prellbock, ohne Signale.

Zwischen Brust und Kopf herrschte ein Temperaturunterschied von dreihundert Grad. Das Herz lagerte in einem Behälter flüssigen Stickstoffs, zu einem Eisblock erstarrt, mitten im Schlag, während in seinem Kopf ein Bunsenbrenner sein Hirn zum Kochen brachte, es brodelte und zu Dampf wurde, den er wie ein rotäugiger Drache aus den Nasenlöchern blies, sodass die Fensterscheiben des Trucks beschlugen. Er schlug mit der Faust aufs Lenkrad, rhythmisch, stoisch, trotz des Verbandes, trotz der Schmerzen, bis der Verband von Blut durchtränkt war. Er spürte es nicht. Dann begann sein Kopf zu revoltieren, vernahm Geräusche, als würde er einen Presslufthammer in Betrieb mit einem Stethoskop abhorchen; er biss sich auf die Zunge, blutete aus dem Mund, tropfte auf das Hemd, er merkte nichts.

Er erreichte die Ranch wie ein Zombie. Eine Brigade der Feuerwehr stapfte herum, stocherte in Flammennestern, rissen Kohlebalken auseinander, er sah die Männer nicht. Den Truck stellte er neben das ehemalige Haupthaus, stieg aus, tappte wie ein Schlafwandler herum, keiner getraute sich in seine Nähe, dann entdeckte er Starface unten am Bach. Er stapfte über die Wiese den Hügel hinunter, mechanisch, links, rechts, zu Starface, warf sich auf dessen Rücken, die Satteldecke war weg, egal, er brauchte sie nicht, ritt los, nicht mal schnell, fast gemächlich, immer geradeaus, ohne Weiche, ohne Prellbock, ohne Signale. Starface schien zu ahnen, wohin er wollte, wohin es ihn drängte, er brauchte ihn nur zu tragen, brauchte nicht gelenkt zu werden. Vince hatte jegliches Zeitgefühl verloren.

Er ritt auf den Hof, rutschte vom Pferd. Blieb im Hof stehen, starrte auf die Fenster, die Tür.

„Jason!", brüllt er mit sich überschlagender Stimme. Noch eimal: „Jason!"

Die Tür öffnet sich. Jason tritt heraus. Schuldig. Ein neuer Schub Dampf in seinem Kopf. Das Bild vor seinen Augen verschwimmt, wird trübe, er schüttelt den Kopf wie ein gereizter Stier, um den Nebel vor den Augen wegzukriegen. Ohne scharfe Sicht walzt er auf Jason zu, dorthin, wo er glaubt, dass er steht. Hebt die Fäuste zum Kampf, die Faust zum Schlag. Da hört er Jasons Stimme, verzerrt, als befände er sich mit Wattepropfen in den Ohren unter Wasser. *Was willst du, Vince? Suchst du deine Schwester? Hähähä, sie ist nicht hier, Vince. Oder suchst du deine Eltern? Sie sind nicht hier. Hau´ ab, geh´ nach Hause. Du hast genug verloren. Bist ein Verlierer, Vince.* Vince schlägt nach der Stimme. Vorbei. Glaubt der, seine Schwester sei tot? Es reißt ihn vom Schwung des Schlages um die eigene Achse, er taumelt, fängt sich wieder. Höhnisches Lachen. *Hähähä.* Wieder keult er nach dem Gelächter aus. Trifft nicht. Stolpert nach vorne, stürzt auf die Knie, die Hände im Dreck. Er brüllt „Brandstifter", doch die Zunge gehorcht ihm nicht, ist im Weg, wie ein Knebel, sodass es nur ein Schrei wird, unartikuliert, mit Schaum vor dem Mund. Er rappelt sich auf, schwankt wie ein Betrunkener beim Pinkeln, fährt sich mit dem Hemdsärmel über das Gesicht, die Augen, endlich sieht er Jason, lässig steht er vor ihm, die Daumen in den Gürtel gehakt, grinsend, gemein, höhnisch. Ganz anders als der Jason, den er als Freund kannte. Wie kann sich ein Mensch so ändern? „Ihr seid Brandstifter, du und deine Bande", spukt er Jason vor die Füße und hebt wieder die Faust zum Hieb.

Ein Schlag trifft ihn von hinten auf den Kopf. Der Dampf im Kopf entweicht. Das Herz beendet seine Eiszeit. Ihr seid schuldig, denkt er, als er wieder denken kann. Dann versinkt er in der Dunkelheit.

Als er erwachte, wie er erfuhr zwei Tage später, lag er mit der Diagnose Schädelbasisbruch in einem Krankenzimmer. Er war nicht für ein Einzelzimmer versichert, und dennoch war er allein in dem Raum, kein anderes Bett neben ihm oder gegenüber, obwohl Platz vorhanden gewesen wäre. Die Vorhänge waren zugezogen, ein Blick nach draußen nicht möglich.

Er hob die Hände, beide verbunden, und auch sein Kopf fühlte sich an als sei er verpackt und in eine Schraubzwinge gezwängt. Den Versuch, sich aufzurichten, brach er ab, weil sich alles zu drehen begann und er merkte, dass die Blickachsen seltsam verschoben waren, als hätte er einen Silberblick. Er wusste zwar, wo er war, hatte indes keine Ahnung, warum er hier war und wie er überhaupt hierherkam.

Beim nächsten Erwachen erschrak er, weil er in zwei Augen blickte, die nur wenige Zentimeter über ihm hingen. Er versuchte vergeblich, die Sehschärfe zu korrigieren, beließ es dann bei dem verschwommen Bild, denn besser kriegte er es nicht hin. Die Augen entfernten sich ein Stück und um die Augen herum formte sich ein Gesicht, ein junges Gesicht, freundlich, mit Lippen, die sich bewegten und zu sprechen schienen, doch hörte er nichts. Hatten also nicht nur die Augen, sondern auch die Ohren gelitten? Und wieso kam er auf gelitten? Weil er in einem Krankenhaus lag? Das Ergebnis seiner Erinnerungsversuche war in etwa so erfolgreich wie die Antwort auf die Quizfrage, wie viele Schneeflocken im Winter in Aspen Colorado auf die Berge fielen.

„... Sie mich hören? ... Sheriff wart ... der Tür ...te ...nen ... paar Fragen ...llen." Lächelnde Lippen.

„Eeeeh?", antwortete Vince.

„Oh pardon", lächelte die Stimme, „der Sheriff wartet vor der Tür und möchte Ihnen ein paar Fragen stellen."

Der Sheriff? Fragen stellen? Hatte er einen Unfall gehabt? Er hatte keinen Unfall gehabt. Oder doch? „Aaaaah", genehmigte er den Zutritt des Sheriffs.

Der Mann, der das Zimmer betrat, musste der Sheriff sein. Irgendwie kam er ihm bekannt vor. Der Sheriff drehte sich jedoch noch einmal um, und den Gesten nach hieß er einen anderen Mann vor der Tür auf einem Stuhl Platz zu nehmen.

„Aha", begann der Sheriff, „unser Mann ist also wach. Verstehen Sie, was ich Ihnen sage?"

Vince hob in einer generösen Bewegung seine rechte Hand.

„Mein Name ist Sheriff Fred Stanford. Mr. Vince Fuller, ich verhafte Sie wegen des Verdachts der begangenen schweren Körperverletzung und versuchten Totschlags an Jason Kendall. Sie haben das zur Recht zu schweigen. Alles, was Sie sagen, kann vor Gericht gegen Sie verwendet werden. Sie haben das Recht, zu Ihrer Verteidung einen Anwalt Ihrer Wahl hinzuzuziehen. Haben Sie mich verstanden?"

Vince verstand nicht. „Was ist los?"

„Sie haben vor zwei Tagen Jason Kendall brutal überfallen und zusammengeschlagen. Er liegt mit schweren Verletzungen ebenfalls hier im Krankenhaus. Das ist los, Mr. Fuller."

Er bereute sofort, den Kopf geschüttelt zu haben. „Ich kenne Sie", ächzte er vor Schmerzen. „Ja, ich erkenne Sie wieder. Ich war doch bei Ihnen und habe ...mein Gott, Linda. Ich muss sofort zu meiner Schwester. Ich habe sie nach *Bufallo* gefahren, ins Krankenhaus. Brandverletzungen. Unser Haus ..."

„Ihr Haus war nicht mehr zu retten, Mr. Fuller. Es ist bis auf die Grundmauern abgebrannt. Aber Sie, Sie haben Mr. Kendall beinahe umgebracht ..."

„Was reden Sie denn für einen Mist, Mr. ...Mr. ..."

„Stanford!"

„... Mr. Stanford? Ich weiß nicht, von was Sie reden."

Der Sheriff schnaubte durch die Nase. „Wie Sie wollen. Das hier ist ein zu einer Arrestzelle umfunktioniertes Krankenzimmer. Sobald Sie transportfähig sind, werden Sie in eine reguläre Arrestzelle verlegt. Vor der Tür sitzt ein bewaffneter Polizist. Es macht also keinen Sinn, fliehen zu wollen. Haben Sie einen Wunsch, wen man verständigen soll?"

Vince schluckte. Er verstand es nicht. „Schicken Sie mir bitte einen Anwalt. Irgendeinen."

„Die Anklage lautet *schwere Körperverletzung* und *versuchter Totschlag*, Mr. Fuller." Der Mann, der das sagte, war Rechtsanwalt, den sommerlichen Temperaturen entsprechend gekleidet, leichte Leinenhose und hellblaues Hemd mit kurzen Ärmeln. Ein junger Kerl, wie Vince empfand, vielleicht ein oder zwei Jahre älter als er selbst, mit dünnem, zurückgekämmtem rötlichen Haar und Dreitagebart. Er hieß Roy Rogers und versuchte, Vince die prekäre Lage, in der er sich befand, nach und nach zu erklären.

„Das interessiert mich nicht. Ich weiß von nichts. Was ist mit meiner Schwester?"

„Wie ich in der Kürze der Zeit herausgefunden habe, liegt sie noch immer in *Helena* (Montana), unter einem Sauerstoffzelt. Sie hat viel Flüssigkeit verloren und steht unter Schock."

„Meine Eltern? Was ist mit ihnen passiert?"

„Es tut mir leid, Mr. Fuller. Ihre Eltern haben das Feuer nicht überlebt. Die Feuerwehr hat in den Trümmern des Hauses zwei Körper gefunden, bis zur Unkenntlichkeit verbrannt. Sie lagen Seite an Seite. Wahrscheinlich sind sie an den Rauchgasen erstickt und haben von dem Feuer nicht viel mitbekommen. Sonst wären sie bestimmt anders vorgefunden worden. Sagen wir so: Es war eine Gnade."

Vince schwieg erschüttert.

„Von Ihrer Ranch ist so gut wie alles ein Raub der Flammen geworden. Die Unterkunft für die drei Cowboys ebenso wie der größte Teil des Stalles und damit auch die Pferde, die im Stall gestanden haben. Die Maschinen, alles nicht mehr da. Ich hab´ es gesehen, ich war gestern selbst dort und hab´ mir ein Bild von der Situation gemacht."

„Waren Sie auch auf der Weide am Ende des Tales? Dort müssen zwölf Pferde sein. Und Starface? Wo ist mein Starface?"

„Äääh, wer ist Starface, Mr. Fuller?"

„Starface ist mein Hengst. Haben Sie ihn gesehen? Er hat einen Stern auf der Nase, ist unverwechselbar."

„Nein, tut mir leid. Ich war auch nicht weiter als bis zum Ort des Geschehens. Aber wenn Sie wollen, kümmere ich mich darum."

Vince kapierte es nicht. Warum wollte Mr. Rogers sich darum kümmern? Er würde das selber machen, sobald er wieder fit sein würde. „Schauen Sie zu, dass ich so schnell wie möglich hier wieder rauskomme, dann brauchen Sie sich das nicht ans Bein zu binden, okay?"

Roy Rogers atmete tief ein, schaute sich im Zimmer um, als hätte Vince ihn gebeten, sich quasi als Aufwandsentschädigung vom Mobiliar etwas aussuchen zu dürfen und dann zu verschwinden. Dann sagte er traurig: „Sie werden keine Zeit haben, sich um alles zu kümmern, Mr. Fuller. Sie werden angeklagt, der Richter wird ein Urteil fällen, und dann werden Sie ins Gefängnis kommen."

„Aber ich hab´ doch nichts gemacht!!!", schrie Vince. „Wer klagt mich denn überhaupt an?"

„Es ist der Staatsanwalt, der Sie anklagt. Und es ist Jubal Kendall, der Sie anklagt. Sie kennen Jubal Kendall? Er ist der ältere Bruder von Jason Kendall und Chef der Kendalls-Farm. Sie haben Jason Kendall mit ihren Fäusten so geschlagen, dass er immer noch bewusstlos im Krankenhaus liegt. Man weiß nicht, ob er wieder gesund wird oder bleibende Schäden davon trägt. Und es gibt Zeugen dafür, dass Sie mit einem Pferd auf die Farm geritten kamen und ..."

„Mit einem Pferd?", rief Vince wie elektrisiert, „mit Star-face?"

„Das weiß ich nicht, wie das Pferd hieß. Aber auf der Kendalls-Farm haben Sie, so die Anklage, nach Jason Kendall gerufen und ihn dann überfallmäßig erschlagen. Es war John Decker, der Ihrem Überfall durch einen Schlag mit einem Holzpfahl ein Ende setzen konnte, sonst wären Sie wahrscheinlich sogar des Mordes oder zumindest des Totschlags angeklagt. Haben Sie das jetzt verstanden, Mr. Fuller?"

Vince fühlte sich an den Abgrund geführt. Von all dem hatte er keine Ahnung. Die Erinnerung war ausgelöscht. Das Letzte, an was er sich erinnern konnte, war, dass er bei Sheriff Fred Stanford Anzeige erstattet hatte. Dass die Ranch gebrannt und er Linda gerettet hatte.

„Und was ist mit der Brandstiftung? Das Haus hat ja schließlich nicht von alleine gebrannt. Und Linda ist mit Sicherheit nicht in ein brennendes Haus gelaufen."

„Vielleicht wollte sie Ihre Eltern warnen und retten?"

„Aber Brandstiftung bleibt Brandstiftung. Es waren die Kendalls. Vater hatte Streit mit ihnen wegen unserer Winterweide. Die Kendalls hatten ihre Schafe auf die Weide getrieben, und Dad hatte eines ihrer Schafe erschossen. Und dann haben die Kendalls gedroht. Auch dafür gibt es Zeugen."

„Mag sein, Mr. Fuller, allerdings haben die Kendalls für die in Frage kommende Nacht ein Alibi. Sie haben die Nacht vom dritten auf den vierten Juli, also die Nacht zum Unabhängigkeitstag, bei einem Grillfest am *Powder River* gefeiert. Wie Sie wissen, war der dritte Juli ein Sonntag, das Wetter war schön, da feiert man gerne."

Ratlosigkeit machte sich bei Vince breit. Wie konnte das geschehen, dass innerhalb kürzester Zeit das Leben, das bisherige Leben, ein Ende nahm? Mutter und Vater tot, Linda dem Tode nah, die Ranch, die Heimat, abgebrannt und verloren, er selber ein Totschläger, für Jahre im Gefängnis, ohne Zukunft? Was gestern noch sein Ein und Alles war, war zerstört?

„Kann ich mich auf Sie verlassen, Mr. Rogers?"

„Probieren Sie´s."

„Bitte kümmern Sie sich um meine Pferde. Sie stehen auf der Weide am Ende des Tales. Ein Reitweg führt am Bach entlang. Und finden Sie Starface."

*

Linda schwebte zwei Tage zwischen Leben und Tod, bevor sie das Meer rauschen hörte. So wie sie unendlich langsam aus der Asche ihrer Jugend und der Gruft ihrer Seele einen Pfad zurück in die Welt fand, begleitete sie das ständig deutlicher hörbare Rauschen. Das Meer. Es war genau so, wie sie es sich vorgestellt hatte und wie sie es vom Kino und aus Büchern kannte. Das Meer, ihr Sehnsuchtsort, war da. Oder sie war bei ihm. Sie lag im nassen Sand, dort, wo die Brandung den Strand beleckte, und die Wellen überspülten ihren Körper mit diesem köstlichen Prickeln und der erfrischenden Kühle. Ihre langen Haare umspielten sie wie Fäden aus Tang, vor und zurück, so wie die Wogen heranrollten, in einem weißen Gipfel brachen, und am Ufer ausschäumten, um ins Meer zurückzukehren und erneut Anlauf zu nehmen für einen nächsten Schwall. Sie blieb liegen, bis die Haut kalt war und sie zu frösteln begann.

Das Meer war ihre Rettung. Ihr Fluchtpunkt.

Sonst gab es nichts. Doch natürlich, Moment, sie wollte sich nicht falsch ausdrücken. Sonst gab es nichts neben dem allgegenwärtigen Schmerz. Das Meer half ihr, den Schmerz ertragen zu können. Half ihr, um nicht immer schreien zu müssen. Der Schmerz saß so tief und verbrannte alles, was sie einst als Kind, als Mädchen, als junge Frau auszeichnete. Es war nicht ihre Bestimmung gewesen, die Schritte vom

Kind bis zur Frau zu gehen, um sie dann dem Feuer anheim zu geben. So war das nicht vorgesehen gewesen. Sie hatte nichts falsch gemacht. Diese Strafe hatte sie nicht verdient. Das war einfach nicht fair.

Sie konnte die Augen nicht öffnen. Selbst im extra verdunkelten Raum empfand sie das Restlicht als zu grell. Eine Augenklappe schützte sie zusätzlich vor zufälligem Lichteinfall. Maßnahmen, die sie vor dem inneren Feuer nicht bewahrten.

Ständig tropfte Flüssigkeit in sie hinein, über einen Schlauch, der in ihrem Arm steckte. Den Durst, den sie verspürte, konnte sie damit trotzdem nicht stillen. Ihr Zuhause war ein Bett unter einem Plastikzelt, keimfrei und mit Sauerstoff gefüllt. Aus einem anderen Behälter, der an einem Galgen über ihr hing, sickerte eine andere Flüssigkeit in ihren Körper, Antibiotika für ihre Lunge, die zu viel Rauch und Hitze abbekommen hatte. In regelmäßigen Abständen wurde ihr ein starkes Schmerzmittel injiziert. Nichts von all dem zusammen konnte das Meer ersetzen.

Zu zwanzig Prozent, hatte sie durch das Rauschen gehört, sei ihre Haut verbrannt. Um ein Haar hätte sie aus Empörung gelacht. Zwanzig Prozent? Zu hundert Prozent sind ihre Kindheit und Jugend verbrannt. Zu hundert Prozent ihre Gegenwart, und zu hundert Prozent ihre Zukunft. Alles was sie war, ihre Persönlichkeit, ihre Sanftheit, ihre Zartheit, ihre Wünsche und Vorstellungen, ihre Hoffnungen, zu hundert Prozent verbrannt. Ihre Kraft, ihre Sexualität, ihre Begabungen, Intelligenz, Freude, Trauer, Sprache, ihre Möglichkeiten, zu hundert Prozent. Ihr Haar. Hundert Prozent. Verbrannt. Und das waren nichts weiter als nur Worte, um den Dingen einen Namen zu geben. Das Unaussprechliche, das Innerste, der Kern, das Urvertrauen – alles was die Persönlichkeit geheimnisvoll und unverwechselbar und einmalig machte: ausgelöscht. So sah es aus.

Und Linda wusste nicht, was mit ihren Eltern geschehen war. Was mit Vince. Sie wusste es nicht. Die Tat selber verschwand in ihrer Erinnerung als gnädige Ohnmacht. Sie war gepackt und in das brennende Haus geworfen worden. Danach klaffte eine schwarze Lücke. Sie wusste weder, warum sie am Leben, noch wie es dazu gekommen war. Erst mit dem Rauschen des Meeres begann ein Leben. Aber welches. War sie am Ende zurückgefallen in die Urzeit, als der erste Meeresbewohner aus dem Wasser an Land gekrochen kam? War sie eine der ersten Stufe der Urtiere, die eine neue Generation ...so etwas wie ein Lurch oder ein Olm? Unsinn.

Von weit her, als stünde jemand am entfernten Ende des Strandes, hörte sie durch das Donnern der Brandung Rufe, was ja wohl schlecht sein konnte, nicht wahr? Aber dann wiederholte es sich, diesmal irgendwie eindringlicher. „Linda? Linda? Können Sie mich hören?" Tatsächlich. Da rief jemand. Wie konnte es sein, dass jemand ihren Strand entdeckt hatte? Und nach wem rief er überhaupt? „Linda? Sind Sie wach?" Es brauchte von ihr nicht einmal einen Entschluss, um „nein" zu sagen, denn sie würde nie wieder etwas sein, weder wach noch lebendig. Und selbst wenn sie meinen Körper wieder reparieren können, wie auch immer, wird das Unsichtbare in mir nie wieder sichtbar werden, wird nie wieder nach außen dringen. Ich werde nicht mehr lachen und ich werde nicht mehr trauern; ich werde nicht mehr denken und nicht mehr sprechen, dachte sie. Alles wird auf immer verstummen. Und auf ewig? Oh.

Eine hohe Welle rollte heran, massiger als die anderen zuvor, unterspülte sie, hob sie federleicht hoch und setzte sie ein Stückchen höher am Strand beinahe zärtlich wieder in den Sand. Auf ewig? Diese letzte Perspektive tat weh, besaß sie doch die Gemeinheit eines Stachels, den sie im Fleisch ihrer Empfindung zu spüren begann. Es war so unendlich schwer, sich ultimativ zu ergeben. Der Rufer am Strand fiel ihr wieder ein. Was hatte er eigentlich gerufen? *Linda*? *Linda*? Wie seltsam, dachte sie. Die Brandstifter haben vergessen, meinen Namen zu verbrennen.

*

Der Prozess gegen Vince begann am fünften Oktober des Jahres 2005. Die Beweislage war eindeutig. Die Belastungszeugen Jubal Kendall und John Decker sagten übereinstimmend aus, dass Vince am Morgen des Unabhängigkeitstags Jason Kendall überfallen und geschlagen habe und erst durch das beherzte Eingreifen John Deckers weitere Schläge verhindert worden wären. Jason Kendall wurde in einem Rollstuhl in den Gerichtssaal gefahren. Sein Zustand war erbarmungswürdig. Er hockte zusammengesunken im Stuhl, konnte Kopf, Arme und Beine nicht oder nur eingeschränkt bewegen. Der Gesichtsausdruck war der eines geistig behinderten Menschen. Der Anwalt der Kläger ließ einen Gutachter auftreten, der Jason eine irreparable Schädigung des Hirns als Folge der Schläge auf den Kopf bescheinigte, er also für den Rest seines Lebens ein Pflegefall bleiben würde.

Auf den Vorwurf, die Kläger hätten ihrerseits wegen eines Streites die Ranch der Fullers angezündet, ließ sich das Gericht nicht ein. Es sei nicht überzeugend bewiesen, dass es sich um Brandstiftung handele, und falls es doch eine Brandstiftung war, existierten keine konkreten Hinweise auf eine Täterschaft. Es sei sogar zu überlegen, ob nicht zuletzt die Ranchbesitzer selber, also Victor und Edna Fuller, den Brand herbeigeführt haben könnten. Dafür spräche, dass der Brand in einer Nacht ausbrach, als beide Kinder sich nicht im Hause befanden und auch die Angestellten sich nicht auf der Ranch aufhielten. Möglicherweise war einer der beiden Elternteile so schwer erkrankt, dass sie ein freiwilliges Ausscheiden aus dem Leben auf diese Weise vorgezogen haben könnten. Die beinahe intime Auffindungslage der beiden Körper in der Asche der Brandruine ließe eine solche Mutmaßung durchaus zu. Nein, die Kendalls waren nachweislich bei einer Grillparty am *Powder River* gewesen, wofür es Zeugen gäbe. Den Einspruch, dass es sich bei zweien der Zeugen um landesweit bekannte Säufer handelte, ließ der Richter nicht zu. Auch alkoholabhängige Menschen können Recht von Unrecht und Sein oder Nichtsein voneinander unterscheiden, erst recht, wenn sie unter Eid aussagen mussten. Weitere beeidete Zeugen waren ausgerechnet zwei bei den Fullers angestellten Cowboys. Sie hatten es anlässlich ihrer Aussage nicht gewagt, Vince in die Augen zu schauen.

Anwalt Roy Rogers versuchte, den Prozess bis zur möglichen Zeugenaussage Lindas zu vertagen und Vince bis dahin auf freien Fuß zu setzen. Schließlich sei sie es gewesen, die den Brand unmittelbar miterlebt haben musste und unter Umständen sogar den oder die Brandstifter bei der Tat beobachten konnte. Wenn man vom Zeitpunkt ausging, an dem Linda das Scheunenfest auf der *Conifer Cross-Ranch Wy.* verlassen hatte und die Dauer ihrer Fahrstrecke mit dem alten Truck in etwa schätzte, musste sie gegen zwei Uhr in der Nacht, also auch zu der Zeit, als Vince den Brand auf der Weide bei den Pferden bemerkte, zu Hause angekommen sein. Doch das Gericht ließ Linda als Zeugin nicht zu. Linda war nicht vernehmungsfähig und kein Mensch wisse, wie lange dieser Zustand dauern könne. Und schließlich war Vince´ Tat ein Straftatbestand für sich allein, den man gesondert als solchen beurteilen musste. An dessen tatsächlichem Geschehen ließe sich nicht zweifeln. Dass Vince sich nicht an den Tathergang erinnern konnte, war für das Gericht nicht von Relevanz.

Vince wurde zu acht Jahren Gefängnis verurteilt, zu verbringen in der Justizvollzugsanstalt *Tucson* in Arizona. Des Weiteren wurde ihm ein Schmerzensgeld zugunsten Jason Kendalls in Höhe von dreihunderttausend Dollar auferlegt.

Roy Rogers hatte Vince´ volles Vertrauen bekommen. Im Vorfeld des Prozesses erhielt er alle Vollmachten, die er brauchte. Die kleine Herde, zehn Stuten, ein Hengst und ein Wallach, wurde verkauft. Er managte, dass der gesamte Rinderbestand, immerhin über sechshundert Tiere, ebenso unter den Hammer kam. Und zu guter Letzt trennte sich Vince, bis auf die zwei Quadratmeilen Winterweide und das Land um den *Crystal Creek*, auf dem das abgebrannte Ranchhaus und der Talkessel mit der Pferdeweide lag, von allen übrigen Weiden, die im Privatbesitz waren, insgesamt achtzehn Quadratmeilen Land. Der Erlös aller Verkäufe wurde auf ein Treuhandkonto gelegt, das von Roy Rogers verwaltet wurde und von dem sämtliche durch den Prozess anfallende und aufgebürdeten Kosten beglichen wurden.

Es wurde Vince nicht gestattet, Linda ein letztes Mal vor Antritt der Strafe zu besuchen. Die Beerdigung der Eltern fand ohne die Kinder statt. Roy Rogers besaß die Größe, an Kindes Statt an der Beerdigung teilzunehmen, wo er nur noch Lorna Forester und den Pastor antraf.

Noch am Tag der Urteilsverkündung am siebten Oktober wurde er in einem Sondertransport von Wyoming nach Arizona verlegt. Am vierzehnten November schrieb er seinen ersten Brief an Linda.

Tucson, 14. November, 2005

Liebe Linda,

über meinen Anwalt Roy Rogers habe ich
erfahren, dass du noch immer in der Klinik
in Helena (Montana) bist und dass dort
deine Brandwunden behandelt werden. Es
schmerzt mich so sehr, dass du so große
Leiden ertragen musst. Vielleicht kann es
dich etwas beruhigen, wenn ich dir sage,
dass es mir gut geht.

Unser Pa und unsere Mom sind bei dem
Brand ums Leben gekommen. Man hat sie in
den Trümmern nebeneinanderliegend gefunden. Sie sind, bevor ihre Körper verbrannten, gnädigerweise an den Rauchgasen
erstickt.

Ich bin wegen begangener schwerer
Körperverletzung und versuchten Totschlags
an Jason Kendall zu acht Jahren Gefängnis
verurteilt worden. Nach dem Prozess hat
man mich umgehend ins Staatsgefängnis in
Tucson (Arizona) verlegt, wo ich meine

Strafe absitzen muss. Dabei kann ich mich überhaupt nicht an die Tat erinnern, die ich begangen haben soll, denn ich wurde selber bewusstlos geschlagen und trug eine Gehirnerschütterung davon. Aber es gab Zeugen, die gegen mich ausgesagt haben. Ein Gutachter hat vor Gericht bestätigt, dass Jason durch meine angeblichen Schläge Zeit seines Lebens schwerbehindert bleiben wird.

Es stimmt, ich war, nachdem ich dich, mehr tot als lebendig, nach Buffalo ins Medical Care Center gefahren hatte, auf Starface zu den Kendalls geritten. Ab dann fehlt mir jede Erinnerung. Ich kann mir einfach nicht vorstellen, dass ich Jason wirklich so geschlagen haben soll, dass er zum Pflegefall wurde. Doch hat man ihn beim Prozess im Rollstuhl in den Gerichtssaal gefahren – er sah furchtbar aus.

Die Brandstiftung und deine Aussage als Zeugin dazu wurden von dem Gericht nicht berücksichtigt, weil das Verbrechen an Jason Kendall ein eigener zu behandelnder Straftatbestand sei. Vielleicht können wir, nachdem dies alles vorüber ist, die Brandstiftung ebenfalls neu untersuchen lassen.

Ich habe Roy Rogers bevollmächtigt, alles, Weiden, Pferde und Rinder, außer unserer Ranch und das Tal um den Crystal Creek, zu verkaufen. Wenn ich wieder auf freiem Fuß sein werde, möchte ich mit dir zusammen einen Neuanfang wagen.

Bitte schreib' mir, wenn du aus der Klinik entlassen wirst, und wo ich dich dann finden kann.

Dein dich liebender Bruder
 Vince

Dieser Brief sollte Linda erst am achtzehnten Februar erreichen, als sie bereits in einer geschlossenen psychiatrischen Anstalt in *Casper* Aufnahme gefunden hatte. Die Ursache der verzögerten Auslieferung wurde nie geklärt, hing aber vermutlich mit den besonderen Umständen der Unterbringung des Absenders, beziehungsweise der Empfängerin, zusammen.

Vince´ Hengst Starface indes blieb verschollen.

Von einem Tag auf den anderen waren sie wieder da gewesen. Die Pferde. Bonnie hatte sie schon gerochen, als sie sich noch jenseits des Passes im Aufstieg befand. Sie hatte mit ihren zwei Jungen aus Sicherheitsgründen das Versteck wechseln müssen, weil sich ein fremder Puma in ihrem Revier herumtrieb. Hätte er die Jungen entdeckt, wären sie jetzt tot.

Es waren weniger Pferde als vor fünf Wintern. Sieben, wenn sie richtig gezählt hatte, und die zwei Pferde, die von den Menschen geritten wurden.

Bonnie spürte die Veränderung unmittelbar. Über dem Talkessel lag eine völlig andere Atmosphäre. Sie schätzte, dass die Veränderung mit dem Menschen zusammenhing, der neuerdings Tag und Nacht bei den Pferden verbrachte. Ein schlanker Mann mit langen schwarzen Haaren. Ein seltsames Gefühl hatte sie beschlichen, als sie ihn zum ersten Mal sah. Als würde sie ihn kennen. Als gäbe es eine Verbindung, ein Verständnis zwischen ihnen. Eine starke Macht ging von ihm aus. Als gehöre er zu ihrer Welt oder als würde er ihre Welt verstehen.

Verhielten sich die anderen Menschen wie arrogante Fremdkörper in der Natur, schien dieser neue Mann selbst ein Teil dieser Natur zu sein. Wenn Bonnie sehr leise war und der Wind eine kurze Pause einlegte, konnte sie singende Töne bis herauf an ihre Aussichtsplattform hören. Ihr kamen diese Töne eigenartig vertraut vor, so, als hätte sie sie früher schon vernommen. Es hörte sich an wie das Spielen des Windes im Fels oder im Wald, und doch auch wieder nicht. Und sie hatte das untrügliche Gefühl, dass dieser Mann wusste, dass sie ihn beobachtete. Doch schien es ihn nicht zu kümmern und er erweckte auch nicht den Eindruck, dass er es auf sie abgesehen hätte. War er klug genug zu wissen, dass ein Nebeneinander möglich war?

Fünf der Pferde trugen Leben in sich. Das konnte sie eindeutig riechen. Aber es würde noch ein Winter kommen und vergehen, bis die jungen Pferde geboren würden. Junge Pferde gehörten unbedingt zu ihrem Beuteschema. Sie waren kleiner als Hirsche, die für **Bonnie** *die obere Grenze der Jagdziele darstellten. Der mächtige* **Clyde** *sah das anders. Er würde auch Elche angreifen.*

Wenn der Mann in der gleichen Welt wie sie lebte, konnte er dann auch ihre Bedürfnisse verstehen? Er würde zwar seine jungen Pferde bewachen, aber wenn es ihr trotz seiner Wachsamkeit gelingen sollte, einen seiner Schützlinge zu stehlen – würde er sie dann verfolgen, sie eventuell sogar töten wollen? Oder würde er ihre Rolle verstehen und ihr Respekt zollen? Noch war es nicht soweit, aber die Zeit würde kommen, dessen war sie sicher, und dann stünden sie sich gegenüber. **Bonnie** *rechnete ihm hoch an, dass er nicht einen dieser verhassten Feuerstöcke mit sich führte.*

Kapitel 6

Juli 2010

Linda lag vor dem Unterstand nackt auf Spotted Horses Decke, lediglich vom Mond und den Sternen beschienen. Es war ihr eigener Wunsch und Vorschlag gewesen, dass er ihre Brandwunden ganzheitlich mit den Fingerspitzen und den Handflächen berührte, also auch unterhalb der Gürtellinie bis zur Kniekehle. Sie hielt die Augen geschlossen, doch ihre Lippen lächelten, da sie sich bei seinen Hautkontakten an das Meer und den Strand und die Brandung erinnert fühlte. Wie lange mochte das schon her sein? Ewigkeiten, wie ihr schien, und gleichzeitig wurde ihr klar, dass ihre damalige Angst vor der ewigen Finsternis in ihrem Leben ein Ende gefunden hatte.

Er ging sehr behutsam vor und fiel alsbald in einen monotonen Singsang in einer uralten Sprache, der nur aus vier Tönen bestand, ein Zeichen seiner Konzentration, begleitet vom Zirpen irgendeiner Grillenart. Dicke Nachtschwärmer brummten durch die Luft. Sie hörte die Pferde, wie sie hin und wieder schnaubten.

Nachdem sie es ausgesprochen und er ganz selbstverständlich zugestimmt hatte, war sie ohne jedes Schamgefühl vor seinen Augen aus den Kleidern gestiegen. Er hatte die Decke ausgebreitet, ihre Hände genommen und ihr in die Augen geschaut. Sie bestätigte den Blick mit einem Nicken, als gäbe es ein Ritual zu befolgen, was jedoch nicht so war, und dennoch hatte ihrer beider Haltung einen Anflug von Spiritualität. Sie seufzte, als er zuerst ihre Schulter berührte, und als die Haut zu prickeln begann, war alles gut.

Die neu gebildete Haut spannte noch immer, wie Folie über einem Glas Marmelade, wie ihre Mutter sie zu konservieren pflegte. War nicht auch ein bisschen Schnaps dabei? Ein Gedanke nur, und doch wieder ein Stückchen aus der verschütteten, verbrannten Erinnerung gerettet. Würde sie noch mehr ausgraben? Unter der Haut schimmerte das rote Fleisch. Es sah hässlich aus, sehr hässlich, doch es schien Spotted Horse nicht abzuschrecken. Er war an der linken Gesäßhälfte angelangt und tastete und streichelte sich zur Kniekehle vor. Als er die Hände von ihr löste, blieb er zunächst neben ihr in kniender Stellung, auf die Fersen niedergelassen. Sie drehte sich auf die Seite, stützte den Kopf in die Hand und schaute hoch in sein Gesicht. „Bleibst du hier?", fragte er sie ernst.

„Das war mein Gedanke", antwortete sie und nahm seine Hand.

„Wenn dich friert ...", sagte er und griff mit der anderen Hand nach ihren Kleidern.

Sie schüttelte den Kopf. „Noch ist es warm. Später vielleicht."

„Die Luft wird deiner Haut gut tun", war er einverstanden und streckte sich neben ihr aus.

„Darf ich dich berühren, Spotted Horse?", fragte sie.

Ihr leicht zitternder Finger zeichnete die Konturen seines Gesichtes nach. Sie begann am Haaransatz und folgte den Linien und Schwüngen bis zum Übergang von Hals und Brust. Er ist ein schöner Mann, dachte sie. „Mir gefallen deine Haare. Sie passen zu dir."

„Hast du Probleme, weil ich ein Arapaho bin?"

„Nein", erwiderte sie und hängte die Gegenfrage dran: „Und du? Ich bin eine Weiße?"

„Was würde ein weißer Mann jetzt an meiner Stelle tun?"

Die Frage, dachte sie, war ein bisschen unfair. Sie erschrak ein wenig, weil sie, ihrer Nacktheit plötzlich aus anderem

Blickwinkel gewahr, ihre Ungezwungenheit auf Flügeln davonfliegen sah. Da sie ihm gegenüber jedoch ehrlich sein wollte, gestand sie ihm, dass sie es sich zwar vorstellen könne, aber keinerlei Erfahrung damit hätte. Dabei dachte sie, ob es vielleicht nicht doch besser wäre, jetzt ihre Kleider wieder anzulegen? Der Gedanke war jedoch lediglich das Ergebnis einer kurzen Irritation, denn als sie plötzlich die Ahnung verspürte, die das dumpfe Grollen einer enormen Flutwelle draußen auf ihrem Meer in ihr weckte, fiel ihre Entscheidung anders aus. Sie hatte keine Angst vor ihm.

„Schließ´ die Augen, bitte", verlangte sie von ihm, und als er die Augen geschlossen hatte, küsste sie ihn zärtlich auf den Mund. Entweder er stößt mich von sich, oder er versteht.

„Ich habe das noch nie gemacht", flüsterte sie danach. „Es ist das erste Mal, dass ..." Das Grollen auf dem Meer nahm an Lautstärke zu. Eine hohe Brandung baute sich auf.

„Ich bin noch nie geküsst worden", flüsterte er. „Es ist das erste Mal."

Sanft küssten sie sich wieder. Länger. Die Welle hatte ihren Kulminationspunkt erreicht.

„Komm´", sprang er unvermittelt auf, zog sein Hemd aus und rief, „wir erzählen es den Pferden." Er fasste sie bei den Händen und zog sie ungeachtet ihrer Nacktheit mit sich. Es war keine Brandung mehr, die über sie hereinbrach, es war ein Tsunami. Und Linda, mitten in der Flut von einem Glückstaumel erfasst, stieß einen Schrei der Überraschung aus. Sie spürte die unbändige Kraft der Brandung, die Kraft ihrer eigenen Natur, und ließ sich davon mitreißen, um etwas vollkommen Unerwartetes und Verrücktes zu tun.

Vince war am Morgen auf Lennox unterwegs, um Spotted Horse das Frühstück zu bringen. Er hatte vorher aus Neugier in Lindas Zimmer geschaut, ob sie eventuell irgendwann in der Nacht nach Hause zurückgekommen sein mochte, doch das Zimmer war leer. Jetzt, gerade als er am *Crystal Creek* in den Wald reiten wollte, kam sie ihm auf Sherry entgegen. Noch hatte sie ihn nicht entdeckt, schien gelöst und locker und in Gedanken versunken zu sein. Vince sagte „brrrrr", und Lennox blieb stehen. Ein schönes Bild, dachte Vince. Linda ohne Sorgen zu sehen. Das lange Haar flatterte wie ein Schleier hinter ihr her.

„Guten Morgen, Linda", rief er und sah, wie sie zusammenzuckte. „Na, hast du eine gemütliche Nacht gehabt?"

Der Ton einer Anzüglichkeit sprang ihr förmlich ins Gesicht, was sie wider Willen erröten ließ. Darum fragte sie patziger als beabsichtigt zurück: „Wieso? Wie kommst du darauf?"

Vince grinste breit. „Weil du noch Grassamen im Haar hängen hast, Süße. Hihi – Hihihihi."

„Ooch", fauchte sie, hieb mit den Fersen in Sherrys Seiten und preschte an ihm vorbei. Sie hörte ihn noch kichern, als sie längst auf den Hügel zum Ranchhaus zuritt.

Jetzt bin ich aber mal gespannt, wie Spotted Horse heute Morgen reagieren wird, dachte Vince. Als er aber aus dem Wald in den Talkessel reiten wollte, entdeckte er den Arapaho unbeweglich mitten auf der Weide stehen, beide Arme in die Höhe gestreckt, der Sonne zugewandt. Hm, dachte Vince, das scheint eine ernsthafte Sache zwischen ihm und Linda zu sein. Er lenkte Lennox zum Unterstand, stellte das Frühstück auf den Boden und ritt wieder zurück. Als er wieder in den Wald eintauchte, stand Spotted Horse noch immer in gleicher Haltung dort. Ja, eine ernsthafte Sache.

Der folgende Morgen, ein Donnerstag. Terry und Vince fuhren im Ford Pick-up mit Pferdeanhänger Richtung *Idaho*, genauer gesagt nach einem Ort namens *Rexburg*, nicht weit von der Grenze Wyomings. Sie waren auf der Route 16 nach *Worland* gefahren, von dort Richtung Süden, bis sie auf die

Route 26 stießen, der sie, den *Yellowstone Nationalpark* nördlich liegenlassend, nach Westen folgten. In *Idaho Falls* bogen sie nach *Rexburg* ab. Sie veranschlagten zwei Tage für die Tour, würden einmal in *Rexburg* oder Umgebung in einem Motel übernachten. Samstags, wenn Terrys Eltern zu Besuch kämen, wollten sie wieder zurück sein.

Der Grund ihrer Reise war Starface. Vince hatte ihn zu hundert Prozent im Internet wiedererkannt. Starface als Verkaufsartikel. Es gab nur ein Pferd mit dem unverwechselbaren Zeichen. Es konnte nur einen Starface geben. Es durfte nur einen geben.

Noch vor wenigen Tagen, oder waren es Wochen?, hatte John Decker von der Kendalls-Farm behauptet, er hätte Starface mit einem Hammer erschlagen. Die ultimative Bösartigkeit.

Und dann das Wunder vor zwei Tagen. Starface im Inernet. Zum Verkauf. Auf einer Ranch nahe *Rexburg*. Vince hatte sofort alle Angaben notiert und noch am gleichen Abend, egal wie spät es war, in *Rexburg* angerufen. Hatte Verbindung gekriegt, hatte den Verkäufer am Apparat, hatte vor Aufregung kaum sprechen können, hatte gestottert, bis Terry ihm den Hörer aus der Hand nahm und das Gespräch führte. Ob dieses Pferd mit dem Stern auf den Nase noch zu haben sei. Ob es noch andere Interessenten gäbe, und dass der Verkäufer allen anderen Interessenten mitteilen sollte, unbedingt, dass sie sich Mühen und Reise ersparen sollen, weil dieses Pferd nicht mehr zum Verkauf stünde, weil es bereits ver-kauft sei, und zwar zu dem Preis, der im Internet steht: Fünf-tausendfünfhundert Dollar. Übermorgen, hören Sie, über-morgen holen wir es ab.

Das war vorgestern Abend. Gestern waren sie in *Buffalo* auf der Bank, holten das Geld, und heute wurde es wahr. Vince würde seinen Starface wiedersehen, wiederhaben. Deswegen waren sie unterwegs.

„Bist du aufgeregt, Vince?"

Er saß am Steuer und lenkte das Gespann mit einer Geschwindigkeit von ungefähr vierzig Meilen pro Stunde über die Straße. Er musste zugeben, dass er innerlich ziemlich angespannt war. Aber Meile um Meile kamen sie ihrem Ziel näher, und das stimmte ihn zuversichtlich.

„Aufgeregt ist gar kein Ausdruck. Wenn ich mir nur vorstelle. Fünf Jahre sind seit damals vergangen. Und heute sehen wir uns wieder. Ob er mich noch erkennen wird?"

„Haben Pferde ein Gedächtnis?"

„Nicht so wie unseres natürlich. Aber ein Gedächtnis haben sie auf jeden Fall."

Terry hoffte, dass ihm in Anbetracht der ganzen Familientragödie dieses eine Glück beschieden sein würde. Bei *Glück* wanderten ihre Gedanken zu Linda, weshalb sie das Thema wechselte. „Linda scheint die Liebe entdeckt zu ha-ben. Sie schwebt geradezu."

Vince warf ihr einen raschen Blick zu, bevor er sich wieder auf die Straße konzentrierte.

„Wenn man bedenkt, wo sie noch vor zwei Monaten gewesen war, ist es einfach unbegreiflich und deshalb umso schöner. Ich meine nicht nur physisch, in der Anstalt in *Casper*, sondern vor allen Dingen psychisch. Sie war ein Mädchen, das nicht nur zum Sprechen und Lachen unfähig war, sondern für die es auch unmöglich war, sich in der Gemeinschaft anderer aufzuhalten. Sie hat fast fünf Jahre wie eine Eremitin in ihrem Zimmer in *Casper* gelebt. Traumatisiert bis in jede Zelle ihres Körpers und jeden Winkel ihres Geistes. Das einzige, was sie mehr oder weniger am Leben erhalten hat, war die Hoffnung, dass ich sie nach meiner Entlassung dort heraushole. Fünf Jahre lang. Du hast ja mitgekriegt, wie sehr ihr die Erinnerung an die Vergangenheit schadet, als dieser John Decker bei uns aufgetaucht ist. In der Beziehung steht sie noch auf tönernen Füßen. Wenn

Linda es erlaubt, möchte ich dir gerne einen Brief zum Lesen geben, den sie mir aus der Anstalt ins Gefängnis geschrieben hat. Briefe waren unsere einzigen Kontaktmöglichkeiten. Aber sie muss zustimmen, okay Terry?"

Terry nickte.

„Tja, Linda und Spotted Horse", fuhr Vince fort. „Linda und die Liebe. Ich glaube, dass Spotted Horse ein ganz besonderer Mensch ist. So jung er auch sein mag, steht er mit beiden Beinen doch fest auf der Erde. Wenn er mit mir spricht, was beileibe nicht oft und viel ist, aber wenn, dann verblüfft er mich regelmäßig. Er hat eine angeborene philosophische Sichtweise, und zwar so fundamental und natürlich, dass er mich zu Tränen rühren kann. Dieser Mann lebt seine Gedanken, und seine Gedanken sind gut. Er und Linda? Ein Traumpaar. So wie du und ich. Ich wünsche und gönne es ihr so sehr."

„Ja, Vince. Das tun wir. Freust du dich auf den Besuch meiner Eltern am Wochenende?"

„Aber hallo, natürlich freue ich mich. Nur schade, dass sie so weit weg wohnen und nicht öfter kommen können. Wir sollten für sie ein Häuschen bauen, meinst du nicht?"

„Spinnst du jetzt oder was ist?"

„Spinnen? Keineswegs. Dann könnten sie immer hier wohnen."

„Also doch gesponnen", stellte Terry trocken fest. „Und von was sollen sie bitteschön leben? Sie haben ihre vier Arbeitsstellen, Vince, und es reicht kaum." Terry musste kräftig schlucken, weil sie nicht sicher war, ob er sie vergackeierte oder nicht, dabei sah er nicht aus, als wollte er sie zum Narren halten.

Vince meinte es ernst. „Lass´ uns drüber nachdenken. Wo sechs Mäuler satt werden, werden auch acht Mäuler satt. Ich spinne den Gedanken sogar weiter. Als nächstes bauen wir dann ein extra Ferienhaus oder etwas in der Art. Deine Eltern könnten das bewirtschaften oder managen oder wie man das nennt. Ferien auf der Ranch, zum Beispiel, wenn du verstehst, was ich meine. Viele Rancher machen das mittlerweile. Haben Gäste aus der ganzen Welt, die frische Luft, Abenteuer, großartige Natur, Pferde und Rinder erleben wollen und Cowboy spielen dürfen."

Während er redete, begannen bei Terry Tränen über die Wangen zu kullern. „Halt´ an, Vince", schluchzte sie, „halt´ an, halt´ bitte an. Ich kann nicht mehr."

Er fuhr in die nächste Ausbuchtung am Straßenrand. Terry stieg aus, das Gesicht tränennass. Auch Vince stieg aus, sah über das Autodach ihren Rücken und wie sehr es Terry schüttelte. Er eilte um das Fahrzeug herum, sie war einige Schritte von der Straße ins Gelände gegangen, fasste sie von hinten an den Schultern. „Mein Gott, Terry, ...ich ...ich ...wenn du dagegen bist, dann machen wir das alles natürlich nicht. Es ...ich hab´ ...nur so ...Idee ...verstehst du? Du ...ich ...wir ...es ist ..."

„Es ist so wunderbar, Vince." Sie hatte sich umgedreht. Ihre grünen Augen funkelten unter tränennassen Wimpern wie ein Smaragddiadem. „Es ist so wunderbar. Die Idee ist wunderbar. Du bist wunderbar. Und selbst wenn die Idee nicht verwirklicht werden könnte, bleibt es eine wunderbare Vorstellung. Ach Vince ...Der Tag, an dem ich in dieses Tal ritt, war mein Glückstag. War unser Glückstag. Meine Eltern ..."

„Was denkst du, würden sie von solch einem Plan halten?"

„Meine Eltern sind Iren, Vince. O´Connors. Wer aus Armut seine irische Heimat verlassen hat, der ist zu allem bereit, glaube mir."

„Yipppiiiieeee!"

Sie erreichten ihr Ziel gegen siebzehn Uhr nachmittags, etwa sieben Meilen außerhalb Rexburgs. Es war ein sonniger Tag mit trockener Luft. Die Ranch hieß *Blue Meadow* und hatte den Namen daher, weil das Gras zu einer bestimmten Jahreszeit und bei einer bestimmten Sonneneinstrahlung angeblich bläulich schimmerte. Heute allerdings trafen weder das eine noch das andere zu, denn jetzt sah es ziemlich stumpf und braun aus. Der Ranchhof, auf den sie fuhren, war auf drei Seiten von Gebäuden gesäumt. Links und rechts des Haupthauses standen Scheune und Stall. Vince fand sich bei der Art des Ensembles an die geschlossene psychiatrische Anstalt mit seinen Gebäudeflügeln in *Casper* erinnert. Aus dem gepflegten Haus trat eine drahtige Frau mit kurzen grauen Haaren unter eine breite überdachte Terrasse. Sie trug einen olivgrünen Overall. „Mr. Fuller und Miss O´Connor aus Wyoming? Entschuldigen Sie meinen Aufzug, aber ...Quatsch, Sie kennen das ja. Rancharbeit. Ich bin Mrs. Cahill. Wir haben telefoniert. Starface, nicht wahr?" Die Frau sprach in einem tiefen Alt, was der Grund dafür war, dass Vince und Terry den Verkäufer am Telefon für einen Mann gehalten hatten. Im Vorhof des Hauses standen eine kleine Armada von Pferdetransportern und ein alter Army-Jeep ohne Dach.

„Ja, Starface", fuhr die Frau fort, „unser Sorgenkind. Trinken wir erst einen Tee oder lieber ein Bier? Oder wollen Sie zuerst zur Koppel und Starface sehen?"

„Kann ich ihn zuerst sehen, bitte?", fragte Vince, der sich bereits suchend umschaute.

„Gut, dann kommen Sie."

Die Frau ging zu dem alten Army-Jeep. „Wir fahren etwa eine halbe Meile", sagte sie und bat die beiden Platz zu nehmen. „Mein Mann war Fahrer bei der Army. Er wollte unbedingt dieses alte Ding besitzen", erklärte sie und würgte den ersten Gang ins Getriebe.

Sie fuhren eine kurze Strecke über eine Schotterpiste, bis sie an ein hölzernes Gatter kamen. Die Frau schaltete den

Motor aus, trat ans Gatter und zeigte mit einem Arm über die Weide.

„Dort hinten steht er", sagte sie. „Sehen Sie ihn?" Das Pferd war etwa hundertzwanzig Meter entfernt zu sehen. Es hielt sich im Schatten einiger niedriger, knorriger Eichen auf. Einsam. Kein anderes Tier stand auf der Weide. „Gehen wir zu ihm. Aber vorsichtig. Er ist launisch."

Terry schaute unsicher zu Vince. Sein Gesicht sah aus wie vom *Mount Rushmore National Memorial* entlehnt. „Gehen wir", murmelte er. Nach zwanzig Metern sagte er: „Stopp."

Mrs. Cahill und Terry blieben stehen. Vince steckte zwei Finger in den Mund und stieß einen grellen Pfiff aus. Das Tier am anderen Ende der Koppel hob den Kopf und drehte ihn in ihre Richtung. Vince wiederholte den Pfiff. Das Pferd richtete nun den ganzen Körper nach der Herkunft des Pfiffes aus. Noch ein Pfiff. Sie hörten das Pferd schnauben. Und dann setzte es einen Huf vor den anderen und kam langsam näher zu ihnen. Vince erkannte die sternförmige Blesse.

„Starface", flüsterte er. „Starface."

Zehn Meter vor ihnen blieb Starface stehen. „Er ist es. Er ist es. Terry, er ist es." Näher kam er nicht. Vince ging einen Schritt auf ihn zu. Starface wich einen Schritt zurück. Vince sprach ihn an. „Bleib steh´n, Junge. Ich bin´s." Der Hengst spitzte die Ohren. Vince machte einen Schritt. Starface blieb stehen. Noch einen Schritt. Starface röchelte tief aus dem Brustkorb, warf den Kopf zurück und drehte sich zur Flucht.

„Starface, alter Junge. Ich bin´s, Vince." Starface bog den Hals und schaut ihn mit einem Auge an. Seine Beine vibrierten, die Flanken zitterten, er rollte das Auge. Vince bewegte sich zur Seite. Das Pferd folgte ihm mit dem Kopf. Ein Schritt näher, die offene Hand ausgestreckt. Noch ein Schritt. Noch. Nur noch zwei Meter, noch einer. Starface schwitzte und kaute Schaum.

„Mein Gott, mein Junge, was haben sie mit dir gemacht?"

Vince berührte seine Nase. Wieso hatte er jetzt keine Möhren eingesteckt? Das Pferd wich zurück, sprang mit den Vorderbeinen zur Seite, drehte ab und trabte in die Mitte der Weide. Dort blieb er stehen und beobachtete die kleine Menschengruppe.

„Tja, das war's wohl", sagte Mrs. Cahill. „Das ist Starface. Ich denke, Sie treten vom Kauf zurück, wie alle anderen Interessenten? Naja, ist auch nicht zu verdenken. Wer will schon einen gestörten Gaul. Immerhin haben Sie ihn so weit gebracht wie noch keiner vor Ihnen. Ich meine mit so weit so nah."

„Wir nehmen ihn", sagte Terry mit Bestimmtheit. „Wir nehmen ihn."

Sie fuhren mit Mrs. Cahill zurück zum Haus. „Kommen Sie bitte mit ins Haus. Ich denke, wir haben Einiges zu besprechen. Sie können übrigens bei mir übernachten, dann müssen Sie nicht ins Motel. Ich habe Gästezimmer. Jetzt aber: Tee oder Bier?"

„Ein Bier, bitte", antworteten Terry und Vince wie aus einem Mund.

Das Bier war so kalt, dass die Flaschen beschlugen. Mrs. Cahill hatte sie zu einer Sitzgruppe aus brüchigem Leder geführt. „Sie heißen O'Connor?", begann sie das Gespräch an Terry gerichtet. „Die Vorfahren meines Mannes stammen ebenfalls aus Irland. Heute ist er zusammen mit unseren Kindern unterwegs in Oregon, um sich den Nachlass einer Ranch anzuschauen. Die Kinder, Zwillinge, Jenny und Jonny. Wir handeln mit Pferden, haben keine eigene Zucht. Auf diese Weise sind wir übrigens auch an Starface gekommen. Er war Teil einer Konkursmasse in Montana. Als Einzeltier hätten wir ihn nie erworben."

„Sie sagten vorhin *gestörter Gaul*", sagte Vince. „Das sehe ich nicht so. Er ist nicht gestört, er sieht krank aus."

„Ja, entschuldigen Sie den Ausdruck von vorhin. Die anderen Interessenten, immerhin acht an der Zahl, nannten ihn so. Einen *gestörten Gaul* wollte halt keiner. Die meisten sind erst gar nicht angereist, um ihn sich anzusehen. Aber erzählen Sie, woher Ihr Interesse gerade an diesem Pferd kommt?"

„Er war mein Eigentum", erklärte Vince. „Er war mein erstes Fohlen, und ich habe ihn bis zu seinem dritten Lebensjahr geritten, bevor er mir durch ...besondere Umstände abhandenkam."

„Verstehe. Und diese besonderen Umstände dauerten fünf Jahre." Da dieser Satz eine Feststellung und keine Frage darstellte, antwortete Vince nicht darauf.

„Ich habe gesehen, dass er Narben an den Lefzen hat, als wäre er durch eine Kandare verletzt worden, also Rissnarben. Und er hat viele Lassonarben am Hals. Mrs. Cahill, Starface ist eindeutig misshandelt worden. Er ist durch und durch verunsichert und verängstigt."

Sie stimmte zu. „Sehe ich auch so. Er lässt sich auch nicht satteln, geschweige denn reiten. Er lässt keinen Menschen an seine Beine oder an die Hufe. Das ist auch der Grund, dass wir ihn auf der Weide halten, und nicht im Stall, damit er die nachwachsenden Hufe quasi abläuft. Im Stall würde er außerdem schnell an Huffäule erkranken, weil man seinen Stall nicht reinigen könnte. Wie gesagt, wir haben ihn mit anderen Pferden aus Montana übernommen. Über die Vorbesitzer kann ich leider nichts sagen. Möglich, dass auch er Starface von anderen Besitzern hatte. Sie können ihn natürlich günstiger haben als der ausgeschriebene Preis. Ehrlich gesagt wäre ich froh darüber, wenn er uns abgenommen werden würde. Und bei Ihnen scheint er wohl in gute Hände zu kommen."

Terry schüttelte den Zeigefinger. „Das scheint nicht nur so, das ist so. Davon können Sie ausgehen. Und wir bezahlen den Preis, den er uns Wert ist, allein schon aus Achtung vor dem Tier. Nicht wahr, Vince?"

Er schaute Terry in die Augen. Für diesen Satz könnte er sie küssen. „So ist es, Terry. Genau so."

Die Unterkunft bei Mrs. Cahill entpuppte sich als geräumiges Apartment an der Rückseite der Scheune. Was sie zum Essen und Trinken brauchten, stellte ihnen die Hausherrin zur Verfügung. Nach einer Dusche und einem Imbiss machten sie sich Hand in Hand zu Fuß in Richtung der Koppel auf, wo sie Starface gesehen hatten. Terrys Gang war kaum anzumerken, dass sie eine Prothese trug. Vince trug eine Papiertüte mit einigen Möhren mit sich. Die sollten morgen auch der Schlüssel dafür sein, Starface in den Pferdetransporter zu locken.

Beim Gatter angekommen, öffneten sie es absichtlich mit viel Lärm und schlüpften hinein. Starface befand sich wieder am entgegengesetzten Ende im Schutz der Bäume. Terry und Vince setzten sich auf den Boden. Die Sonne versank hinter den Bergen und schickte ihre Strahlen wie Scheinwerfer über die Bergkämme.

„Was hast du vor?"

„Pferde sind von Natur aus neugierig", antwortete er. „Mal sehen, ob dieser Instinkt bei Starface noch vorhanden ist. Dafür winken ihm als Belohnung ein paar Möhren."

Sie unterhielten sich laut und beobachteten das Pferd. Tatsächlich hatte es seinen Platz unter den Bäumen verlassen und bewegte sich langsam näher. Ab und zu blieb es stehen und witterte mit hoch erhobener Nase in die Luft, um danach wieder einige Schritte vorwärts zu machen. Terry und Vince blieben äußerlich völlig gelassen, innerlich unter Hochspannung sitzen. Nachtfalter wurden aktiv und brummten durch die Luft. Es dauerte eine ganze Weile, bis Starface die Distanz fast vollständig überbrückt hatte. In einem für ihn akzeptablen Sicherheitsabstand von circa vier Metern blieb er stehen und beschaute und beschnupperte die Szene-rie. Die Muskeln eines seiner Vorderbeine zitterten, sein Kopf pendelte hin und her, und er machte sich auch akus-tisch bemerkbar, klopfte mit dem Vorderhuf auf die Erde und räusperte sich.

Vince nahm eine der Möhren in die Hand und streckte den Arm damit hoch in die Luft, dem Pferd entgegen. Aha, das war etwas, das in dem Hengst widersprüchliche Gefühle her-vorzurufen schien. Seine Augen rollten, sodass das Weiße darin sichtbar wurde, und er schüttelte Kopf und Mähne. Dann wieder dieses typische Räuspern. Er machte einen Schritt auf die Möhre zu. Die Nüstern arbeiteten im Stak-kato. Im Maul bildete sich Speichel, der auf der Seite herun-tertropfte. Aber dann nahm die Vorsicht überhand. Er sprang mit den Vorderbeinen zur Seite, trabte ein paar wenige Schritte zurück, nur um etwas mehr Abstand zu gewinnen, drehte jedoch wieder um und blieb stehen. Die verlockende Möhre war jetzt in doppelter Entfernung. Was tun? Er wagte kleine Schritte vorwärts, kam jetzt ganz nah. Die letzten Trippelschritte hüstelte er leicht, streckte den Hals und den Kopf ganz weit vor. Jetzt, jetzt konnte er die Möhre mit den weichen Lippen umschließen. Und so wie er sich der Beloh-nung sicher war, stellte er den alten Abstand wieder her.

Aber Vince´ Vorrat an Möhren war noch nicht aufge-braucht. Wieder streckte er Starface die Möhre hin. Das Spiel begann von vorne, mit dem Unterschied, dass Starface nicht mehr wegsprang, sondern nur Hals und Kopf zur Seite bog.

Dann stand Vince auf. Ein neues Bild für den Hengst. Mehr Argwohn, mehr Vorsicht war geboten. Und der Mann sprach und lockte mit einer dieser köstlichen Möhren.

Die letzte Möhre nahm Starface aus der hohlen Hand, während die andere Hand seinen Stern auf der Stirn streichelte und die Stimme beruhigend auf ihn einredete. Danach stand der Mann vor ihm, aufrecht, beide Hände an den Schenkeln. Stand einfach nur da. Starface blieb ebenfalls stehen. Eine stumme Zwiesprache. Nach einer unglaublichen Minute schließlich wandte das Pferd sich ab und ging ruhig zur Seite, wo es noch länger stehen blieb und lauschte, die Ohren als verräterische Richtantennen.

Terry, die während des ganzen Schauspiels unbeweglich sitzen geblieben war, erhob sich.

„Unglaublich", flüsterte sie. „Sowas nennt man, glaub´ ich, vertrauensbildende Maßnahmen."

„Ja", antwortete Vince, dem jetzt bei gelöster Anspannung der Schweiß am Körper entlanglief, „das wird in nächster Zeit sehr wichtig sein. Wenn wir jetzt einen Fehler machen, kann es sein, dass wir ihn für immer verlieren. Deswegen möchte ich ihn in gute Hände geben."

„An wen denkst du speziell?"

„Du kennst ihn. Ich denke an Spotted Horse."

Die Heimfahrt war eine Fahrt im Dauerregen. Vince hatte schlecht geschlafen. Ursache war jedoch nicht das Gewitter, das in den Nachtstunden aufgezogen war und sich entladen hatte. Seine Gedanken zirkulierten um Starface. Körperlich gesehen war an ihm nichts auszusetzen. Er sah gesund und kräftig aus, sein Fell glänzte. Aber er wirkte in den Bewegungen steif und hölzern. Die Eleganz, die ihn früher auszeichnete, eine Form von Lässigkeit, war durch die Behandlungen, die ihm widerfahren waren, blockiert. Sein Misstrauen saß tief. Doch hatte er auch gezeigt, dass er noch zugänglich ist. Die Hauptaufgabe würde sein, ihn an andere Tiere und an Menschen zu gewöhnen, statt ihm so rasch wie möglich einen Sattel auflegen zu wollen.

Sorge hatte Vince die Vorstellung bereitet, wie sie Starface in den Pferdetransporter locken sollten, ohne ihn durch die Anwendung von Lassos zu zwingen. Wider jede Erwartung war Starface jedoch wie ein Möhren-Junkie den Möhren gefolgt, die Vince als Spur bis in den Transporter gelegt hatte, und der Hengst war auch ruhig geblieben, als sie die Heckklappe des Anhängers geschlossen hatten. Unmittelbar danach hatten sie sich von Mrs. Cahill verabschiedet und waren nach Wyoming gestartet.

Vince fuhr langsam, für viele Trucker mit ihren langen Vehikeln zu langsam, doch zeigte er sich entgegenkommend und stieg dann auf die Bremse, wenn der Gegenverkehr ein Überholen zuließ und signalisierte den Truckern per Lichthupe Entschuldigung.

Es regnete auch, als sie nach sechsstündiger ununterbrochener Fahrt auf den Hof ihrer Ranch fuhren. Linda, Martha und Sancho standen im Schutz der überdachten Terrasse und winkten ihnen erleichtert zu. An der Pferdetränke stand der Falbe, Spotted Horses Pferd. Terry und Vince stiegen aus und eilten unter das Dach, Terry mit verbissener Anstrengung. Martha umarmte die beiden Ankömmlinge. „Madre mia", sagte sie und bekreuzigte sich, „warum muss Warten immer so lang sein."

„Dabei ging es absolut nicht schneller, liebe Martha. Aber jetzt sind wir da." Vince schaute Linda an. „Wo ist Spotted Horse?"

„Er ist rasch in den Stall gegangen. Ich hab´ ihm heute Morgen gesagt, dass ihr heute wahrscheinlich mit Starface kommen werdet."

Kaum von ihm geredet, kam Spotted Horse aus dem Stall und schickte den Falben von der Tränke mit einem Klaps in diesen hincin. Dann kam auch er unter das Terrassendach.

„Du hast dein Pferd, Vince?"

Vince bestätigte durch Nicken. „Er ist krank. Du musst ihn dir ansehen, Spotted Horse."

„Gut", sagte der Arapaho lediglich und ging durch den Regen zum Transporter. Vince wollte ihm folgen, doch der Indianer drehte sich um und sagte, er soll sich zurückhalten. Er öffnete die Heckklappe und, Vince traute seinen Augen nicht, stieg einfach zu Starface hinein. Vince, im Begriff loszustürmen, um Spotted Horse aus dem Transporter zu ziehen, wurde von Linda zurückgehalten. „Lass´ sein, Vince", sagte sie ruhig. „Er weiß, was er tut."

„Aber Starface lässt keinen an sich heran", rief er. „Starface ist krank. Er wird ihn mit den Hufen erschlagen."

„Das wird er nicht. Er redet mit ihm. Hörst du ihn nicht?"

Widerstrebend blieb Vince stehen. Es vergingen ziemlich lange Minuten, während der man nur Marthas gemurmelte Gebete hörte. Wer weiß, wie viele Heilige sie um Schutz bat. Endlich rührte sich dort etwas. Zunächst erschien das Hinterteil von Starface, der rückwärts aus dem Transporter geführt wurde. Und dann kam Spotted Horse zum Vorschein, das Pferd an der Mähne haltend, ruhig in seiner Sprache singend. Starface folgte ihm zur Pferdetränke, als wäre das sein täglicher Gang. Dort ließ Spotted Horse den Hengst stehen und kehrte zu den anderen unter dem Dach zurück.

Vince holte Luft, um Spotted Horse Leichtsinnigkeit vorzuwerfen, doch er spürte Lindas Ellenbogen, der sich in seine Rippen bohrte. Also ließ er die Luft wieder ab.

„Ich habe dein Pferd schon einmal gesehen", sagte Spotted Horse.

„Was sagst du da?"

„Vor zwei Jahren, bei einem Rodeo in einer Kleinstadt in Kanada, nahe der Grenze zu Montana. Er wurde als *Wilder Mustang* vorgeführt. Keiner der Reiter hat es länger als drei Sekunden auf ihm ausgehalten."

„Du meinst, er wurde zum Rodeo-Pferd dressiert?"

„Nein, Vince. Nicht dressiert. Er wurde vergewaltigt."

Vince war entsetzt. Er hatte davon gehört, es aber nie für wahr gehalten. „Sprich", forderte er Spotted Horse auf.

„Zuerst nehmen sie dünne Säcke, gefüllt mit hartem Stroh, werfen sie dem Pferd auf den Rücken. Das Pferd wirft den Sack ab. Beim zweiten Mal bindet man den Sack auf dem Rücken fest. Das Pferd versucht wieder, den Sack abzuwerfen, aber es gelingt ihm nicht. Das Pferd beginnt zu bocken. Dabei bleibt das Pferd mit einem Lasso um den Hals angebunden. Bei Tieren, die sie besonders wild haben möchten, nehmen sie statt Stroh Kakteen. Kakteen haben lange Dornen. Bei Starface haben sie Kakteen verwendet. Man sieht die Wunden noch auf seinem Rücken. Man kann die Qual für die Pferde noch erhöhen, indem man den Boden, auf dem sie stehen, unter Strom setzt. Durch die Schrittspannung von den Vorder- zu den Hinterbeinen wirkt der Strom beim Pferd besonders stark, kann sogar tödlich sein. Das Pferd springt in die Höhe, weil es Angst hat vor dem nächsten Stromschlag. Alles, um ein Pferd beim Rodeo wild zu machen und das Publikum zu erfreuen. Starface hat sehr große Qualen erlitten."

Vince traten Tränen in die Augen. Er war fassungslos, wollte reden, aber die Sprache seiner Hände ersetzte alle Worte.

Spotted Horse trat zu ihm, legte beide Hände auf Vince´ Schultern und schaute ihm in die Augen. „Keine Angst, Bruder, die Qual ist für ihn vorbei. Starface wird es bei dir und mir gut haben. Er wird wieder gesund."

Da legte auch Vince seine Hände auf Spotted Horses Schultern. „Du bist ein guter Mann, Spotted Horse. Danke."

„Ich nehme ihn mit auf die Weide. Er soll die anderen kennenlernen. Martha, kannst du uns bitte Essen mitgeben? Für Linda und mich?"

Beim Abendessen, sie waren vier Personen, Linda war mit Spotted Horse ins Tal geritten, brachte Sancho einen Vorschlag zur Sprache, über dem er wohl schon einige Zeit gebrütet hatte. Mit Martha jedenfalls musste er darüber schon diskutiert haben, denn sie verdrehte entgeistert die Augen nach oben.

„Vince, Terry, ich habe mir Gedanken gemacht über unsere Zukunft. Ja, über unsere Zukunft. Martha, du brauchst nicht so genervt zu gucken. Also, was würdet ihr dazu sagen, wenn wir auf der Ranch ein oder zwei Ferienhäuser bauen würden? Tourismus, versteht ihr?"

Terry und Vince drehten die Köpfe zueinander, wollten wirklich todernst bleiben, pressten die Lippen zusammen, hielten es aber nicht lange durch. Beide platzen gleichzeitig mit wieherndem Gelächter los, dass Martha und Sancho sich ihrerseits ratlos anschauten.

„Was gibt´s denn da so unverschämt zu lachen, he? Ich hatte das nicht als Witz gemeint."

„Weil wir ...hihihi, weil wir ...hohoho, Terry, sag du´s, ich kann nicht ...hihihi."

„Weil wir, ja, eben weil wir gestern auf der Fahrt nach Idaho genau den gleichen Gedanken gehabt und darüber gesprochen haben."

Martha schnappte sich ihre Serviette und knüllte sie zu einer Kugel. „Und ich hab´ gedacht, mein Mann sei alleine verrückt. Jetzt muss ich feststellen, dass drei Verrückte in diesem Haus wohnen. Jawohl, Verrückte. Wie stellt ihr euch das alles vor? Dass ich auch noch für die Feriengäste koche? Wenn ihr euch da bloß mal nicht geschnitten habt."

„Martha, meine Liebe, Feriengäste versorgen sich in der Regel selber. Die Ferienhäuser werden natürlich eine Küche kriegen, verstehst du?" Sancho versuchte es mit der Engelszunge.

„Was ich verstanden habe, ist, dass du mich *meine Liebe* genannt hast, und in solchen Fällen werde ich normalerweise vorsichtig. Und wer soll das bitteschön bezahlen? Damit meine ich die Ferienhäuser, mein lieber Sancho?"

„Ach, du mit deiner ewige Skepsis, Martha, ich ..."

„Wir haben noch etwas auf der Bank", warf Vince ein. „Zudem können wir sicher bald mit dem Verkauf der ehemaligen Winterweide rechnen. Man würde auch sicher einen Kredit kriegen."

„Kredit, Kredit", maulte Martha. „Nachher gehört alles den Bankleuten und die setzen uns vor die Tür. Aber Vince, ich will dir nicht dreinreden. Wenn ihr denkt, dass es gut ist, dann ...ja, dann sollt ihr meinen Segen haben."

„Es ist ja noch gar nicht gesagt, ob wir einen Kredit benötigen. Und zudem wollten wir darüber mit Dolly und Patrick reden, die morgen kommen."

Die Regenfront war über Nacht vorübergezogen. Feuchtigkeit hing in Dunstschwaden über dem Tal. Lennox hatte schwerer zu tragen als sonst, aber er maulte nicht. Terry und Vince ritten Richtung Talkessel, zwei Portionen Frühstück für Linda und Spotted Horse dabei. Terry hatte es sich hinter Vince so gut wie möglich bequem gemacht und hielt sich an ihrem Vordermann fest. Ihr eigenes Pferd Sherry war ja gestern Abend von Linda ausgeliehen worden.

Als sie aus dem Wald auf die Lichtung ritten, sahen sie die beiden nicht gleich und vermuteten, dass sie vielleicht noch im Schutz des Unterstandes lagen. Dann aber deutete Terry an Vince vorbei auf eine von Gestrüpp bewachsene Stelle. Daneben kauerten Linda und Spotted Horse mit einem der Pferde im Gras. Vince erschrak. Ist Starface womöglich etwas zugestoßen? Ein Kampf mit einem der anderen beiden Hengste? Rivalität? Eifersucht?

Terry und Vince stiegen vom Pferd und eilten zu Fuß in Richtung des Gehölzes. Dann erkannten sie, dass Linda ihnen entgegenkam. Sie winkte mit den Armen.

„Langsam", rief sie schon von Weitem, „macht langsam. Keine Hektik."

„Ist was mit Starface?", keuchte Vince besorgt, als er Linda erreicht hatte.

„Nein", lächelte sie. „Spotted Horse hat ihn dazu gebracht, sich hinzulegen, und nun streicheln wir ihn und reden mit ihm. Starface ist ganz entspannt. Kommt, und seht es euch mit eigenen Augen an. Aber gemächlich, dass er sich nicht erschreckt."

Zu dritt gingen sie nun auf das Bild zu, das sich im Gras abzeichnete. Spotted Horse saß in der Halsbeuge des Pferdes und streichelte dessen Kopf, den Hals und die Brust. Linda stieg behutsam um den Pferdekörper herum, setzte sich an seinen Rücken und streichelte ihn, so weit ihre Arme reichten. Linda begann leise zu summen. Starface lag mit geöffneten Augen auf der Seite und ließ es mit sich geschehen. Vince meinte, aus seiner Brust ein schwaches, wohliges Röcheln zu vernehmen.

„Unglaublich", flüsterte er Terry zu, „das ist unglaublich, nicht wahr?"

Terry schwieg vor Ergriffenheit.

„Wir haben euer Frühstück gebracht", sagte Vince. „Wir gehen wieder. Spotted Horse, du bist ein Magier."

Spotted Horse bewegte seinen Kopf zu einem Nein. „Nicht ich bin es. Starface sagt von sich aus, was er braucht. Wir müssen ihn nur verstehen."

Dolly und Patrick O´Connors Wagen stand auf dem Hof, als Terry und Vince den Hügel hochgeritten kamen. Dolly schüttelte natürlich den Kopf, als sie ihre Tochter hinter

Vince auf dem Pferd sah. Doch die Begrüßung fiel überaus herzlich aus.

„Ich habe es damals schon gesehen", flüsterte Dolly Vince ins Ohr, als er sie umarmte. „Damals, als du sie in *Sheridan* im Krankenzimmer besucht hast. An ihren Augen habe ich es erkannt, dass es bei ihr gezündet hat."

Vince hob beide Hände. „Ich bin unschuldig, Schwiegermama."

Sie stieß einen spitzen Schrei aus. „Oh, Patrick, halt mich fest. Weißt du, wie mich der Lausebengel eben genannt hat? Schwiegermama hat er mich genannt. Was sagst du dazu, Patrick O´Connor?"

Patrick grinste breit. „Wenn er erfährt, was wir vorhaben, wird er dich nicht mehr so nennen. Noch glaubt er nämlich, dass wir morgen wieder verschwinden, haha. Da irrt er sich aber, der Herr Schwiegersohn."

Terry wirbelte trotz ihrer Prothese dazwischen. „Was hab´ ich da eben von Vorhaben gehört, Dad?"

„Wartet mal, bis wir alle beisammen sind. Es fehlen ja noch zwei Leute. Wo sind die eigentlich?"

„Linda und Spotted Horse sind auf der Pferdeweide", übernahm Terry die Frage. „Spotted Horse ist der Mann, von dem ich euch erzählt habe. Er ist der Fachmann für die Pferde."

Dollys Mund formte sich zu einer pikierten Spitze. „Und die beiden sind dort zusammen? Allein? Ich weiß nicht, ob das gut ist."

Das wurde nun eine Parade-Angelegenheit für Vince. Er sagte süffisant: „Wie Terry gesagt hat, Mom, ist er Fachmann für Pferde. Nicht für Schwiegermütter."

Es war das erste Mal, dass Spotted Horse mit am Mittagstisch saß. Linda hatte ihn dazu überreden können. Martha meinte in ihrem trockenen Sarkasmus: „Wenn wir in Zukunft noch mehr Familienmitglieder zu füttern haben, müssen wir anbauen", wobei ihre funkelnden Augen Terry und Linda besonders bedachten.

Sancho tätschelte ihr liebevoll die Wange. „Gib´s zu, du kochst doch gerne für viele Leute."

„Mit Babynahrung kenne ich mich aber nicht aus", konterte sie.

Dolly suchte in Spotted Horses und Lindas Benehmen vergeblich nach einem Beweis ihrer Sünde, was sie deswegen nicht argwöhnischer werden ließ. Neidlos musste sie anerkennen, wie gut die beiden zusammenpassten. Bevor sie sie jedoch ausquetschen konnte, ergriff Patrick das Wort: „Da wir jetzt alle beisammen sind, möchten wir euch sagen, dass wir unseren Jahresurlaub bei euch verbringen werden. Keine ..."

Martha schlug erschrocken die Hände vors Gesicht.

„Madre mia, so viele Vorräte habe ich gar nicht im Haus", rutschte es ihr raus.

„Danke Martha für den Hinweis. Keine Angst, wollte ich gerade sagen, wir haben nämlich das Auto voller Vorräte. Du kannst mir nachher sagen, wohin du sie haben willst."

Terry schaute Vince an, und Vince schaute Terry an. Mit dem Kopf gab sie ihm ein Zeichen, etwas zu sagen. Patrick kam ihm zuvor: „Ähem, nicht dass ihr mir um den Hals fallen müsst, aber Begeisterung sieht anders aus. Nicht wahr, Dolly?"

Vince fasste sich ein Herz. „Eigentlich wollten wir es euch erst heute Abend sagen. Aber ich finde, jetzt ist die passende Gelegenheit, denn alle, die es betrifft, sitzen am Tisch. Thema: Langzeitaufenthalt. Wir, also alle hier, machen euch einen Vorschlag." Und dann fasste Vince in wenigen Sätzen zusammen, woüber der Familienkreis nachgedacht hatte.

„Um auf den Punkt zu kommen: Wir wollen und können uns also vorstellen, dass du, liebe Dolly, und du, lieber Patrick, hier auf der Ranch ein eigenes Häuschen bezieht und uns bei der Betreuung von Feriengästen und Touristen helft."

Vince hatte schon einmal erlebt, dass Dolly aufgestanden war und den Raum verlassen hatte. In *Sheridan* war's, in Terrys Krankenzimmer. Auch jetzt stand sie auf und verließ den Tisch nach draußen. Diesmal jedoch folgte ihr Terry.

Patrick war sprachlos. Man sah es ihm an: ein mittelschwerer Schock. Auch er erhob sich vom Stuhl und ging auf unsicheren Beinen nach draußen auf die Terrasse. Vince folgte ihm. Als Patrick ihn bemerkte, drehte er sich von ihm weg. „Patrick?" Keine Reaktion. Er berührte Patrick an der Schulter. „Patrick?"

Patrick sprach mit mürber Stimme. „Ich habe meinen Job verloren, Vince. Meinen Job als Schulbusfahrer. Ich bin praktisch arbeitslos. Dolly und ich machen nicht freiwillig längeren Urlaub bei euch, sondern gezwungenermaßen. Wir haben praktisch unser letztes Geld zusammengekratzt, haben Lebensmittel eingekauft und sind zu euch gefahren. Wir sind nicht länger *Working poor*, sondern wir sind nur noch *poor*. Wir sind am Ende, verstehst du?" Vince sah, dass Patrick Tränen in den Augen stehen hatte, dass er noch mehr Sorgen abladen wollte, doch ihm versagte die Stimme. Er atmete tief durch und fing sich wieder. „Dolly ...ich glaube, Dolly schämt sich. Sie hat ihr Leben lang gearbeitet, und immer hat es nur zum Nötigsten gereicht. Wir konnten selten was auf die hohe Kante legen, keine Reichtümer anhäufen. Terry hatte nicht mal ein Stipendium fürs Studium bekommen, weil sie zu Hause gewohnt hat. Du musst verstehen, ich bin sechzig Jahre alt. Mir gibt keiner mehr eine Festanstellung. Und wir können unseren Kredit für das Haus nicht mehr bedienen. Terrys Klinikaufenthalt und die Prothesen fressen uns die Haare vom Kopf. Das heißt, demnächst setzt uns die

Bank an die frische Luft. Das verkraftet Dolly nicht. Und heute kommst du, Vince, mit deinem Angebot ..."

„Es ist nicht mein Angebot, Patrick, sondern das von uns allen. Martha, Sancho, Linda, Terry – von allen. Okay, Spotted Horse haben wir noch nicht gefragt, aber auch das wird noch geschehen." Vince hatte aus den Augenwinkeln gesehen, dass Terry und ihre Mutter sich am anderen Ende der Terrasse in den Armen lagen und schluchzten. „Komm, Patrick, lass´ uns zu den Frauen hinüber gehen."

Kaum bei ihnen angekommen, warf sich Dolly an Vince´ Brust und umarmte auch ihn.

„Danke, Vince, mein lieber Junge, danke, danke, danke. Terry hat es mir erzählt, wie ihr auf diese Idee gekommen seid, und Sancho und Martha fast gleichzeitig. Das heißt, ihr hättet uns auch aufgenommen, wenn wir eine Million besessen hätten. Es ist eine so wunderbare Lösung. Wir können in der Nähe von Terry sein und Patrick und ich können unser Gesicht bewahren und dürfen wie aufrechte Iren in den Spiegel schauen, nicht wahr, Pat?"

„Gewiss, Dolly, das können wir. Nun lass´ uns hineingehen und auch Martha und Sancho und Linda und Spotted Horse danken. Ei, wer hätte das gedacht, dass aus diesem Tag noch ein Freudentag wird?"

Am späten Nachmittag des Samstags ergingen sich Vince, Sancho und Patrick auf dem Plateau neben und vor dem Ranchhaus, um eine geeignete Stelle für das geplante kleine Haus auszusuchen. Es sollte zum einen räumlich nahe des Haupthauses stehen und für Dolly und Patrick ein gemütliches Heim werden, zum anderen in Verbindung mit vier bis fünf kleineren Apartment-Ferienhäusern künftig ein gefälliges Ensemble bilden. Sancho war der Ansicht, dass, wenn sie umgehend mit dem Bau beginnen könnten, die O´Connors in spätestens zwei Monaten, also noch im September, einziehen könnten. Patrick verschlug es anhand der Geschwindigkeit des kleinen Mexikaners schier die Sprache.

„Du meinst so fertig, dass Wasser, Abwasser, Elektrizität, Heizung ...?"

„September. Spätestens Ende September", nickte Sancho. „Aber bedenke, Pat, es wird ein Haus ganz aus Holz. Das knackt und arbeitet, ist anders als Stein. Deine Möbel holen wir mit meinem Truck."

„Komm´ an meine Brust, du kleiner Mexe. Wenn ich das Dolly erzähle ...Vince, Terry ruft dich zum Telefon."

Vince rannte zum Haus und nahm den Hörer, den Terry ihm entgegenstreckte. „Fuller."

„Sheriff Hank Shepherd. Hallo, Mr. Fuller. Ich möchte Ihnen nur Bescheid geben, dass wir im Körper des toten Kojoten aus ihrem Frischwasserkanal ein Projektil gefunden haben. Gewehrmunition. Da der Kojote nicht dem Artenschutz unterliegt, ist ein erschossener Kojote keine Seltenheit. Deswegen sage ich Ihnen, was wir tun werden. Ich lasse alle im Land entdeckten toten Kojoten, die erschossen worden sind, untersuchen. Tauchen mehrmals die gleichen Projektile mit den unverwechselbaren Merkmalen auf, können wir über die Gebietsverteilung der Kadaver und der Kreuzungspunkte der Verbindungslinien eventuell eine zentrale Ausgangsstelle ermitteln. Wenn man bedenkt, dass ein Schaf besser in das Beuteschema eines Kojoten passt als ein Rind, und dass man als Schafsfarmer ein gewisses Interesse daran hat, seine Herde zu schützen – und es so viele an Schafsfarmen in Ihrer Region nicht gibt – Sie verstehen, was ich meine? Dann, vielleicht, wird ein Staatsanwalt Interesse daran zeigen, der Sache mit dem verseuchten Wasser nachzugehen. Okay, dann war´s das fürs Wochenende. Ich melde mich wieder, Mr. Fuller."

Endlich einer, dem wir nicht egal sind, dachte Vince, während er Terry den Hörer zurückgab. „Ich erzähl´s dir später", sagte er und eilte zu den zwei Männern zurück. Wie es schien, hatten sie sich für einen Standplatz entschieden. Sancho jedenfalls war zufrieden, weil auch die Zu- und Abwasserleitungen in das Konzept passten und Lindas Gemüse- und Kräutergarten zwischen Haupthaus und Neubau zu liegen kam. „Am Montag, Patrick, fahren wir los und schauen uns die Fertighäuser an. Du wirst staunen, welche Auswahl es gibt. Vielleicht solltest du Dolly mitnehmen", sagte Sancho.

„Du willst die Winterweide verkaufen?", fragte Spotted Horse am Sonntagmorgen. Vince hatte ihn wie üblich mitten unter den Pferden vorgefunden. Über dem Talkessel breitete sich ein tiefblauer Himmel aus.

„Ja, warum fragst du?"

„Du wirst für die Pferde nicht genug Heu für den Winter haben."

„Ich dachte, das Gras um das Haus reicht aus."

„Ja, es reicht für elf Pferde im kommenden Winter. Aber es ist nicht genug, wenn du mehr Pferde besitzt. Ich kaufe dir die Hälfte der Winterweide ab."

Vince blickte zu Boden. Was Spotted Horse sagte, stimmte. Für mehr Pferde würde das Futter, das in der Nähe des Hauses stand, ab dem nächsten Jahr nicht ausreichen. Er hatte daran gedacht, die benötigte Menge zuzukaufen. Im Grunde wollte er die Winterweide nur aus Geldgründen veräußern. Wenn Spotted Horse die Hälfte der Winterweide kaufen würde, wäre das Problem mit dem Heu für die Winterzeiten gelöst, und es käme etwas Geld ins Haus, plus der Summe für den Verkauf der anderen Häfte. Was aber, wenn Spotted Horse seine Zelte bei den Fullers abbrechen und fortgehen würde? Gut, dann gäbe es immer noch die Möglichkeit des Zukaufs. Vince war jedoch sicher, dass der Arapaho nichts ohne Überlegung sagte.

„Kennst du meine Geschichte, Spotted Horse? Und die von Linda und Sancho? Und jetzt auch noch die Geschichte von Dolly und Patrick?"

Der Indianer nickte. „Linda hat es mir erzählt."

„Und dennoch willst du eine Weide kaufen? Sag´ jetzt nicht, dass du nur tust, was die Pferde wollen."

Über Spotted Horses Gesicht breitete sich ein Lächeln aus.

„Du lernst schnell, Vince." Dann wurde er wieder ernst.

„Gestern hast du Dolly und Patrick bei dir aufgenommen. Dass sie zufällig in Not geraten sind, ist dabei nicht wichtig. Und zuvor hast du Martha und Sancho ein Zuhause gegeben. Nicht zu vergessen Terry. Und mich hast du ebenfalls aufgenommen, ohne meine Geschichte zu kennen. Ich glaube nicht, was in den Akten deiner Geschichte über dich geschrieben steht. Ich glaube nur die Geschichte, die du lebst. Dass du Starface in meine Hände gibst, ist für mich Vertrauen genug. Und dass du deine Schwester liebst. Wir sind Brüder, Vince. Darum."

„Und ihr seid euch einig geworden?" Terry keuchte vor Anstrengung, Schweiß auf der Stirn. Am Haaransatz klebten die Strähnen auf der Haut. Sie kletterte etwa zwei Meter hinter Vince den steilen Klettersteig empor, durch ein Seil mit Vince verbunden. Es war Montag und ihre Eltern befanden sich mit Sancho auf dem Weg, um sich Fertighäuser in Blockbohlenbauweise anzuschauen. Dolly würde sich zu Tode erschrecken, wenn sie wüsste, dass Terry die Gelegenheit ihrer Abwesenheit für die gefährliche Klettertour nutzte. Terry hatte zu Vince gesagt:

„Wann, wenn nicht jetzt?"

Das Seil zwischen ihnen war gestrafft, weshalb Vince voraus anhielt, um Terry den nächsten Schritt nach oben zu ermöglichen, ohne sie zu ziehen. Sie schien mit ihrer Prothese weniger Schwierigkeiten zu haben als vorher befürchtet.

Weshalb Vince ihr gerade mitten beim Aufstieg von seinem Gespräch mit Spotted Horse berichtete, konnte er nicht begründen; es hatte sich einfach so ergeben, obwohl am gestrigen Sonntag Zeit genug dazu gewesen wäre. Aber immer war etwas anderes wichtiger oder dazwischengekommen, und dann war das Thema untergegangen.

„Ja", antwortete er und hielt das Seil mit beiden Händen, „aber irgendwie nicht konkret. Ich denke, vieles zwischen ihm und mir wächst und ergibt sich unausgesprochen. Wir haben vereinbart, dass ihm nun eine der zwei Quadratmeilen Winterweide gehört. Die Bezahlung wird sich ergeben, da mach´ ich mir keine Sorgen, auch wenn sie sich nicht in Dollar ausdrücken lässt. Geben und Nehmen, Vertrauen gegen Vertrauen, sodass wir beide letztlich davon profitieren. Find´ ich echt gut. Warum, frage ich mich, kann es nicht mit allem so sein?"

„Unglaublich", schnaufte sie, „dass du mich diese Steilwand auf deinen Schultern hinuntergetragen hast. Wenn ich nur dran denke, wird mir schlecht. Wir hätten beide zu Tode stürzen können."

„Sind wir aber nicht", meinte er nüchtern. „Kannst du noch? Wir sind bald oben."

Terry biss die Zähne zusammen. Zehn Minuten später standen sie auf dem breiten Geröllfeld, das sich nach links und rechts oberhalb der Felskante in Hufeisenform um den Talkessel erstreckte und geradeaus auf die Passhöhe zustrebte. „Halt´ mich bitte mal fest", hechelte sie mit einem Lächeln. Die Bluse klebte ihr am Leib. „Wir fangen oben am Pass an." Sie schirmte die Augen mit der Hand gegen das Sonnenlicht ab und blickte nach oben. Wenigstens konnten sie ab jetzt aufrecht gehen, wenn es auch eher einem Hüpfen von Stein zu Stein gleichkam.

Die Aussicht von der Passhöhe war atemberaubend. Im Prinzip war es nicht mehr als ein Sattel zwischen zwei Felstürmen, der den Blick nach Westen in das benachbarte, weit größere Tal öffnete, als auch nach Osten, über das Tal des *Crystal Creek* hinweg in die hügelige Präriezone. Direkt unter ihnen die Pferdeweide, durchsetzt mit den kleinen Gestrüppinseln aus wildem Wacholder oder krüppeligen Kiefern und vereinzelten Kleingruppen von Douglasien. Tausende bunter Punkte von blühenden Wildblumen stachen wie Leuchtdioden aus dem Grün. Das neue Ranchhaus lag wie ein Spielzeugmodell auf dem Plateau. In der Ferne verlor sich die Landschaft im Flimmern der Hitze. Über den Sattel strömte die komprimierte Luft wie durch einen Windkanal.

Schon bei der ersten Fotofalle, die direkt in Höhe der Wasserscheide montiert war, überspielte Terry Fotos von Pumas auf ihren Laptop, den Vince in einem Rucksack getragen hatte.

Es handelte sich um je eine Katze und einen Kater, wie Terry mit geübtem Auge feststellte. Für Vince sah ein Puma aus wie der andere, insbesondere bei Nachtaufnahmen. „Die beiden kenn´ ich“, kommentierte Terry geschäftig, und Vince wurde klar, dass sie sich in ihrem Element befand. Sie leerte den Datenspeicher, wechselte die Batterien aus und aktivierte die teuren Kameras für die nächste Session.

„Dem Weibchen habe ich den Namen *Bonnie* gegeben, und dem Männchen naheliegend *Clyde*. Einige der Fotos sind schon älteren Datums, wahrscheinlich sind sie zur Paarungszeit entstanden. Weibchen und Männchen waren fast zur gleichen Zeit hier. Normalerweise sieht man sie außerhalb der Paarungszeit nicht zusammmen, sie gehen getrennte Wege. Aber ihre Reviere überschneiden sich genau hier auf der Passhöhc. Andere Fotos sind ziemlich frisch. Wahrscheinlich hat das Weibchen Nachwuchs zu betreuen. Da sieh, der große Kater. Er wird die Pferde gewittert haben.

Das Datum der Aufnahme fällt ziemlich genau mit dem Datum der Ankunft der Pferde zusammen."

Vince kratzte sich am Kinn. „Spotted Horse hat es schon vermutet", sagte er. „Ich glaube mittlerweile, dass er aus dem Wind lesen kann."

„Hm, und vielleicht unsere Gedanken, Vince. So, fertig", sagte sie. „Komm´, zur nächsten Falle."

Das Ergebnis an der zweiten Fotofalle war mit demjenigen der ersten fast deckungsgleich. Zuerst die zwei Raubkatzen relativ früh im April, danach Aufnahmen aus jüngerer Zeit. Auch aus den anderen vier Fotofallen ergaben sich keine spezifisch unterschiedlichen Erkenntnisse. Es handelte sich immer um dasselbe Pumapärchen, wobei sich jedoch die Reviere beider Katzen dort zu trennen schienen, wo es vom Klettersteig aus nach rechts oder links abzweigte. Das starke Männchen bevorzugte im Geröllfeld die Richtung, in der Terry mit dem Bein in einem Loch stecken geblieben war, das Weibchen die andere. Zumindest lag nach der Auswertung der Fotos diese Schlussfolgerung nahe. Im Revier des Weibchens, an einem prächtigen Felsbrocken, der wie eine Säule vier Meter in die Höhe ragte, entdeckten sie weit über Kopfhöhe Kratzspuren am Gestein.

„Das ist *Bonnies* Aussichtsplattform", erklärte Terry. „Mit einem guten Fernglas müsste man sie vom Ranchhaus beobachten können."

Als Terry im Revier des Männchens an ihrem Unglücksort vorbeikam, streckte sie automatisch ihren Arm nach Vince aus. „Ah, bring´ mich weg von hier", klammerte sie sich an ihm fest, „ich krieg´ grad ´ne Gänsehaut von dem Anblick, obwohl ich total durchgeschwitzt bin."

Mittag war schon vorbei, als sie den Abstieg in Angriff nahmen. Sie bewältigten ihn, indem Vince vorauskletterte und ihr aus seiner Sicht diktierte, wohin sie ihre Füße setzen sollte. Obwohl die hohen Felswände eine Garantie für Schatten gaben, wucherte im Talkessel heute eine drückende Schwüle.

Linda und Spotted Horse hatten sie bei der Kletterpartie beobachtet und warteten am Fuße der Steilwand. Vince spürte sofort, dass etwas Außergewöhnliches geschehen sein musste, denn Linda schien vor Ungeduld beinahe vom Boden abzuheben. Sie hüpfte wie ein kleines Mädchen auf und ab. Auf Spotted Horses ruhigem Gesicht lag ein Ausdruck von Glück.

„Na endlich seid ihr da herunten", sprudelte es aus Linda heraus. „Das hat ja eine halbe Ewigkeit gedauert. Ich, nein, wir müssen euch unbedingt etwas zeigen. Kommt, kommt rasch mit zu den Pferden. Ich, ich meine natürlich Spotted Horse, was er ...ach was, kommt einfach mit und seht es euch selber an. Kommt."

Zu viert stapften sie durch das hohe Gras zu den Pferden hin, Linda voraus, Spotted Horse am Arm hinter sich herziehend, und dann Terry und Vince. Als Vince feststellte, dass Starface mitten unter den anderen Pferden stand, wusste er, dass es etwas mit ihm zu tun haben musste. Tatsächlich steuerte Linda auf Starface zu. Vince wunderte sich, dass er ruhig stehen blieb, anstatt einen Sicherheitsabstand zwischen sich und die Gruppe von Leuten zu legen. Aber es kam noch besser. Linda ging auf den Hengst zu und legte ihm ihre Hand auf den Rist. Spotted Horse trat hinzu. Linda hob ihr linkes Bein, Spotted Horse bildete mit den Händen einen Steigbügel, und dann schwang sich Linda mit seiner Hilfe auf Starfaces nackten Rücken. Vince glotzte mit offenem Mund, wie Linda zu ihm herschaute und strahlte. Mit den Fersen gab sie dem Hengst leichten Druck in die Flanken, und Starface bewegte sich vorwärts. Linda lenkte ihn ausschließlich mit den Unterschenkeln einmal in einer vollständigen liegenden Acht herum, ohne Sattel und Zügel, bevor sie anhielt und von seinem Rücken rutschte. Starface blieb stehen. Wie Vince sehen konnte, verhielt er sich so normal wie früher: Kein Zittern, kein Beben, kein Röcheln, kein Schaum vor dem Maul.

„Habt ihr gesehen?", rief Linda in unterdrückter Lautstärke. „Vince, dein Starface ist wieder zurück. Er ist wieder da."

Vince hatte es gesehen, und es war überwältigend. Es kletterte etwas seine Kehle hoch, das er krampfhaft wegzuschlucken versuchte. Verdammt, sei kein Weichei, schalt er sich. Er drehte sich zu Terry um und schaute in ihre Augen, presste kurz ihre Hand. Dann trat er zu Spotted Horse, umarmte ihn einfach und sagte leise nur ein Wort: „Bruder." Zuletzt wandte er sich an Linda, griff ihre Hände: „Ab jetzt ist Starface euer Pferd. Ihr beide habt ihn geheilt. Du, Linda, hast ihn geritten. Er soll sich an niemanden anderen mehr gewöhnen müssen."

Spotted Horse hingegen sagte: „Mein Pferd ist der Falbe, Bruder Vince. Starface wird Linda gehören."

Kapitel 7

August 2010

Hitze lastete über dem Land, dem Tal. Die ewigen Winde brachten kaum Linderung, denn sie waren trocken und entzogen der Erde und den Wäldern letzte Reste von Feuchtigkeit. Es herrschte extreme Waldbrandgefahr.

Während alle Bewohner der Fuller-Ranch, außer Martha, damit beschäftigt waren, das Winterfutter für die Pferde einzubringen, wurde durch den Makler, eingefädelt von Vince' Anwalt Roy Rogers, die zweite Hälfte der Winterweide verkauft. Damit verfügten sie über das nötige Kapital, um die Pläne bezüglich einiger Ferienhäuser in die Tat umzusetzen. Vince, Sancho, Spotted Horse und Patrick arbeiteten abends, wenn die Sommerhitze etwas erträglicher war, am Aufbau des kleinen Wohngebäudes für Dolly und Patrick O´Connor. Sancho würde mit seiner zeitlichen Einschätzung richtig liegen. Spätestens Mitte September konnten die O´Connors ihr neues Häuschen beziehen.

Die Ausführung des Hauses war relativ einfach. Es verfügte im Erdgeschoss über eine kleine Küche, einen Vorratsraum, ein Bad und ein geräumiges Wohnzimmer, im ersten Stock mit schrägen Wänden ein Schlafzimmer, ein Duschbad und eine kleinere Kammer, in die man zur Not ein Bett zum Übernachten stellen konnte. Auch dieses Haus war mit einer überdeckten Terrasse über die gesamte Breite des Hauses ausgestattet. Auf dem Dach sorgte eine Fotovoltaikanlage für zusätzliche Energie. Für die sanitären und elektrotechnischen Installationen wollte Sancho die gleichen vier Männer engagieren, die bereits am Haupthaus gute Arbeit geleistet hatten. Dolly, von der glücklichen Fügung und Wendung ihres Schicksals noch immer fast wie in Trance, konnte den Einzug in ihr neues Heim kaum erwarten. Zudem verstand sie sich mit Martha zunehmend besser, was beiden Frauen, wenn sie ihre Aufgaben und Arbeiten bündelten, zu mehr Freizeit und Freiheit verhalf.

Linda schwamm auf einer Woge des Glücks. Ein Gradmesser dafür war, dass sie sich erstmals ungeachtet ihrer sichtbaren Brandnarben in einer kurzärmligen Bluse und Shorts zeigte. Die meiste Zeit verbrachte sie mit Spotted Horse, der ihr das Reiten ohne Sattel beigebracht hatte, denn Starface akzeptierte diesen nicht. Linda und der Arapaho benutzten das Wort Liebe nicht, aber dass sie einander zugetan waren, mehr noch, füreinander bestimmt zu sein schienen, war für alle übrigen auf der Fuller-Ranch offensichtlich. Linda strahlte in seiner Gegenwart über das ganze Gesicht, und in Spotted Horses Augen glomm, wenn er sie in seiner Nähe wusste, ein geheimnisvoller Funke. Vince war davon überzeugt, dass Spotted Horse genau der richtige Mann war, damit Linda ihr Trauma überwinden konnte. Er war nie oberflächlich, und immer voll und ganz der Person zugewandt, mit der er sich abgab. Sein Denken und Handeln war nie auf billige Effekte ausgerichtet. In der Welt der Weißen würde er möglicherweise als Langweiler gelten, denn die Jagd nach Trophäen westlicher Kultur war ihm fremd, eine Ellenbogenkarriere undenkbar, das Streben nach Status und Ansehen in Form von Pokalen und Erfolgsmeldungen widerwärtig. Was ihn auszeichnete, war, dass er sein Ohr am Puls der Natur liegen hatte und daraus sein umfassendes Wissen über die eingebundene Lebensführung bezog, die ihn gegenüber anderen überlegen werden ließ, ohne damit zu kokettieren. Er war des Mitgefühls fähig. Des Mitgefühls und der Kunst, es in sensibler Anwendung zu praktizieren, und war deswegen doch nie lehrmeisterlich abgehoben oder arrogant.

Wie Linda und Spotted Horse allein im Talkessel miteinander umgingen, entzog sich der Kenntnis aller. Vielleicht hatten sie sogar eine sexuelle Beziehung, vielleicht auch nicht. Und wenn es doch so wäre, so dachten alle unisono, und mittlerweile zeigte sich auch Dolly etwas aufgeklärter, dann würde es beiden zu gönnen sein. Spotted Horse, wusste Vince, würde Linda zu nichts zwingen, was diese nicht selber wollte.

Im Hochgefühl ihres Glücks hatte Linda Vince die Erlaubnis gegeben, Terry die Briefe zu zeigen, die sie sich geschrieben hatten, als sie beide Gefangene waren: Vince im Gefängnis in *Tucson* (Arizona), Linda in der schwarzen Kammer ihrer Seele.

Am vorletzten Sonntag Ende August gingen sie hinunter an den *Crystal Creek*, ausgestattet mit einer Decke und einem Korb mit einigen Köstlichkeiten aus Marthas Küche: Gegrillte Hähnchenschenkel, selbstgemachten Kartoffelchips und eine süßsaure Soße, dazu eisgekühlten Früchtetee. Sie breiteten die Decke zwischen zwei Schwarzerlen am Ufer des Baches aus. Während Vince die Füße ins Wasser streckte und in einem Fachblatt über Tourismus in Wyoming stöberte, begann Terry im Briefwechsel der Fuller-Geschwister zu lesen.

18. Februar 2006

Lieber Vince,

endlich habe ich durch deinen Brief erfahren, dass du lebst und wo du bist, und auch, was passiert ist. Warum hat mich der

Brief erst heute erreicht? Du hast ihn doch schon im November vergangenen Jahres geschrieben?

Ich kann das alles nicht verstehen und bin nur noch am Weinen. Dass du verurteilt worden bist, weil du Jason geschlagen haben sollst, kann ich nicht glauben, und wenn du sagst, dass du selber keine Erinnerung daran hast, dann hast du es auch nicht getan. Davon bin ich aus tiefstem Herzen überzeugt. Seit meiner letzten Begegnung mit Jason hatte ich so eine Ahnung, dass von ihm noch Unheil über mich kommen wird. Aber ich habe mich getäuscht. Denn nicht nur über mich, sondern über uns alle ist großes Unheil hereingebrochen.

Warum hat man mich bei deinem Prozess nicht als Zeugin zugelassen? Du schreibst, dass die Brandstiftung, und ich schwöre, dass es eine solche war, denn ich habe die Täter gesehen, allerdings vermummt, mit deinem Prozess formell nichts zu tun hat. Sehen die Richter nicht, dass alles zusammenhängt?

Acht lange Jahre ohne dich, Vince. Acht lange Jahre, die du in einem Gefängnis verbringen musst. Das bedeutet eine sehr

sehr lange Nacht. Eine Nacht völlig ohne Licht. Ein Tunnel ohne Ende. Erschrick bitte nicht, wenn ich dir sage, dass die zu erwartende Dunkelheit meiner Verfassung zuträglicher ist als gleißende Helligkeit. Das Anzünden eines Feuerzeugs, eines Streichholzes, einer Kerze, überhaupt offenes Feuer, versetzt mich in Panik.

Nach einem halben Jahr in der Spezialklinik für Verbrennungen bin ich in diese geschlossene psychiatrische Anstalt in Casper verlegt worden. Ich habe hier ein Zimmer für mich allein. Bis heute habe ich es noch nie verlassen, und ich habe auch kein Verlangen danach. Die Mahlzeiten bringt man mir aufs Zimmer, und die Therapiesitzungen finden ebenfalls in meinem Zimmer statt, beziehungsweise sollen stattfinden, denn bisher konnte ich noch mit niemandem sprechen. Es geht nicht. Meine Worte, der Sprachschatz, sind ein Raub der Flammen geworden. Der Ort, wo sie einst gewesen sind, ist bis zur Unkenntlichkeit verbrannt. Vor meinen Augen tanzt immer noch das Feuer, in meinem Kopf schreit immer noch der Schmerz. Ein Fünftel meiner Haut ist verbrannt. Vom Linken Ellenbogen, Schulter, Hals,

Rücken, Gesäß und Oberschenkel bis zum Knie. Die Haare versengt. Das alles ist jedoch nichts gegen den Verlust von Pa und Mom. Sie sind nur noch Erinnerung, wie ich selbst nur noch Erinnerung bin. Nein, weniger. Ich bin der Schatten meiner Erinnerung an mich. Linda, das Mädchen der Fullers-Familie, existiert nicht mehr. Du hättest mich nicht retten sollen.

Aber du hast es nun mal getan. So will ich auf den Tag warten, an dem du mich hier abholst, denn ich kann nirgendwo anders hin oder sein. Solange, geliebter Bruder, will und werde ich schweigen. Ist es Galgenhumor, wenn ich schreibe, dass du dich beeilen sollst?

Ich umarme dich.

Deine Linda

Terry legte die Blätter zur Seite. Die Zeilen kamen ihr sehr bekannt vor. Nein, nicht diese Zeilen, sondern ihr Inhalt. Auch sie war vor nicht allzu langer Zeit vor dem absoluten Nichts gestanden. Das, was sie einmal gewesen war, hatte an einem einzigen Tag ein Ende gefunden, und das, was sie hatte werden wollen, war in unerreichbare Ferne gerückt. Linda tat ihr so unendlich leid, denn ihr erster Brief sollte erst der Beginn einer Talfahrt werden, deren Tiefe und Dunkelheit sie so kurz nach den Geschehnissen noch gar nicht ermessen konnte. Aus dem Brief sprach noch der Schock des unmittelbar erlebten Grauens. Würde sie erst der gesamten Tragweite ihres Unglücks gewahr werden, stünde ihr ein weiterer, womöglich trostloserer Absturz bevor.

Natürlich war Terry bewusst, dass es sich um Briefe aus der Vergangenheit handelte, die mit Lindas heutiger Verfassung nichts mehr gemein hatten, doch Lindas Weg in die tiefe Verzweiflung, in die Depression war zu jener Zeit vorgezeichnet. Terry konnte sich gleichwohl in die Vergangenheit zurückversetzen. Eigentlich wünschte sie, dass es Linda gelungen sein mochte, nicht bei vollem Bewusstsein in den Abgrund zu stürzen, sondern eher in einer gnädigen Dämmerung ihr Schicksal ertragen durfte. Sie las weiter.

Tucson, 21. April 2006

Liebe Linda,

nun, nachdem du mir geantwortet hast, kann ich mir vorstellen, wo du ungefähr bist. Die Stadt Casper ist für mich ja kein Neuland. Besorgt bin ich über deinen Aufenthaltsort. Psychiatrische geschlossene Anstalt? Ich werde Roy Rogers beauftragen zu erfahren, um was für eine Einrichtung es sich handelt und ob du auch entsprechend untergebracht bist.

Mittlerweile sind alle Rinder, Pferde und alle Weiden bis auf die zwei Quadratmeilen in der Nähe des Hauses verkauft. Ich kann somit die fälligen dreihunderttausend Dollar Schmerzensgeld an Jason bezahlen und auch deine Krankenhauskosten. Mein junger Hengst Starface ist leider unauffindbar. Wo er nur stecken mag? Ob die Kendalls ihn besitzen?

Ich habe hier im Gefängnis einen Freund gefunden. Er heißt Sancho und ist Mexikaner. Ein kleiner Mann, aber er hat ein großes Herz auf dem rechten Fleck. Er wurde unschuldig wegen angeblichen Rinderdiebstahls verurteilt. Wir schmieden Pläne für die Zukunft. Wenn wir in Freiheit sein werden, wollen er und ich unsere Ranch neu aufbauen, und seine Frau Martha wird mit uns und natürlich mit dir dort wohnen.

Diese Aussichten lassen für mich die Zeit schneller vergehen und ertragen. Darum sage ich dir, dass du und ich wieder zusammen sein werden, und wenn wir uns wiedersehen, werden wir immer noch jung genug sein, ein neues Leben zu beginnen. Hab' *auch du Hoffnung. Du bist nicht allein, Linda. Halte aus, denn wir sind nicht am Ende.*

Dein dich liebender Bruder,
Vince

Linda hatte ihren Bruder gehabt, dachte Terry. Ein Bruder, der ihr Hoffnung machte und der Chancen für ihr weiteres Leben sah. Was Linda wirklich zu erleiden hatte, konnte er jedoch nicht ermessen. Kein Mann kann das, spann sie ihre Gedanken weiter, und zwar aus dem einfachen Grund, weil er keine Frau war. Eine Tatsache, die so richtig wie kompliziert war. Was einer Frau alles genommen und geraubt werden konnte, würde ein Mann nie besitzen können. Zu verschieden sind die Faktoren, die einer Frau und eines Mannes Verständnis vom Leben ausmachen. Vince war deswegen kein schlechter Mensch, kein übler Mann, aber allein seine breite Schulter zum Trost anzubieten bedeutete noch nicht, dass er nachempfinden konnte. Terry hingegen konnte das: nachempfinden. Sie war eine Frau.

In ihrer dunkelsten Stunde, der Verlust ihres Beines, war Vince in ihr Leben getreten. Als Mann. Nur vage hatte sie mit ihm über ihre Ängste gesprochen. Vor dem Verlust des anderen Bildes, das sie einst dargestellt hatte und das sie in ihrem persönlichen Stil hat Frau sein und werden lassen, das durch die Katastrophe für immer und unwiederbringlich zerstört und vernichtet wurde, musste sie ihn schützen. Er hatte sie vorher nun mal nicht gekannt. Er konnte nicht wissen, wer sie vor dem Unfall war und wie sie ihre Rolle als Frau gelebt hatte. Sie durfte ihm nicht ständig entgegenhalten, welch perfekte Frau sie einst gewesen und wie weit sie heute von jener Perfektion entfernt war. Er würde beginnen, nach der *alten* Terry in ihr zu suchen, und konnte nur enttäuscht werden, weil er sie nicht fand. Er sollte und musste sich damit abfinden, dass es für ihn nur eine Terry gab.

Im Grunde war sie wie ein wertvolles Gemälde, aus dem man eine Ecke abgeschnitten hatte. Man hatte es repariert, so gut es ging, und den Schaden und die Reparatur für die Nachwelt dokumentiert. Für sie würde es lebenslang ein Makel sein, ein dunkler Fleck auf ihrer Seele, wenn ihre Prothese faktisch noch so gut funktionierte. Sie war und blieb versehrt, auch wenn Vince es übersehen konnte. Sie konnte es nicht, und das tat sehr weh. Das Gefühl, schön und begehrenswert zu sein, war für ewig verloren.

Vince war in den Bach gestiegen und watete nun der Strömung entgegen.

25. Mai 2006

Lieber Vince,

es ist lieb von dir, dass du mir Mut zusprichst, und es freut mich aufrichtig, dass du Hoffnung in dir trägst. Daran hat bestimmt dein neuer Freund Sancho nicht unerheblichen Anteil. Kann man fürs Pläneschmieden überhaupt solange vorausdenken? Immerhin sind es bis zu deiner Entlassung noch mindestens sieben Jahre. Für mich bedeutet diese Zeit nichts, denn ein Tag ist wie der andere, und ein Jahr ist für mich nicht viel mehr als ein Tag.

Ich weiß nicht, ob du das verstehst, aber mein Zimmer ist verdunkelt, weil ich keine Helligkeit ertrage, und selbst im verdunkelten Raum muss ich eine Sonnenbrille tragen. Deswegen ist der Tag wie die Nacht, und die Nacht wie der Tag. Ich spüre keine Unterschiede und kann demnach nicht zählen, wie die Zeit verrinnt. Meine Zeit.

Lorna von der Conifer Cross-Ranch hat mich zweimal besucht. Sie hat mir angeboten, zu ihr auf die Ranch zu kommen. Sie meint es gut und sie ist eine liebe Frau, du kennst sie ja, doch ich kann nicht hinaus in die Welt. Ihre Fürsorge und ihr Mitleid würden mich umbringen. Darum habe ich sie gebeten, nicht wiederzukommen. Verstehst du das?

Manchmal gehe ich abends, wenn es bereits dunkel ist, hinaus in den umgrenzten Park, der zur Anstalt gehört. Dann setze ich mich auf eine Bank. Allein. Eine Pflegerin hält jeweils diskret Abstand. Es hätte keinen Sinn für sie, sich zu mir zu setzen und mit mir zu reden, denn ich spreche und antworte nicht. Ich kann nicht. Der Therapeut, der zu mir aufs Zimmer kommt und die Therapiesitzungen abhält, ist es gewohnt, dass seine Fragen unbeantwortet verhallen. Ich glaube, er spult sein Pflichtprogramm ab, und danach sagt er: „Schön, dann wollen wir wenigstens gemeinsam schweigen, denn auch das ist eine Art Kommunikation."

Immer wenn er kommt, weiß ich, dass eine Woche vorbei ist, denn er kommt einmal pro Woche.

Vielleicht hat er recht, und es ist ein Zwiegespräch, nur ohne Worte. Er stört mich nicht, doch versteht er mich auch nicht. Sein Besuch ist nicht mehr als eine unbedeutende Episode in meiner Dunkelheit. Ich weiß auch nicht, wie er aussieht, denn ich schaue ihn nicht an. Ich sitze für gewöhnlich am verdunkelten Fenster, ohne hinauszuschauen. Der Therapeut interessiert mich nicht. Es interessiert mich nicht. Nichts interessiert mich.

Ich bin wie eine Ameisenkönigin in ihrem unterirdischen Bau. Ich werde gefüttert wie sie, ich werde umsorgt wie sie, ich scheide aus wie sie, ohne Licht und Sonne. Nur dass ich keine Funktion habe. Ich bin nichts weiter als ein Organismus, den man am Leben erhält. Vielleicht bin ich wie ein Sauerteig, der, einmal angesetzt, uralt werden kann. Aber warum sollte ich uralt werden? Zu welchem Zweck?

Sollte eine Frau in meinem Alter nicht für etwas gut sein? Dass sie für eine Aufgabe vorgesehen ist oder dass ein Mann sich nach ihr sehnt? Sollte sie nicht bereit sein für eine Familie? Oder für ein Studium oder für einen Beruf? Sollte sie sich nicht verlieben können, Musik machen, tanzen wollen, vor Lebenslust sprühen?

Wie soll ich das machen, Vince, wenn ich nur noch aus einer Hülle bestehe, und selbst die beschädigt ist? Würdest du solch ein Auto kaufen, das weder Motor noch Sitze hat und dessen Lack zerkratzt ist?

Ein Tag gleicht dem anderen, und ein Jahr ist wie ein Tag. Wenn es eine Hoffnung gibt, lieber Bruder, dann bist du es. Nichts sonst. Ich warte auf dich.

Deine Linda

PS Meine abgesengten Haare sind fast zehn Zentimeter nachgewachsen. Bitte stell´ über deinen Anwalt keine Nachforschungen über die Anstalt an. Es würde nichts ändern.

Terry streckte sich auf der Decke aus. Eindeutig, dachte sie. Lindas Selbstbildnis verflüchtigt sich. Wie eine Fotografie, die immer blasser wird, und sie kann es nicht aufhalten. Ihre Kraft lässt nach. Sie gibt ihre Rechte auf. Oder werden sie ihr entrissen? Zum Beispiel das Recht, wegen physischer Schwäche bevorzugt behandelt zu werden. Oder das Recht auf unveräußerliche, unverhandelbare Sanftmut. Und doch ist ihr das nachwachsende Haar eine Bemerkung wert. Ist das ein Hoffnungsschimmer? Es ist noch nicht alles verloren, denn das Haar wächst unaufhörlich? Und sie wartet. Wie lange kann man auf jemanden warten? Wie lange würde sie, Terry, warten? Nein, die Frage war bedrohlich und beängstigend. Ich brauch´ nicht zu warten. Vince ist da. Wo steckt er eigentlich?

„Vince?“

Keine Antwort.

„Vince?!“, lauter.

Sie hörte ein lautes Platschen, dann ein Prusten, ein Fluch. Er kam bachabwärts getaumelt, triefend nass. „Oh verdammt“, stand er vor ihr, Wasser rann aus den Kleidern auf die Decke.

„Ausgerutscht. Und gleich ein Vollbad. Igitt.“

Terry lachte. „Komm´ her, zieh die nassen Klamotten aus. Wir hängen sie über einen Ast, dann trocknen sie schnell.“

„Puh, das Wasser ist eiskalt, trotz Hochsommer. Probier´s auch mal.“

„Mit meiner Prothese, oder was?“

„Dann zieh´ sie aus. Ich stütze dich“, meinte er leichthin.

Da war es wieder. Blitzte kurz in ihrem Kopf auf, wie eine Blendgranate. Das Gefühl, sich ausgesetzt zu sehen. Die Bestätigung, nicht mal auf eigenen Beinen stehen zu können. Unvollkommen zu sein. Angewiesen zu sein. Oder warum war sie so empfindlich? Ach, Mist, sie hätte diese traurigen Briefe nicht lesen, oder damit zumindest bis zum nächsten

Regenwetter warten sollen. Jetzt war ihre Stimmung auf Zahnfleischniveau gesunken. Ihre Lippen kräuselten sich. Gleich würde sie weinen. Und dann?

„Und dann?", fragte sie, irgendwie zu scharf, irgendwie angriffslustig. Sie wusste, dass sie überreagierte. Und dennoch: „Und dann?"

Vince, hellhörig, kniete sich vor sie hin, zog sie an den Händen in eine sitzende Position, umarmte sie. „Es ist nicht fair, Terry, und wird es nie sein", flüsterte er in ihre Wolke aus rotem Haar. „Ich sehe dich, wie du bist, und nicht, wie du warst. Ich kenne nur die eine Terry O'Connor und ich liebe sie, wie sie heute ist. Ob ich die Terry lieben könnte, die du vorher warst, weiß ich nicht, und ich will es auch nicht wissen, denn das hieße, meine heutige Liebe in Frage zu stellen. Das will ich nicht und brauche ich nicht, denn ich fühle mich sehr glücklich. Ich liebe dich. Dich, verstehst du?"

Sie schniefte. „Ich hab´ so viel verloren, Vince." Dann flossen ihre bitteren Tränen.

Wie konnte er sie trösten? „Das, was du nicht verloren hast, ist für mich mehr als genug."

Sie spürte die Kälte des Wassers in den Füßen, auch in dem, der physisch nicht mehr vorhanden war. Die Prothese lag auf der Decke. Er hatte sie auf die Arme genommen, in den Bach getragen und auf ihr Bein gestellt. „Es ist wirklich arschkalt", bibberte sie nach einer Weile, „und tut fast weh. Ich glaub´, ich hab´ einen Phantomschmerz. Halt´ mich bloß fest. Übrigens, ich liebe dich auch."

Sie küssten sich so heiß und innig, dass das Wasser des *Crystal Creek* zu verdampfen drohte.

Am Morgen des Montags rief Sheriff Hank Shepherd an und versprach, zum Mittag mit Neuigkeiten auf der Fuller-Ranch zu erscheinen.

Das Winterfutter für die insgesamt elf Pferde war eingebracht, und die Männer des Hauses, bis auf Spotted Horse, waren mit dem Hausbau für die O´Connors beschäftigt. Sancho baggerte die Gräben für die Zu- und Abwasserleitungen, Patrick und Vince deckten bereits das Dach ein. Abseits lag unter Abdeckplanen schon das Baumaterial für vorläufig zwei Ferienhäuschen. Sancho schätzte, dass sie bis Oktober mit allen Gebäuden fertig sein konnten, sofern das Wetter mitspielte, aber momentan sah es nicht nach einer Schlechtwetterfront aus. Der Wind unterstützte die Augusthitze weiterhin nachteilig. Jeder Schritt auf dem Platz vor der Terrasse gebar eine kleine Staubwolke. Martha war mürrisch, weil es im Haus unter den Füßen knirschte, als hätte sie Zucker ausgeschüttet.

Gegen Mittag ritt Vince auf Lennox los, um Linda und Spotted Horse zu dem Treffen mit dem Sheriff zu bitten. Er wollte, dass die beiden mit am Tisch saßen, wenn Hank Shepherd die Neuigkeiten präsentierte, denn letzten Endes betraf der Fall, wie Vince es nennen wollte, alle.

Noch hielt Spotted Horse es für zu früh, Starface an den Stall zu gewöhnen, weshalb Linda noch immer Terrys Sherry sattelte, wenn sie in den Talkessel reiten wollte. Um jetzt zurück zur Ranch zu reiten, ließ sie Sherry allerdings auf der Weide stehen und kletterte mit Spotted Horses Hilfe hinter ihm auf den prächtigen Falben, der mühelos beide trug. Die entwickeln sich zu einem richtig eingespielten Team, dachte Vince und meinte gleichzeitig, noch nie ein passenderes Paar gesehen zu haben. Welch ein glückliche Fügung, dass er damals diesen jungen Mann mit seinem Pferd am Straßenrand angetroffen hatte. Fünf Minuten später wäre er weg gewesen, und Linda heute einsam.

Martha und Dolly hatten gemeinsam gekocht, Pfannkuchen mit Mais, grünen Bohnen, Zwiebeln und Knoblauch an einer Hackfleischsoße, zum Nachtisch Vanillepudding irischer Art. Der Einzige, für den Pudding kein Begriff war, war Spotted Horse. Martha holte die Pfanne aus dem Kochherd, als Sheriff Hank Shepherd mit seinem Allrad-Streifenwagen vor das Haus gefahren kam. Der Sheriff war alleine, ohne seinen Deputy Thomas Wakeman, gleiche Ausstattung was die Bekleidung betraf wie bei der letzten Begegnung.

„Zuerst wird gegessen!", bestimmte Martha resolut. Bei ihrer Miene wagte keiner einen Widerspruch. Nach etlichen Lobpreisungen für das schlichte aber schmackhafte Mahl und bevor der Pudding serviert wurde, ergriff der Sheriff das Wort.

„Miss und Mr. Fuller, ich schlage vor, dass wir der Einfachheit halber uns mit den Vornamen anreden. Nennen Sie mich Hank. Sie, Linda und Vince, sind ja die Hauptbetroffenen. Der Reihe nach: Bei dem Toten in dem verunfallten Jeep Cherokee handelt es sich tatsächlich um Mr. Fergusson, den sie als Privatdetektiv engagiert hatten. Zur Schande meiner Kollegen aus *Cheyenne* muss ich leider sagen, dass es meiner Intervention bedurfte, damit sie den Finger aus dem Arsch nahmen. Entschuldigen Sie bitte meine Ausdrucksweise, aber treffender kann ich es nicht sagen. Für sie, also die Kollegen, sollte es ein Unfall bleiben. Erst nachdem ich Druck ausgeübt hatte, sah man sich genötigt, auch den verkohlten Leichnam näher unter die Lupe zu nehmen. Und was hat man entdeckt? Mr. Fergusson ist, bevor er mit seinem Fahrzeug von der Straße abkam, erschossen worden. Und zwar mit dem gleichen Gewehr, mit dem auch Ihr toter Kojote aus dem Wassergraben erschossen worden war. Das hat die ballistische Untersuchung beider Projektile ergeben, auf die ich bestanden habe. Ist das nicht ein seltsamer Zufall?"

Diese Nachricht musste sich bei den Leuten am Tisch erst einmal setzen. Es gab also offensichtlich eine Verbindung zwischen beiden Fällen. Jemand verseuchte ihr Wasser, und der gleiche Jemand ermordete den von ihnen beauftragten Detektiv. Dass da etwas ziemlich stark zum Himmel stank, lag wohl auf der Hand. Vince wollte jedoch nichts überstürzen.

„Ist das alles?", fragte er darum, fast gewiss, dass dem nicht so war.

Hank Shepherd grinste breit. „Die Kollegen aus *Cheyenne* haben dann festgestellt, dass quasi am gleichen Tag des Mordanschlags auf Mr. Fergusson in seine Wohnung in *Casper*, in der sich auch sein Büro befand, eingebrochen wurde und sie durchsucht worden ist. Wenn es etwas zu finden gab, das mit eurem Auftrag zusammenhing, dann wurde es wahrscheinlich gefunden und mitgenommen, denn die Polizei hat keine Hinweise in dieser Richtung gefunden. Weder Computer noch Fotokamera. Weg. Da war jemand sehr gründlich."

Die Spannung im Raum stieg. Sogar Martha kam mit einem Geschirrtuch aus der Küche, wo sie den Abwasch erledigen wollte.

„Weiter", sagte Vince.

„Es wurden einige Fingerabdrücke registriert." Kunstpause. „Einer davon gehört zu einem Mann namens Marvin Kershaw. Kommt euch ..."

„Sagen Sie das nochmal, Hank. Marvin Kershaw?"

Der Sheriff nickte. „Ihr kennt ihn? Natürlich kennt ihr ihn. Müsst ihn kennen."

„Wenn es derselbe Marvin Kershaw ist, der für meinen Vater gearbeitet hat, allerdings."

„Marvin Kershaw war auf dem *Conifer Cross*-Scheunenfest von Lorna Forester vor fünf Jahren. Ich hab´ ihn dort gesehen, und er mich auch", rief Linda laut.

„Er ist zur Fahndung ausgeschrieben", sagte der Sheriff ruhig. „Früher oder später werden wir ihn erwischen."

„Was heißt das? Ist er untergetaucht?"

„Wenigstens ist er dort, wo er zuletzt gemeldet war, verschwunden."

Keiner wagte die Frage zu stellen. Und doch hing sie wie ein riesiges Transparent in der Raumluft. Der Sheriff erbarmte sich ihrer. „Ich bin bei den Kendalls gewesen. Ein übertrieben freundlicher Besuch, kann ich euch sagen. Ich hätte kotzen mögen, so scheißfreundlich wie ich war. Hab´ mir, ohne Ermächtigung vom State-Attorney, also dem Staatsanwalt, ihre Gewehre zeigen lassen. Zu keinem der gezeigten Gewehre passen die Projektile, die man aus dem Kojoten und Mr. Fergusson gesichert hat, um in der Reihenfolge zu bleiben. Nicht dass ihr denkt, ich würde den Kojoten über Mr. Fergusson stellen, hahaha."

Linda sagte: „Pa hatte außer Marvin Kershaw noch zwei weitere Cowboys angestellt gehabt. Lance Jenkins und Phil Butcher. Wir haben sie immer nur die Siamesischen Zwillinge genannt, weil man nie den einen ohne den anderen gesehen hat. Haben die bei Vince´ Prozess nicht das Alibi der Kendalls bestätigt? Wo halten die sich jetzt auf?"

Dolly brachte den Pudding. Ein köstlicher Duft in der angespannten Atmosphäre. Spotted Horse schaute zuerst skeptisch auf die Wackelmasse, dann fragend zu Dolly. Sie nahm einen Löffel, kostete, und verdrehte vor Glück die Augen. Spotted Horse tat es ihr nach – und sein Gesicht erstrahlte. Dolly hatte einen neuen Fan gewonnen.

Sheriff Hank Shepherd schaute sich in der Runde um.

„Ach, ihr wisst es nicht? Jenkins und Butcher sind bei den Kendalls angestellt."

Der Sheriff war, nachdem er sich bei Martha und Dolly für das Essen bedankt hatte, wieder gefahren. Die acht Leute von der *Crystal Creek-Ranch* saßen um den Tisch. Ein jeder hatte mit den Nachwirkungen, die Hank Shepherds Neuigkeiten ausgelöst hatten, zu kämpfen. Dolly, der die Beklemmung an meisten anzusehen war, sagte: „Ich hätte nicht gedacht, dass der *Wilde Westen* noch existiert. Patrick, ob wir uns zu früh gefreut haben? Haben wir die falsche Entscheidung getroffen?"

Patrick tätschelte die Hand seiner Frau. „Keine Sorge, mein Schatz. Hier wird uns nichts passieren. Wir schließen des Nachts einfach unsere Haustür zu." Er wirkte auf Dolly nicht überzeugend.

„Und wenn sie unser Haus anzünden wie vor fünf Jahren das Haus der Fullers?"

Es war Martha, die zuerst Patrick und dann die Situation rettete. „Ich, Martha Maria Rosaria Ramirez weiß, was zu tun ist. Ich wollte schon immer eine Gans besitzen. Gott und Sancho sind meine Zeugen. Ich werde für die Ranch und für später, wenn alles vorüber ist, nämlich für den Suppentopf, haha, eine Gans kaufen. Es gibt keine besseren Alarmanlagen als eine Gans. Wenn nur einer seine Nasenspitze unerlaubt auf unseren Hof streckt, wird die Gans Radau schlagen. Eine Gans passt wunderbar zu unserer Ranch, nicht wahr Linda, mein Kindchen? So wird´s gemacht. Sancho, du fährst mich morgen in die Stadt."

„Der Puma wird die Gans holen, Martha", zweifelte Sancho.

Martha lachte. „Meine Gans holt niemand, auch kein Puma, das schwör ich." Flugs streckte sie drei Finger in die Höhe.

„Wenn sie meine Kräuter und Gemüse in meinem mühsam angelegten Garten abfrisst, Martha, landet sie schneller im

204

Kochtopf als du zählen kannst. Das schwör´ ich", drohte Linda scherzhaft. „Aber die Idee ist gut. Gefällt mir."

Alle lachten. Der Bann der Ungewissheit war gebrochen. Aber den Gedanken, dass dort draußen in der nicht mal allzu fernen Welt etwas Ungeheuerliches geschah, konnten sie selbst durch Lachen nicht beseitigen. Er hatte sich in den Köpfen eingenistet, und das würde auch Marthas Gans nicht lösen.

„Wir reiten in zwei Tagen zu meinen Leuten." Alle Köpfe wandten sich Spotted Horse zu. „Linda und ich."

Linda wurde rot vor Verlegenheit. „Nur zu Besuch in die Reservation", relativierte sie die Nachricht. „Für ein paar Tage. Spotted Horses Eltern, seinen Oheim, ich möchte sie kennenlernen."

Vince wusste, dass die *Wind River Indian Reservation*, im mittleren Westen Wyomings gelegen, neben der neuen Heimat für die Shoshonen, auch die der Arapaho war. Da die Indianer dort einige Spielcasinos betrieben, lebten sie in relativem Wohlstand. Vielleicht, dachte Vince, dass auch Spotted Horse Beteiligungen an den Casinos besaß und sich daher die Winterweide kaufen konnte. Möglich, aber nicht wichtig. Er schaute Spotted Horse in die Augen, und dieser schaute zurück. „Du wirst auf Linda aufpassen?"

„So wie du auf die Pferde, Vince."

Vince lächelte und nickte. „Gut. Auf welchem Pferd wird Linda reiten?"

„Auf Starface."

Dolly hatte es sich nicht nehmen lassen, Spotted Horses Kleider mit Waschpulver in der Waschmaschine zu waschen. „Du gehst mir nicht aus dem Haus ohne saubere Kleider, junger Mann", hatte sie ihm gedroht. Seine Widerrede, er würde seine Kleider regelmäßig mit einer Art Seifenkraut im Bach sauber halten, ließ sie nicht gelten. „Das kannst du machen wie du willst, sofern du hier im Tal bleibst. Aber wenn du zu deinen Eltern gehst oder reitest oder wie auch immer, trägst du gefälligst ein gewaschenes Hemd. Okay?"

Es war der letzte Mittwoch im August, als die beiden aufbrachen. Linda ritt ihren Starface ganz nach Indianerart ohne Sattel, Spotted Horse seinen schönen Falben. Der Arapaho hatte leichtes Zaumzeug und Zügel aus Grashalmen geflochten, das er jederzeit reparieren oder ersetzen konnte. Martha drückte ihnen mit einer Träne im Auge ein Proviantpaket in die Hand, das Spotted Horse in einen Rucksack steckte.

„Zwei bis drei Tage brauchen wir pro Weg", sagte Spotted Horse. „Wir kommen in zwei Wochen wieder zurück."

Linda umarmte Dolly, Martha, Terry, Sancho und Patrick. Ihren Bruder drückte sie besonders innig. „Danke Vince. Danke für alles hier. Ich spüre wieder das Leben."

„Ja, Schwesterchen. Und pass´ auf Spotted Horse auf. Er ist ein besonderer Mann."

Dann ritten die beiden.

Von nun an, zumindest für zwei Wochen, verbrachten Terry und Vince die Nächte bei den Pferden im Talkessel. Nicht ganz so spartanisch ausgerüstet wie Spotted Horse und Linda, doch wenn die Witterung es zuließ, auch nur unter einer Decke unter freiem Himmel. Wurden die Nächte etwas kühler, verzogen sie sich in den gedeckten Pferdeunterstand zu Lennox und Sherry.

Es war die Zeit, in der bei ihnen etwas zusammenwuchs und gefestigt wurde, das vorher nur latent in Wartestellung vorhanden war, und so gesehen waren sie für Lindas und Spotted Horses Abwesenheit sogar dankbar. Sie konnten es nicht beschreiben, nicht mal gegenseitig, aber es lag in der geänderten Qualität ihres Vertrauens. Vince lernte, mit Terrys Behinderung relaxter umzugehen. Er stand ihr nicht immer und überall mehr zur Seite, sodass man sein Mitgefühl förmlich mit Händen greifen konnte, sondern verhielt sich so, als müsse es so sein und er seit Kindesbeinen mit Terry und ihrem fehlenden Fuß aufgewachsen wäre. Terry indes spürte, dass ihm ihr Handicap weniger Probleme bereitete als angenommen. Er erkannte, wo was nötig war, Hand oder Hilfe, und ließ von ihr, wenn und wo sie alleine zurande kam, wenn sie ihn nicht ausdrücklich darum bat. Wenn sie nackt auf oder unter einer Decke lagen, ihrer Prothese entledigt, fühlte sie ihre Liebe wachsen, und das Bild einer alten beschädigten griechischen Statue ohne Arme entfernte sich aus ihrem Katalog für absolute *No gos*. Ihr fehlte ja nur ein Fuß, *so what*? Alles andere bei ihr war an der richtigen Stelle, und das war doch wohl weitaus interessanter als ein Fuß, der nicht da war. In den Nächten auf der Weide merkten beide, dass sie miteinander konnten: Leben; lieben; reden; schweigen; lachen; diskutieren; akzeptieren; respektieren; tolerieren. Die Leichtigkeit des Umgangs miteinander kam von selbst, bereitete Freude, machte Spaß, weckte ihre Sehnsüchte nach einander. Das Verlangen und die Selbstverständlichkeit, zusammenzugehören, verankerten sich in ihren Gedanken und in ihrer Seele. Die Zutaten einer großen Liebe waren vorhanden. Jetzt musste nur noch gekocht und serviert werden.

Tagsüber trieben sie mit Sancho und Patrick den Hausbau für Terrys Eltern voran. Es wurde ein wahres Schmuckstück von einem Häuschen. Die vier Handwerker, die Sancho bereits für den Ausbau des Haupthauses engagiert hatte, sorgten mit den sanitären und elektrotechnischen Installationen dafür, dass Patrick und Sancho den Einzug schon für Anfang September ins Auge fassten. Terry beobachtete ihre Mutter dabei, wie sie des Öfteren durch den Neubau streifte und mit den Fingern über Wände und Türen strich, im Gesicht einen Ausdruck unerwarteten Glücks. Terry hatte sie einmal danach gefragt. „Mom, wie geht es dir?"

Dolly hatte sie angesehen, als wäre sie das achtbeinige Mondkalb. „Komm´, ich zeig dir was." Hatte Terry bei der Hand geschnappt und war mit ihr die Treppe hochgestiegen.

„Hier, Terry, werden dein Pa und ich schlafen. Nicht auf Kredit, nicht auf Rate, nicht auf Sorge, ob wir das Geld für die nächste Zahlung erarbeiten können. Komm´ weiter." Sie zog Terry wieder über die Treppe nach unten in die Küche und den Wohnraum. „Hier werden wir leben. Wir werden alles haben, was man braucht. Und wenn wir ebenerdig aus der Tür gehen, sind wir in einer halben Minute bei unseren Freunden und bei dir. Ist es tatsächlich so, oder bin ich einfach nur in einem Traum? Zwick mich, wenn es so sein sollte."

„Ach Mom, ich bin so stolz auf dich, dass du mit Pa den Schritt gewagt hast. Es wird ein anderes Leben für euch, als ihr es bisher gewohnt wart. Die Arbeit wird euch zunächst fehlen. Der Tagesrhythmus wird ein anderer sein. Aber es ist ein Leben, und nächstes Jahr, wenn wir Feriengäste haben werden, werdet ihr auch wieder regelmäßig zu tun bekommen."

„Ja natürlich, und wir freuen uns auch darauf. Ich meine auch eher, wie es dazu gekommen ist. Streng genommen war dein Unglück unser Glück. Ich betrachte die gesamte Atmosphäre um uns herum. Es ist nicht normal, dass man so ohne Weiteres derart begünstigt wird. Und glaube mir, ich würde auf all das verzichten, wenn du dadurch deinen Fuß wieder bekämst. Sagen wir, es war Schicksal. Keiner konnte das voraussehen. Aber unsere Aussichten, Terry, für uns ältere Generation, könnten besser nicht sein. Das ist einfach so unglaublich, dass ich Zeit brauche, um es glauben zu können."

„Ja, Mom. Willkommen daheim."

„Für dich ist es also ebenso entschieden, Terry? Dein Lebensmittelpunkt wird in Zukunft hier auf der Ranch sein?

Auch beruflich? Du bist noch so jung, wenn du verstehst, was ich meine."

Terry brauchte nicht lange zu überlegen. „Hier will ich sein, Mom. Vince und ich gehören zusammen. Ich könnte nur existieren, wo er auch ist. Dass du und Pa ebenfalls hier sein werdet, ist das fehlende Tüpfelchen auf dem i. Vielleicht kann ich von hier aus für *The Nature Concervancy* tätig sein. Ich meine, die Pumas lösen sich ja nicht in Luft auf oder verlassen ihr Revier, nur weil ich nicht mehr angestellt wäre. Die bleiben da wo sie sind. Also wird man ein Interesse daran haben, sie weiterhin zu beobachten, und das kann ich von hier aus sehr gut. Mit Computertechnik ist das alles heutzutage kein Problem. Online-Betrieb, Videokonferenzen, und so weiter."

„Glaubst du ihm?"

„Was?"

„Glaubst du ihm die Geschichte, dass er sich nicht daran erinnern kann, diesen Jason Kendall verprügelt zu haben?"

„Mom, natürlich glaub´ ich ihm. Was fragst du da?"

„Ach Kind, es ist nur wegen der vielen Gewalt um uns herum. Hoffentlich geschieht nicht noch Schlimmes. Das ist das Einzige, was mir Sorgen bereitet."

Die O´Connors fuhren Ende August nach *Cheyenne*, um den Umzug vorzubereiten. Sie bauten Möbel ab, füllten Umzugskartons mit Hausrat, legten Wäsche und Kleider zusammen, ließen nicht mehr Gebrauchtes vom Second-Hand-Shop abholen, stellten Sperrmüll vors Haus an die Straße. Patrick organisierte einen Termin mit einem Immobilienmakler, übertrug ihm die Aufgabe des Hausverkaufs samt den Bedingungen, und die Kontovollmacht für die Bank wegen des Kredits. Ihnen war klar, dass sie das Haus, in dem sie so lange gewohnt und gelebt hatten, in dem Terry geboren wurde und bis nach dem Studium ihr Zimmer gehabt hatte, nur mit

Verlust abgeben konnten. Aber sie würden doch nicht alles investierte Geld verlieren. Die Schmerzen würden sich in Grenzen halten, und am Ende würden alle zufrieden sein: die Bank, der Makler, und die O´Connors. Dreißig Jahre hatten sie in dem Haus und in der Straße gelebt. Sie verabschiedeten sich von den Nachbarn, denen es, alles in einem gesehen, weder besser noch schlechter ging als es ihnen selbst gegangen war. Manche gratulierten ihnen zu dem in Aussicht gestellten Neuanfang, andere mochten ihnen die Geschichte ihres Glücks nicht abkaufen. Jemand, der aus dieser Straße wegzog, würde irgendwo anders ebenfalls kein Bein auf den Boden kriegen, sagten sie. Wahrscheinlicher war, dass die Worte dem puren Neid entsprangen.

Dann endlich war es soweit. Sancho mit seinem Truck, und Vince und Terry mit dem Ford Pick-up, fuhren am ersten September nach *Cheyenne*, um Dollys und Patricks Möbel aufzuladen und abzuholen. Während das Haus leergeräumt wurde, schniefte Dolly aus Sentimentalität ununterbrochen. Für sie ging eine Ära zu Ende. Als der Truck, der Pickup und Patricks Wagen beladen waren, stand Dolly neben der Beifahrertür des alten Chervrolet und wartete.

„Willst du nicht noch einmal durch die Räume gehen und nachsehen, ob wir alles haben?"

„Nein", antwortete Dolly.

„Oder Abschied nehmen?"

„Nein", sagte sie. „Mein Abschied war lang genug. Steig´ ein, Patrick O´Connor. Bringen wir´s hinter uns."

Als sie die Stadt *Cheyenne* mit den Randbezirken hinter sich gelassen hatten; als sie hinter Sanchos Truck und Vince´ Pick-up herzuckelten, ohne nach vorne, außer Vince´ Heck des vollbeladenen Pickups, nur das Geringste sehen zu können, stellte Patrick mit einem Blick zur Seite auf seine Frau fest, dass ihr ein Lächeln ins Gesicht gemeißelt war.

Das Wetterglück war auf ihrer Seite. Es herrschten angenehme Temperaturen bei einem moderaten kühlen Wind, der von den Rockies herunterwehte. Sie erreichten die *Crystal Creek-Ranch* gegen fünf Uhr abends. Martha wartete mit einer Schüssel gegrillter, scharfer Würstchen, gegrillten Maiskolben und Fladenbrot auf sie. Vor der Tür zum neuen Haus stand ein Stapel kalter Bierdosen. Dolly eilte auf Martha zu, schloss sie in ihre Arme und heulte herzerweichend.

„Ich bin so glücklich, Martha. So glücklich ...“

„Und ich erst, Dolly. Und ich erst.“

Noch am gleichen Abend wurden alle Möbel oder deren Teile, alle Kartons und Säcke abgeladen, ins Haus getragen, was zusammengebaut werden musste zusammengebaut, was eingeräumt werden musste eingeräumt, was aufgehängt werden musste aufgehängt, was angeschlossen werden musste angeschlossen. Die halbe Nacht brannte deshalb das Licht in dem kleinen Haus, und weil Patrick eine große Freude verspürte, spielte er auf seiner Mundharmonika irische Tanzlieder, und weil Dollys Freude nicht kleiner war als die ihres Mannes, sang sie vor lauter Glück und aus vollem Hals dazu, und alle staunten darüber, was Dolly für eine tollen Sopran besaß.

Kapitel 8

September 2010

Marthas spezielle Alarmanlage, die Gans *Conchita*, entwickelte sich dank zahlreicher Zuwendungen zu einem flugunfähigen Fleischklops. Terry nannte die Häppchen, die der Gans von allen Seiten angetragen wurden, Bestechung. Martha nannte es Liebe.

In der Tat versuchte jeder auf der Ranch sich die Gunst des Vogels zu erkaufen, indem er ihm Brotrinden, Salatblätter oder Maiskörner möglichst unauffällig zukommen ließ, denn trotz der Fluguntauglichkeit blieb *Conchita* ein wehrhaftes Tier. Die Gans gestattete nur Martha, sich ihr ungefährdet zu nähern, während sie alle anderen durch bedrohliches Flügelschlagen und Fauchen einschüchterte. Nachts sorgte sie das eine und andere Mal dafür, dass in allen Zimmern der Häuser das Licht eingeschaltet wurde und Sancho oder Vince mit dem alten Winchester-Gewehr vor das Haus traten, um dem Krakeelen der Gans auf den Grund zu gehen – was sich jedoch jedes Mal als Fehlalarm herausstellte. Beliebt machte sie sich dadurch nicht, und manch einer drehte ihr im Geiste genüsslich den Kragen um.

„Umsonst hat sie nicht geschnattert", verteidigte Martha ihre Gans beim Frühstück. „Da war bestimmt was."

„Jaja", grummelte Sancho verschlafen, „Hunger hat das Biest gehabt, sonst nichts."

„Also ich fühle mich, seit *Conchita* da ist, viel sicherer. Lieber zehnmal umsonst aufgestanden als einmal für immer liegen geblieben. Was sagst du dazu, Dolly?"

„Genau so denke ich auch, Martha. Deine Freundin ist besser als jeder Wachhund."

„Da siehst du´s."

Mitte der zweiten Septemberwoche, donnerstags, kamen Linda und Spotted Horse aus der *Wind River Indian Reservation* zurück. Sie führten Spotted Horses Falben und Starface in die neue Pferdekoppel neben dem Stall, die Sancho errichtet hatte. Lennox und Sherry begrüßten die Neuen vorsichtig zurückhaltend. Vince fragte sich, woher der kleine Mann Kraft und Zeit nahm, um neben den Baggerarbeiten, dem Hausbau und seinen anderen Arbeiten auch noch die Koppel zu bauen.

Linda trug anstatt ihrer Jeans und Bluse ein wunderschönes, handgefertigtes Wildlederkleid mit aufwendigen Stickereien und Fransen. An den Füßen steckten weiche Mokassins, die mit Stachelschweinborsten verziert waren. Linda begrüßte zuerst die Frauen der Ranch, dann die Männer. Zuletzt begrüßte sie ihren Bruder. Nach einer ersten Umarmung hielt Vince sie auf Armeslänge vor sich fest und bestaunte ihre neue Kleidung.

„Es steht dir wunderbar, Linda. Wie angegossen. Herrlich", bestaunte er sie.

„Danke. Es ist ein Geschenk von Spotted Horses Mutter." Linda errötete. Dann fuhr sie fort: „Es ist mein Hochzeitskleid, Vince."

Insgeheim hatte Vince so etwas geahnt. Er schaute über Lindas Schulter hinweg zu Spotted Horse, der noch immer zwischen seinem Falben und Starface stand. In seinem stillen Lächeln lagen Stolz und Glück. Mit einer kaum sichtbaren Kopfbewegung nickte er Vince zu, und der lächelte zurück. Das war dann allerdings das Letzte, was Vince in Ruhe erlebte, denn dann wurde er rigoros von Martha auf die Seite gedrängt und sie und Dolly und Terry umringten Linda als Beginn eines Freudentaumels und Palavers ohne Punkt und Komma. Lindas Kleid wurde befühlt, ihre Schuhe, ihre Haare, und dann wurde sie im Pulk ins Haus geschoben, während die vier Männer draußen herumstanden wie bestellt und nicht abgeholt.

Spotted Horse trat zu Vince. „Danke, Schwager. Du hast es gewusst."

„Ich habe es gesehen", sagte er.

„Ist es dir recht?"

„Linda hätte dich sogar gewählt, wenn es mir nicht recht gewesen wäre. Aber es ist mir recht, Bruder."

„Willst du, dass sie auch nach Art der Weißen heiratet?"

Vince schüttelte den Kopf. „Entscheidet ihr das. Ich finde, so wie es ist, ist es gut."

Die Frauen bereiteten ein Fest vor. Schließlich gab es zwei Ereignisse zu feiern: Dollys und Patricks Einzug in ihr neues Haus zum einen, und Lindas und Spotted Horses Hochzeit zum anderen. Es sollte ein Grillfest werden, weshalb Sancho trockenes Holz aus dem Wald anschleppte und zu Kleinholz verarbeitete. Patrick und Dolly hatten es sich nicht nehmen lassen, in *Buffalo* Steaks und Spareribs, Kartoffeln, Maiskolben, verschiedene Tunken und Fassbier zu kaufen. Martha stellte für die Kartoffeln einen Quark her und buk aus ihrem Sauerteig lange Brotstangen.

In einer Schaffenspause trafen sich Linda und Vince auf der Terrasse. Er hatte die Empfindung, dass seine Schwester reifer geworden war. Ja, reifer, aber auch noch mehr. Er kramte in seinem Wortschatz nach zutreffenden Beschreibungen, musste indes bald feststellen, dass er nicht ausreichend genug ausgestattet war. Ihm schien, als wäre sie sich der Bedeutung ihrer Entscheidung bewusst, aber auch ihrer Schwere. Es sah zwar nicht danach aus, als würde ein Gewicht sie nach unten ziehen, doch irgendwie kam sie ihm erkennbar verankert vor. Zweifellos war sie beeindruckt. Manchmal verließ ihr Blick sein gefasstes Ziel und driftete melancholisch in die Ferne oder an einen Ort, der in ihr eine Veränderung angestoßen haben musste. Vince ahnte natürlich, und es lag nahe, dass Spotted Horse und sein Volk damit zu tun hatten, und vielleicht traf es sogar zu, dass Lindas Entscheidungsprozess noch währte. Und dann flossen die Worte förmlich aus ihr heraus, um nicht zu sagen, sie platzten heraus.

„Der Ritt mit Spotted Horse nach der *Wind River Indian Reservation* war für mich wie eine Reise in eine andere Welt. Diese andere Welt, Vince, möchte ich kennenlernen. Nicht nur, weil es Spotted Horses Welt ist, sondern weil sie dem nahe kommt, wonach ich gesucht habe."

Vince studierte ihr Gesicht und meinte, eine tiefgreifende Ruhe und Sicherheit darin zu entdecken. Vielleicht sogar eine Gewissheit und Überzeugung. Auch Bestimmung? Er würde es seiner Schwester so sehr wünschen, endlich wieder ihren Platz in der Welt zu finden, wo immer der auch sein mochte. Seit Wochen konnte er beobachten, wie Linda an der Seite Spotted Horses ihren Gleichklang wiederentdeckte. Wie Harmonie zu einem festen Bestandteil ihrer Tage wurde.

Linda erzählte weiter: „Wir hatten uns Zeit gelassen und bewegten uns langsam, schon aus Rücksicht auf Starface. Wir wollten ihn nicht überfordern. Von Stunde zu Stunde merkte ich mehr, wie wir eins mit der Natur wurden. Stell´ dir vor, Vince, wir wurden ein Teil davon, und Spotted Horse wusste beinahe über jedes Gras, jeden Strauch und jeden Baum eine Geschichte zu erzählen. Und mit Geschichte meine ich nicht irgendetwas Erfundenes, sondern aus seinem Wissen. Ob das Gras gut für die Pferde war oder schlecht, wie man die Früchte der Sträucher verwenden konnte, was man aus der Rinde der Bäume herstellen konnte. Wissen über Dinge, das verloren geht, wenn es nicht überliefert wird. Er kannte alle Wege und wusste am Morgen schon, wo wir abends unser Lager aufschlagen würden. Es waren wundervolle Plätze, ideal zum Übernachten, versteckt und doch mitten drin in dieser anderen Welt."

Vince hatte sie schon seit langer Zeit nicht mehr so sprechen hören. Ihr Gesicht glühte geradezu.

„Als wir zu seinen Leuten, seinem Volk kamen, wurde ich so herzlich aufgenommen, als wäre ich ihre Tochter. Sofort wurde die Nachbarschaft zusammengetrommelt und ein spontanes Fest gefeiert. Spotted Horses Mutter ist eine gute, kluge Frau, so freundlich und lieb. Sein Vater – ihm war der Stolz auf seinen Sohn anzusehen. Spotted Horse hat auch eine jüngere Schwester, die den großen Bruder abgöttisch liebt und verehrt, und obwohl plötzlich ich an seiner Seite stand, gab es nicht eine Spur von Neid oder Eifersucht, nein, auch sie empfing mich mit offenen Armen."

„Erzähl´ von der Hochzeit, bitte. Wie seid ihr darauf gekommen?"

„Spotted Horse muss es geplant haben. Auch seine Eltern und die Schwester müssen eingeweiht gewesen sein. Eines Tages kam er und legte mir das Wildlederkleid und die Mokassins vor die Füße. *Wenn du es anziehst, werde ich dich heiraten und du mich.*, hatte er gesagt. *Wenn du es ablehnst, lege es einfach draußen vor die Tür, und nichts ist geschehen.* Dann verließ er den Raum. Ich habe es angezogen, Vince. Weil ich es wollte. Weil ich dazugehören wollte. Weil ich ihn liebe. Die Menschen leben in Achtung vor der Natur. Ihnen käme niemals in den Sinn, sie zu vernichten oder zu zerstören. Sie leben von und mit ihr. Ach ja, und dann gab es eine kurze, feierliche Zeremonie mit dem gewählten Oberhaupt, bei der ich einen eigenen indianischen Namen bekam und wir vor aller Augen unsere Zusammengehörigkeit beschworen. Sie haben für uns ein traditionelles

Tipi aufgestellt, in dem wir unsere Hochzeitsnacht verbringen durften, und Spotted Horses Vater gab am nächsten Tag ein Fest, zu dem die ganze Stammesfamilie eingeladen war. Dann machten wir uns wieder auf den Weg hierher."

Vince war fast ein wenig neidisch. Dies ist eine Geschichte, dachte er, die es wert ist, sie einst seinen Enkeln zu erzählen. Wie stand es eigentlich zwischen ihm und Terry? Sollte er ihr nicht auch ein Kleid vor die Füße legen und sagen, was Spotted Horse zu Linda gesagt hat? *Wenn du es anziehst ...* Wartete sie vielleicht sogar darauf? Er schaute Linda in die Augen. „Mom wäre stolz auf dich, genau wie Spotted Horses Vater auf seinen Sohn. Und ich bin auch stolz auf dich, Schwesterherz, dass du deinen Weg und Sinn gefunden hast."

„Hegst du denn keine Vorurteile gegenüber Spotted Horse? Er ist Indianer und ...ach, du weißt ja, wie die Leute das Maul zerreißen. Für viele ist ein Indianer noch immer ein Wilder, nur weil er seinen Gott im Wald sucht anstatt in der Kirche. Aber wenigstens findet er ihn dort auch, was man von den Kirchenleuten nicht behaupten kann."

Vince legte die Hand auf ihren Arm. „Hast du noch nicht gehört, dass wir uns *Bruder* nennen? Das ist nicht im Scherz gemeint, sondern gegenseitige Achtung. Ach, übrigens: Wie lautet nun eigentlich dein indianischer Name?"

Linda setzte sich aufrecht hin, Rücken gerade, Brust raus, Kopf hoch: „Mein indianischer Name lautet: *Firebird*."

Das Fest war in vollem Gange, als in der Hofzufahrt eine Staubwolke sichtbar wurde und überraschend Sheriff Hank Shepherd mit seinem Dienstwagen vorbeikam. Er stieg aus dem Wagen und tippte zur Begrüßung mit einem Finger an seine Hutkrempe. „Es scheint, dass ich ein Talent dafür habe, immer gerade zum Essen bei Ihnen vorbeizuschauen." Er lachte und drückte doch jedem Einzelnen die Hand, setzte sich jedoch nicht. Dann kam er zur Sache:

„Weswegen ich hier bin. Wie jedes Jahr am dritten Samstag im September feiere ich bei mir zu Hause ein kleines Fest für die Bevölkerung und die Honoratioren der Stadt. Ich möchte Sie und Ihre Partnerin einladen, Vince. Ganz zwanglos, legere Kleidung, keine Geschenke. Es gibt Fleisch vom Grill und Bier, nichts anderes als bei Ihnen auch."

„Mhm", sagte Vince überrascht. „und wieso denken Sie da gerade an uns? Wir gehören ja nun nicht gerade zur Bevölkerung *Buffalos*, und zu den Oberen Zehntausend gleich gar nicht."

Der Sheriff lachte kurz. „Das dacht´ ich mir, dass dieser Einwand kommt. Zum *Johnson County* zählt ihr allemal. Nun, es könnte für euch von Interesse sein. Ich hab´ mir nämlich erlaubt, mich beim State-Attorney anzubiedern. Hab´ ihm von eurer Geschichte erzählt, von der Brandstiftung angefangen bis zur Ermordung des Privatdetektivs Fergusson, und meine Ansicht und Schlüsse darüber geäußert, dass die Sache zum Himmel stinkt. Mir persönlich ist wichtig, Vince, dass dem Recht Geltung verschafft wird. Ich möchte in eurer Sache ermitteln, und zwar richtig ermitteln, und dafür brauch´ ich unbedingt freie Hand und die Rückendeckung durch den State-Attorney. Wenn ich die Kontobewegungen diverser Leute untersuchen möchte, wenn ich einen Durchsuchungsbeschluss brauche, Fingerabdrücke nehmen möchte und so weiter, will ich ein Schriftstück vom State-Attorney, wenn Sie verstehen, was ich meine. Ich habe ihn zu dem Grillabend eingeladen und er wird kommen. Ich möchte, dass ihr die Möglichkeit habt, persönlich mit ihm zu sprechen, nicht zuletzt Miss Terry bezüglich ihrer zufälligen Beobachtung damals in *Cheyenne*. Ich will die Bande im Knast sehen, Vince. Na, was halten Sie davon?"

„Was halten Sie von einem Steak und einem Bier, Sheriff?", fragte Martha und stand bereits auf, um für beides zu sorgen. Doch Hank Shepherd lehnte ab. „Danke Martha, heute nicht."

Vince kratzte sich im Nacken, vom Engagement des Sheriffs regelrecht angetan. „Wow, das klingt ja echt gut, Hank. Wenn Sie sich damit mal nur nicht unbeliebt machen."

„Bin ich Sheriff oder bin ich korrupt? Wir sehen uns dann, Vince. Dritter Samstag, nicht vergessen. Ladies, Gentlemen?" Drehte auf dem Absatz um und wollte gerade zu seinem Streifenwagen zurück, als er in der Bewegung stockte. Auf der Zufahrt nahte eine zweite Staubwolke. Vince erhob sich von seinem Platz, stellte sich neben den Sheriff. Wer könnte da kommen? Aus der Staubwolke wurde langsam das Fahrzeug sichtbar. Es war der silbergraue Pick-up mit den überdimensionierten Reifen, den John Decker neulich gefahren hatte. Der Wagen hielt hinter Hank Shepherds Streifenwagen an. Der Motor lief, die Scheinwerfer waren aufgeblendet. Wer am Steuer saß, ließ sich nicht zweifelsfrei feststellen. Dann heulte der Motor des Pick-ups in Intervallen auf, als wäre das Gaspedal eine Luftpumpe. Vince ging einen Schritt auf das Fahrzeug zu. Der Pick-up rollte einen Meter zurück. Vince blieb stehen. Der Pick-up blieb ebenfalls stehen. Noch ein Schritt von Vince, gefolgt von einem Meter zurück des aufjaulenden Pick-ups. Das Spiel dauerte noch zwei weitere Schritte und zwei weiteren Rückwärtsbewegungen des Fahrzeugs an, bis sich endlich der Sheriff in Bewegung setzte und strikt auf das provozierende Auto zumarschierte. Da gab der Fahrer Vollgas und entfernte sich im Rückwärtsgang von der Zufahrt, wendete weiter entfernt und stob, eine Staubfahne hinter sich herziehend, davon.

Der Sheriff kehrtc zu Vince zurück. „Wissen Sie, wer das war?"

„John Decker von der Kendall-Farm fährt so einen Pickup."

„Mist", entfuhr es dem Sheriff, „dann hat er mich gesehen und weiß nun Bescheid, dass ich mit Euch in Kontakt bin. Wenn er rechnen kann, zählt er jetzt eins und eins zusammen."

„Aber hat er das nicht schon, als Sie bei den Kendalls die Gewehre angeschaut haben?"

„Glaub´ ich nicht, denn die Kendalls wissen nicht, dass wir wissen, dass Mr. Fergusson ermordet worden ist. In den Zeitungen ist stets nur von einem tragischen Unfall berichtet worden. Die Waffen, die sich in Privathand befinden, lasse ich mir sowieso turnusmäßig von allen Waffenbesitzern zeigen. Da ist nichts Auffälliges dran."

„Aber jetzt ..."

„Wahrscheinlich hat er mich vorhin gesehen, als ich an der Abfahrt zur Kendall-Farm vorbeigekommen bin. Lieber wär´s mir gewesen, wir hätten unseren Kontakt noch für eine Weile unter der Decke halten können. Nun müssen wir damit leben. Die Fahndung nach Marvin Kershaw war bis jetzt leider erfolglos. Das heißt für euch, dass ihr verstärkt Augen und Ohren offenhaltet."

„Wir besitzen jetzt eine Alarmanlage", rief Martha über den Tisch. „Eine lebende Sirene. Komisch, wo steckt *Conchita* eigentlich und warum hat sie keinen Alarm geschlagen, als Sie gekommen sind, Sheriff?"

Sancho versuchte sein Gesicht sehr verdächtig mit einer Serviette zu bedecken. „Sancho?" Schneidend fuhr Marthas Stimme durch die Serviette hindurch, wie ein heißes Messer durch Butter. „Sancho? Wo – ist – meine - *Conchita*?"

Derart entlarvt nahm Sancho die Serviette herunter. „Im Pferdestall", gestand er kleinlaut. „Damit sie hier nicht dauernd den Schnabel auf den Tisch streckt."

Martha war zuerst fassungslos. Dann, als sie sah, dass die Blicke aller auf sie gerichtet waren, begann sie zu schmunzeln, um übergangslos in lautes Gelächter auszubrechen.

„Sheriff", brüllte sie, „wir haben sogar eine Alarmanlage, die man abstellen kann. Das hab´ ich bis jetzt nicht gewusst."

Sheriff Hank Shepherd war gefahren. Der Tisch war abgeräumt. Der Familienrat saß zusammen. „Man sagt, dass Angriff die beste Verteidigung sei", meinte Patrick. „Aber wen sollen wir angreifen? Wir können doch nicht einfach zu diesen Schafsfarmern fahren und sie über den Haufen schießen."

„Patrick!", rief Dolly ihn zur Räson, „du versündigst dich!"

„Ach, ist doch wahr, Dolly", maulte er.

„Ich finde", sagte Linda, „*Conchita* ist eine prima Anschaffung, wenn sie nicht gerade eingesperrt ist, nicht wahr, Sancho? Wenn John Decker jetzt gesehen hat, dass wir praktisch unter dem Schutz des Sheriffs stehen, wird er es nicht ein zweites Mal wagen, nachts hierherzukommen. So gesehen ist es gar nicht so übel, dass er es weiß. Spotted Horse und ich bleiben bis zum ersten Frost bei den Pferden im Tal."

„Wir lassen uns auf keine Provokation und auf keine Konfrontation ein", sagte Vince. „Das gilt für uns alle. Terry und ich werden zum Grillfest des Sheriffs fahren. Mal sehen, was der State-Attorney für ein Typ ist. Wenn er dem Sheriff Rückendeckung verspricht, dann sind dessen Ermittlungen wie ein Angriff, um Patricks Idee aufzugreifen. Ideal wäre natürlich, wenn Marvin Kershaw gefasst werden würde. Oder wenn Lance Jenkins oder Phil Butcher ihre Aussage, die Kendalls wären am Abend vor dem Unabhängigkeitstag bei einem Grillfest am Powder River gewesen, zurückzögen.

Vielleicht, wenn man ihnen Straffreiheit anböte. Aber das müsste der State-Attorney entscheiden."

„Und wenn einer aus der Entfernung auf uns schießt? Ein Heckenschütze? Oder bei der Fahrt in die Stadt, wie bei Mr. Fergusson? Dass die keine Skrupel haben, wissen wir ja jetzt. Sollen wir uns verbarrikadieren? Soll ständig einer von uns mit dem Gewehr Wache stehen?" Man sah Dolly die Angst an.

„Ich lasse meinen Falben bei euch auf der Koppel stehen. Er wittert fremde Menschen aus großer Entfernung und gibt Laut", sagte Spotted Horse ruhig. „Die Frauen sollten möglichst im Haus bleiben", fügte er hinzu.

„Guter Vorschlag, Spotted Horse, das machen wir so. Du reitest dann auf Lennox ins Tal." Zu Dolly gewandt gestand er. „Naja, Dolly, da weiß ich eigentlich auch keinen Rat. Es widerstrebt mir, etwas zur Beruhigung zu sagen, an das ich selber nicht glaube. Tut mir leid, Dolly, dass ihr in diese Geschichte hineingezogen wurdet. Die Entwicklung konnte ich so nicht absehen."

„Danke, Vince, dass du wenigstens ehrlich bist. Hoffen wir, dass alles so bald wie möglich überstanden sein wird. Wann ist überhaupt der dritte Samstag im September?"

Terry rechnete. „Das ist in neun Tagen, Mom."

Die Tage wurden merklich kühler. Morgens lagen Nebel über dem Tal des *Crystal Creek* und das nachwachsende Gras funkelte von Myriaden Tautropfen, wenn sich die Sonne gegen Mittag freie Bahn verschafft hatte. Hohe Winde sorgten für einen fast weißen Himmel, wenn sie die Wolken in zarteste Schleier ausgekämmt hatten.

Sancho, Patrick und Vince errichteten die zwei Ferienhäuser, die über die ziemlich gleiche Raumaufteilung wie das Haus der O´Connors verfügten, nur in etwas kleinerem Maßstab. Sie wurden vom O´Connor-Haus gesehen in einem

Bogen angelegt und sollten mit den später hinzukommenden Häuschen im Frühjahr schließlich einen Halbkreis bilden. Dort, wo einmal der zentrale Mittelpunkt liegen würde, hatte Sancho mit seinem Miet-Bagger bereits reichlich Felsbrocken deponiert, aus denen Sitzgelegenheiten und ein Grill gebildet werden sollten.

Während Linda und Spotted Horse die meiste Zeit bei den Pferden im Talkessel verbrachten, blieben Martha, Dolly und Terry überwiegend innerhalb der vier Wände. Für Martha und Dolly stellte das weniger ein Problem dar als für Terry, denn die fühlte sich irgendwie ...irgendwie ...eingesperrt? Unterfordert? Sie wusste es selber nicht so recht und wäre am liebsten bei den Männern gewesen, aber zum Schleppen von Balken oder beim Stehen auf einer Leiter war ihre Prothese nicht geeignet und eher ein Risiko. Also nahm sie das Bündel Briefe zur Hand, die sich Linda und Vince im Laufe der Jahre geschrieben hatten.

Was ihr auffiel, war, dass Vince über die Dauer der Jahre in seinen Briefen fast nichts über sein Leben im Gefängnis schrieb. Nicht, wie es ihm erging, ob er gut behandelt oder gemobbt wurde; nichts darüber, welche Arbeiten er zu verrichten hatte; nichts über das Personal, Mitgefangene und deren Besonderheiten. Wenn er, selten genug, sich einmal negativ äußerte, dann betraf es das miserable Essen. Sonst schrieb er von seinem Freund Sancho und den Plänen, die sie nach der Entlassung in die Wirklichkeit umzusetzen gedachten. Der Rest bestand aus Mitgefühl für Linda, Versuche einer psychischen Aufbauhilfe und Durchhalteparolen.

Linda bewegte sich in ihren Briefen konstant auf traurigem Niveau. Es schien, als hätte sie sich in ihrem Befinden, möglicherweise mit medikamentöser Unterstützung, auf einer für sie relativ sicheren Tiefe eingependelt. Ihr Lebenslicht hing an den Briefen ihres Bruders wie ein Fötus an der Nabelschnur. Zu ihren Antworten, glaubte Terry zu erkennen, musste sie sich jeweils erst von ihren Fesseln lösen, auf einer Leiter zu einer Ebene klettern, auf der sie genug Helligkeit empfing, um das leere Blatt Papier zu sehen. Terry konnte Lindas Kampf um Worte regelrecht nachvollziehen und bemerkte auch, wenn die Erschöpfung Linda wieder übermannte und sie sich in die Dunkelheit zurückfallen ließ.

Terry versorgte sich bei Martha in der Küche mit Kaffee und ging zurück aufs Zimmer. Zwei Briefe hatte sie noch vor sich.

Tucson, 12. Dezember. 2009

Liebe Linda,

heute ist ein Tag der Freude. Nicht nur, weil Weihnachten vor der Tür steht, sondern weil ich für dich eine Nachricht habe, auf die du schon so lange gewartet hast.

Mein Freund Sancho wird in wenigen Tagen entlassen, noch vor Weihnachten, sodass er zu seiner Frau Martha nach Denver reisen und dort die Feiertage bei seiner Familie verbringen kann.

Und jetzt halte dich fest. Vor jetzt genau zwei Stunden habe ich erfahren, dass ich frühzeitig entlassen werde, und zwar im

März im kommenden Jahr. Drei Jahre früher, als das Urteil lautete.

Mein Anwalt Roy Rogers hat das in die Wege geleitet. Ist das nicht wundervoll? Gute Führung und eine günstige Sozialprognose zur Wiedereingliederung in die Gesellschaft haben es möglich gemacht.

Plötzlich werde ich sehr ungeduldig, denn ich habe das Gefühl, dass mir die Zeit davonläuft. Ist das nicht komisch? Dabei will ich ja, dass die Zeit bis dahin so schnell wie möglich vorbeigeht.

Ich habe Sancho und Roy Rogers einander vorgestellt und beide mit den Vollmachten ausgestattet, um in meinem Namen alles Nötige in die Wege zu leiten, damit ich auch dich so bald wie möglich aus deinem Gefängnis befreien kann.

Sancho wird mir ein Auto, einen Wohnwagen und ein Pferd besorgen. Wir werden unsere Ranch wieder aufbauen, und sobald sie bewohnbar sein wird, werde ich dich abholen. Ich sehne mich so sehr danach, dich in meine Arme schließen zu können.

Unsere Leidenszeit, liebe Linda, hat bald ein Ende. Nur noch ein paar Tage. Du und ich, wir werden es gemeinsam schaffen. Ich kann es kaum erwarten, die ersten Schritte mit dir in unser neues Leben zu gehen.

Dein dich liebender Bruder

Vince

Sie faltete das Blatt zusammen, steckte es zurück in das Kuvert und schloss damit fünf Jahre aus Vince´ Leben ab, aus dem sie vielleicht nur die halbe Wahrheit erfahren hatte. Sie verstand schon, dass er aus Rücksichtnahme auf seine Schwester die dunklen Seiten seiner Gefangenschaft verschweigen musste. Wenn sie aufrichtig war, verschwieg er auch vor ihr sein Martyrium. Denn das war es doch wohl, wenn man unschuldig eine Strafe abbüßte, nicht wahr? Würde er es ihr irgendwann erzählen, oder wartete er darauf, dass sie danach fragte? Was träumte er, wenn er schlief? An was dachte er, wenn er alleine war? Durfte sie das wissen, oder gehörte es zu einem absoluten Tabu?

Sie öffnete den letzten Umschlag.

26. 12. 2009

Lieber Vince,

erinnerst du dich an meinen ersten Brief?
Darin fragte ich dich scherzhaft, ob es zu
viel verlangt sei, dass du dich beeilen
sollst.

Jetzt hast du es getan. Du hast dich
wirklich beeilt, und zwar um ganze drei
Jahre.

Ich möchte dir schildern, was ich emp-
funden habe, als ich deinen Brief zum
ersten Mal gelesen habe. (Danach hab´
ich ihn bestimmt noch zwanzig oder
dreißig Mal gelesen.)

Plötzlich vernahm ich ein ganz leises
Summen in meinen Ohren. Ich wusste
nicht, aus welcher Richtung es kam, aber
es war keine Täuschung. Ich hörte es deutlich. Dann fiel mir ein, dass es so ähnlich
klang wie bei uns zu Hause der Stromzähler. Du erinnerst dich sicher an den
Hängeschrank mit den zwei Türen im
Hausflur, in dem Pa die Sicherungen
aufbewahrte und von dem aus die elektrischen Leitungen in die Zimmer verliefen. Darin war auch der Stromzähler.

Genauso summte es in meinen Ohren, und da wusste ich, dass es Energie war. Ja, Energie hörte ich strömen. Und weil Energie, wenn sie fließt, ein Ziel hat, fragte ich mich, wohin sie ginge. Ich brauchte nicht lange zu warten. Am Ende meines langen dunklen Tunnels leuchtete unvermittelt ein kleines Licht auf. Ein Licht, das ich sehen konnte.

Das Summen befindet sich nun in meiner Brust, und das Licht brennt fortan in meinem Herzen. Ich weiß jetzt, dass ich wieder leben und dass ich wieder ans Licht kommen werde. Die endlosen Nächte sind vorbei. Ich bin bereits auf dem Weg.

Dieses Jahr habe ich zum ersten Mal in dieser Anstalt am Weihnachtsfest teilgenommen. Ich konnte den brennenden Christbaum ansehen, ohne in Schockstarre zu verfallen. Ich konnte am Tisch neben anderen Patienten sitzen und sogar Berührungen zulassen und ertragen, ohne zu schreien. Auf dem Tisch brannten Wachskerzen, und ich bin nicht vor ihnen geflohen. In meinem Zimmer habe ich die Verdunkelung entfernen lassen und ich kann im Tageslicht sitzen. (Allerdings nicht ohne Sonnenbrille) Doch auch die werde ich bald nicht mehr brauchen, wenn ich weiter an mir arbeite.

Vince, ich kann wieder atmen. Das hast alles du vollbracht, indem du dich beeilt hast. Das Gefühl, das in mir tobt, muss Hoffnung sein. Das Kribbeln in meinem Bauch ist die Ungeduld. Jetzt will ich nur noch hier weg.

Einen Wunsch musst du mir erfüllen: Ich möchte, dass wir zusammen ans Grab unserer Eltern gehen, damit wir von ihnen Abschied nehmen können.

Bruder, ein schöneres Weihnachtsgeschenk hättest du mir nicht machen können. Leider habe ich nichts für dich, außer dass es mir momentan so gut geht wie schon sehr lange nicht mehr. Wenn ich jetzt schreibe, dass ich warte, dann ist es die Wahrheit. Ich warte auf dich und dass du mich nach Hause bringst. Nach unserem Zuhause.

Deine dich liebende
Linda

Die vier jungen Leute hatten die vier älteren Leute zu Hause auf der Ranch gelassen. Martha hatte getönt: „Geht nur. *Conchita* wird uns bewachen. Von den Fähigkeiten von

Spotted Horses Falben muss ich erst noch überzeugt werden."

Zwar hatte Sheriff Hank Shepherd die Einladung zu seinem Grillfest explizit an Terry und Vince gerichtet, doch das war Vince gleichgültig. Zwei Personen mehr oder weniger würden bei solch einem Fest überhaupt nicht ins Gewicht fallen, gab es ohnehin keine genau bekannte Besucherzahl, wie er annahm. Also hatte er kurzerhand Linda, die ihr Hochzeitskleid trug, und Spotted Horse mit in den alten Ford Pic-kup gezwängt und war mit ihnen nach *Buffalo* gefahren.

Wie Vince vermutet hatte, war die Besucherzahl, die sich in Hank Shepherds riesigen Garten drängte, unüberschaubar. Es mochten an die hundert oder mehr Menschen sein. Das Haus war eine geräumige Villa aus Holz, mit einem hübschen Wintergarten zur Gartenseite hin. Zwei gewaltige Barbecue-Grills, auf denen enorme Steaks zischten, standen zentral in der Mitte des peinlich gepflegten Rasens, umringt von einigen hohen Stehtischchen zum Vertilgen der Steaks, ebenso wie das Bierfass, aus dem ein Helfer unermüdlich die Bierkrüge füllte. Über die gesamte Breite und Länge des Gartens hingen an Stromkabeln bunte Lampions, die maximal so viel Licht verbreiteten, um sein Gegenüber gerade noch erkennen zu können. Neben dem Wintergarten hatte eine Musik-Combo ihre Instrumente aufgebaut. Sitzplätze gab es lediglich an den Außenseiten des Rasens, ansonsten unterhielt man sich mit den Gästen im Stehen oder zog sich, falls das Gespräch mehr als ein Small-Talk sein sollte, ins Innere des Hauses zurück.

Sheriff Hank Shepherd begrüßte jeden Gast persönlich. Vielleicht hakte er im Geiste eine ungeschriebene Gästeliste ab, jedenfalls stutzte er, als er Terry und Vince die Hand schüttelte und Spotted Horse und Linda in ihrer Begleitung sah. Macht nix, schien er zu denken, denn er blieb jovial und freundlich. „Ich komme später zu euch", raunte er, bevor er sich den nächsten Gästen zuwandte.

Vince besorgte zwei alkoholische Biere für die Mädels, und je ein alkoholfreies Bier für Spotted Horse und sich. Dann trödelten sie, an den Getränken schlürfend, im Kreis um den Rasen herum. Einige der Anwesenden kannten Linda und Vince von früher, und es blieb nicht aus, dass sie den einen oder anderen per Kopfnicken begrüßten, aber auch, dass Gespräche verstummten, wenn man ihrer ansichtig wurde, oder getuschelt, sobald sie vorüberdefiliert waren. Was allerdings keinen von ihnen kümmerte.

Mit anbrechender Dunkelheit setzte die Musik ein, gottseidank mit reduzierter Lautstärke. Motten schwirrten um die Lampions, die Steaks waren zum Abholen auf Papptellern fertig. Man aß mit Plastikbesteck im Stehen an den hohen Tischchen, oder erkämpfte sich einen Sitzplatz am Rasenrand. Vince holte vier Steaks vom Grill mit Barbecue-Soße und Brot, während Spotted Horse und die Mädels einen Stehtisch behaupteten.

Je länger der Abend dauerte, desto kühler wurde es. Linda rieb sich über die Arme und klagte über kalte Füße, was Terry mit dem Einwurf „das kann mir nur zur Hälfte passieren" schalkhaft kommentierte.

Im Grunde war es eine langweilige Angelegenheit. Hauptsächlich ging es um *Sehen und Gesehen werden*. Vereinzelt tanzten Paare zu der Musik. Linda meinte: „Von denen traut sich keiner, uns anzusprechen, auch wenn man sich von früher kennt. Ich jedenfalls werde nicht den Anfang machen."

Vince dachte schon daran, das Fest unverrichteter Dinge zu verlassen, als sich dann doch noch etwas unter den Gästen tat. Ein Raunen pflanzte sich unter den Leuten fort, wie Wasserringe, nachdem ein Stein ins stille Wasser geworfen wurde. In diesem Fall war der Stein ein imposanter Mann von annähernd zwei Metern Größe, der von einer zierlichen gutaussehenden Frau begleitet wurde. Der State-Attorney war eingetroffen, um seiner Einladung Pflicht nachzugehen.

Der State-Attorney, geschätzte fünfzig Jahre, hätte einer Zigarettenwerbung entsprungen sein können. Er war sonnengebräunt, die graumelierten Haare passten zu seinem markanten Profil und den Falten an der richtigen Stelle, und er trug ein einfaches kariertes Hemd und Jeans zu Cowboystiefeln. Die Frau an seiner Seite, die ihm knapp bis an die Schulter reichte, trug ein indianisches Kleid, ähnlich dem, das Linda zur Hochzeit geschenkt bekam. Das schwarze lange Haar fiel ihr bis zur Hüfte. Ihr Gesicht war ungeschminkt und strahlte eine Mischung aus Offenheit und Schüchternheit aus. Sie war gute zehn Jahre jünger als ihr Begleiter.

Spotted Horse nahm die Unterlippe zwischen die Zähne und sog geräuschvoll Luft ein.

„Was ist?", fragte Linda, die das bemerkte.

„Ich kenne diese Frau", murmelte er leise. „Sie ist eine Shoshonin und die Witwe eines Mannes, der in der *Wind River Indian Resevation* durch einen Sturz vom Pferd ums Leben kam. Es hieß, das Pferd hätte vor einem Grizzly gescheut. Ihr indianischer Name ist White Water. Sie war als Kind einen Wasserfall hinuntergestürzt und hat es überlebt. Was ich nicht wusste, ist, dass sie mit dem State-Attorney zusammen ist."

Sheriff Hank Shepherd führte den State-Attorney und dessen Begleiterin durch den Garten und stellte ihn den Leuten vor, beziehungsweise die Leute ihm. So kam er im Zuge dieser Vorstellungen auch an den Tisch, an dem Terry, Linda, Spotted Horse und Vince standen.

Hank Shepherd stellte die Parteien gegenseitig vor. Der Name des State-Attorney war Virgil Hill. Als Spotted Horses Name genannt wurde, leuchteten die Augen der Frau bereits. „Ich weiß, wer du bist. Ich kenne deinen Vater und deine Mutter. Geht es ihnen gut?"

Spotted Horse nickte. „Wir waren vor zwei Wochen bei ihnen. Es geht ihnen gut."

„Nach dem Unfall meines Mannes habe ich wieder geheiratet", sagte sie. „Er", blickte sie zu Virgil Hill empor, „ist jetzt mein Mann."

Spotted Horse nickte wieder. „Ein guter Mann", sagte er.

„Dann ist das deine Frau?", fragte White Water, den Blick auf Linda gerichtet.

„Ihr Name ist Firebird", bestätigte Spotted Horse

Der Sheriff wandte sich an den State-Attorney: „Das sind die Leute, von denen ich dir erzählt habe, Virgil. Die Fullers. Ich denke, wir unterhalten uns besser im Haus." Hank Shepherd führte die Gruppe an den anderen Gästen vorbei ins Haus, wo er sie bat, auf einer Polstersitzgruppe Platz zu nehmen.

Mr. Virgil Hill schaute sich die Fullers mit seinen wasserhellen Augen der Reihe nach an. „Hank hat mich auf Sie aufmerksam gemacht", begann er. „Natürlich habe ich Ihre Geschichte vernommen, auch wenn ich erst später State-Attorney geworden bin. Wie mir der Sheriff mitteilte, hat es in kürzerer Zeit Ereignisse gegeben, die in seinen Augen die Aufnahme neuer Ermittlungen rechtfertigen würden. Wenn Sie die Ereignisse bitte aus Ihrer Sicht schildern wollen?"

Dieser Aufforderung kam Vince unverzüglich nach und registrierte nebenbei, dass Mr. Hill ein Notizbuch aus seiner Gesäßtasche zog und Stichworte sowie Daten hineinschrieb. Vince vergaß nicht zu erwähnen, dass die Brandstiftung noch immer nicht untersucht worden war oder zumindest er und Linda darüber weder informiert noch in irgendeiner Weise befragt worden waren. Terry schließlich setzte den Schlusspunkt, als sie von ihrer Begegnung mit dem angeblich schwerbehinderten Jason Kendall in *Cheyenne* berichtete.

„Es besteht kein Zweifel, dass der Mann, mit dem ich in *Cheyenne* zusammengestoßen bin, nicht derselbe ist, den ich auf der Ranch als Behinderter im Auto von John Decker sitzend wiedergesehen habe. Ich behaupte, dass die Behinderung nur fingiert ist und Vince unschuldig im Gefängnis saß."

„Von der Ermordung des Privatdetektivs Fergusson, der von den Fullers engagiert worden war, habe ich dir berichtet, und über die Fahndung nach Marvin Kershaw, ehemaliger Cowboy der Fullers, weißt du ebenfalls Bescheid", sagte Hank Shepherd ergänzend.

Virgil klappte sein Notizbuch zu und lehnte sich zurück.

„Ich muss zugeben, dass vieles plausibel klingt. Und wenn man das Puzzle aus Ihren Argumenten zusammensetzt, entsteht am Ende ein völlig anderes Bild als das, was zu Ihrer Verurteilung geführt hat, Mr. Fuller." Aus seiner anderen Gesäßtasche zog der State-Attorney ein Blatt Papier und faltete es auf. „Ich war so frei, im Vorfeld unseres Treffens einige Telefongespräche zu führen. In der Tat stand die Schafsfarm der Kendalls vor fünf Jahren vor der Pleite. Genauer gesagt stand ihnen das Wasser bis zum Hals. Die Eltern der Kendall-Brüder hatten wohl zu viel Kapital aus der Farm abgezogen, um sich ihren Traum von der Seniorenresidenz *Sun City* in *Arizona* zu finanzieren. Das Schmerzensgeld in Höhe von dreihunderttausend Dollar, das Jason Kendall vom Gericht zugesprochen bekam, muss wie ein warmer Geldregen für die Farm gewesen sein. Stellt sich die Frage, ob man daraus ein Motiv ableiten kann, auf unlautere Weise zu Geld zu kommen. Vielleicht war der Streit, den Ihr Vater kurz vorher vom Zaun gebrochen hatte, der Funke, der letztlich die Explosion verursachte. Mein zweiter Telefonanruf betraf den Gutachter, der Jason Kendall die dauerhafte irreversible Behinderung attestierte. Ein Mann, Neurologe seines Zei-chens, auf den ich schon länger mein Augenmerk gerichtet habe. Sie kennen ja den Namen, Mr. Fuller, von der Gerichtsverhandlung. Dr. Richard Patton. Auf seinem Konto gingen unmittelbar nach der Urteilsverkündung fünfundzwanzigtausend Dollar ein. Absender: Jubal Kendall, älterer Bruder von Jason. Ist das Zufall?"

Alle vier von der *Crystal Creek-Ranch* schauten sich alarmiert an. Das waren Erkenntnisse, die ihnen bislang unbekannt gewesen waren. Starker Tobak, sozusagen.

„Was schlagen Sie vor?", fragte Linda zaghaft, um die keimende Hoffnung nicht zu erschrecken.

Virgil Hill lächelte sie an. „Ich warte", sagte er, als wäre er erheitert.

„Warten? Worauf?"

„Ich warte darauf, dass Sie bei mir offiziell Anzeige erstatten. Hier und jetzt. Dann nämlich werde ich Sheriff Hank Shepherd offiziell mit den Ermittlungen in diesem breit gestreuten Fall beauftragen, als da wären: Brandstiftung, Mord, versuchter Mord, Betrug, Falschaussage unter Eid und was sonst noch alles. Okay?"

Okay! Sie erstatteten bei State-Attorney Virgil Hill am Abend des achtzehnten September unter Anwesenheit des County-Sheriffs Hank Shepherd offiziell Anzeige gegen Unbekannt wegen vorsätzlichen Mordes, versuchten Mordes, schwerer Körperverletzung, Brandstiftung und Betrugs. Der State-Attorney wies den Sheriff an, alle ehemaligen Zeugen zu ermitteln und erneut zu verhören und unter Umständen durch taktische Inaussichtsellung von Strafminderung oder gar Straffreiheit zu einem korrigierten Geständnis zu bewegen.

Das war für Vince, Linda, Terry und Spotted Horse Adrenalin pur. Vince' Hals und Lippen fühlten sich strohtrocken an. „Jetzt brauche ich ein Bier. Aber ein richtiges. Wer macht mit?"

Ein runder Stehtisch im Garten war für sieben Personen zwar ein wenig zu klein, aber man verstand es, zusammenzurücken. Virgil Hill war sich nicht zu schade, sich in die Wartereihe vor dem Bierzapfer anzustellen und für die Biere zu sorgen. Drei Sätze sagte er noch, nachdem jeder einen vollen Krug vor sich stehen hatte. „Wie ihr seht, sind wir hier nicht alleine. Viele Augen sind auf uns gerichtet. Die Buschtrommeln werden nicht lange ruhig bleiben."

Im Westen über den Bergen zuckten Blitze über den Nachthimmel, was Vince zu der Aussage verleitete: „Heute ist mir das egal. Hauptsache, die Lunte brennt."

Kapitel 9

Dolly war nicht entzückt gewesen, als sie am Morgen danach beim gemeinsamen Frühstück von der Anzeige beim State-Attorney erfuhr. „Es ist nicht gut, wenn man den Stier reizt", sagte sie.

„Aber wenn man den Stier bei den Hörnern packen will, Mom, muss man etwas tun. Und das haben wir getan. Es ist besser, etwas in die Wege zu leiten als tatenlos herumzusitzen", erwiderte Terry.

Die Antwort beruhigte Dolly indes nicht. „Ich hab´ einfach kein gutes Gefühl", unkte sie. „Hoffentlich wirst du nicht mal noch an meine Worte denken müssen."

Der Sommer verabschiedete sich mit heftigen Gewittern. Im Talkessel schossen Katarakte von den Felswänden herab und ließen den *Crystal Creek* zu einem reißenden Fluss anschwellen. Der Pfad entlang des Ufers war teilweise überschwemmt. Schien zwischen den Gewitterzyklen einmal die Sonne, dampfte der Wald von der aufsteigenden Feuchtigkeit und im Talkessel herrschte Waschküchenatmosphäre.

Das Bild des Waldes änderte sich nun von Tag zu Tag. Der *Indian Summer* ließ die Blätter in einem Farbrausch von gelb über rot bis braun explodieren. Martha saß jede freie Minute auf der Terrasse unter dem Dach und genoss den Herbst mit all seinen Farben und Düften. „Es muss hier Pilze geben", sagte sie eincs Tages. „Ich kann sie geradezu riechen. Es wird heute Abend ein Pilzgericht geben." Sprach es, stand auf und holte einen Weidenkorb. Dummerweise konnte sie ihr vorgesehenes Zielgebiet, den Wald jenseits des Baches, wegen Hochwasser nicht erreichen. Kurzerhand disponierte sie um und spazierte hinter das Haus, den Hang hinauf, den Wasserkanal entlang, und verschwand im Wald.

Die beiden Ferienhäuser standen Anfang Oktober im Rohbau fertig da. Sancho und Patrick waren mit dem Truck nach *Buffalo* gefahren, um sanitäres und elektrisches Installationsmaterial zu kaufen, sowie die vier mittlerweile vertrauten Installateure zu engagieren. Terry und Vince befanden sich wegen der Anprobe einer neuen Prothese in *Sheridan*, Linda hielt sich bei Spotted Horse im Talkessel auf, Martha suchte noch immer nach Pilzen, und Dolly in ihrem eigenen Haus verfügte dort über kein Telefon, weswegen niemand Sheriff Hank Shepherds Anruf entgegennehmen konnte.

Es war eher einem Zufall zu verdanken, dass Hank Shepherd an dem Baumarkt vorbeifuhr und den Truck der Fullers auf dem Parkplatz stehen sah. Er wies seinen Deputy Tom Wakeman an, den Streifenwagen neben den Truck zu lenken. Dort warteten sie, bis Sancho und Patrick mit ihrer Ware und in Begleitung eines Gabelstaplers mit noch mehr Ware erschien.

„Ist denn bei euch niemand zu Hause?" Hank Shepherd wirkte nervös, fast entrüstet. „Ich versuch´ euch dringend anzurufen, aber keine Menschenseele scheint das zu interessieren."

Sancho und Patrick sahen sich ratlos an.

„Wie dem auch sei. Es gibt spannende und wichtige Neuigkeiten, über die ihr unbedingt Bescheid wissen müsst. Es könnte sein, dass wir mit Reaktionen rechnen müssen. Ihr fahrt jetzt am besten voraus, und wir fahren mit dem Streifenwagen hinter euch her."

Sancho, einigermaßen perplex, zuckte mit den Schultern.

„Ja gut, aber können Sie ..."

„Nein, kann ich nicht", unterbrach der Sheriff mürrisch, „also, worauf wartet ihr noch?"

In unbeladenem Zustand schaffte der Truck die Strecke nicht unter eineinhalb Stunden. War er beladen, dauerte es entsprechend länger, und deswegen wurde es Nachmittag, bis sie auf der Ranch eintrafen. Außer Dolly war jedoch niemand anwesend. Auf Hank Shepherds leicht missmutige Frage, wo denn die anderen alle seien, wusste Dolly nicht zu antworten. Unbeholfen drehte sie sich im Kreis, zeigte mit den Armen mal in die eine, dann in die andere Richtung, und stotterte konfuse Wortfragmente: „Äh ...da ...und ja ...herrjeh ...ich ...dort ...und ...“

Patrick kam ihr endlich zu Hilfe. „Vince und meine Tocter sind nach *Sheridan* gefahren. Prothese, verstehen Sie? Sie müssen auch bald wieder hier sein. Herrgott, können Sie nicht einfach uns sagen, was Sie so unbedingt zu sagen haben? Äh, Linda und Spotted Horse werden wie immer bei den Pferden weiter hinten im Tal sein. Na, dann sagen Sie´s halt schon. Wir gehören schließlich mit zur Familie ...“

„Nein, dann warten wir, bis Mr. Fuller wieder hier ist", maulte Hank Shepherd ungewohnt stur. Er betrachtete die Terrasse vom großen Ranchhaus mit der Sitzgelegenheit, und bekam urplötzlich Lust auf einen Kaffee, aber keiner der Anwesenden machte Anstalten, ihn in dieser Richtung zu fragen, und betteln wollte er nicht. Seiner Stimmung war das nicht gerade zuträglich. „Komm´ Tom, setzen wir uns in den Streifenwagen. Hast du zufällig einen Kaffee dabei? Nicht? Verdammt."

Es verging etwa eine halbe Stunde. Das andauernde Rauschen des Funkgerätes im Streifenwagen wirkte einschläfernd, was mit der Grund war, dass der Sheriff und sein Deputy nicht alles hörten, was sie sonst mit geübten Ohren hätten hören können. Sancho, Dolly und Patrick fehlte die grundsätzliche Erfahrung, um aus manchen Geräuschen die richtigen Schlüsse zu ziehen, gerade dann, wenn spezielle Geräusche von anderen überlagert wurden. Das Brausen der ewigen Winde, das Rauschen des Waldes, das sich drehende Windrad, das Gurgeln des Baches, das Hufgetrappel der Pferde, das Schnattern *Conchitas* ...Das Schnattern *Conchitas*? *Conchita* schnatterte nicht, sie kreischte wie verrückt und schlug mit den Flügeln, und Spotted Horses Falbe wieherte aus tiefer Brust, sprang im Kreis, keilte mit den Hinterbeinen aus und klopfte mit den Vorderhufen gegen die Stangen der Koppel.

Sancho blickte in ungläubiger Erregung wild um sich, bis er die Zeichen richtig zu deuten verstand. „Sheriff", schrie er, „Sheriff!" Er stürzte zum Streifenwagen und schüttelte den Sheriff an der Schulter. „Sheriff, es ist etwas passiert oder es passiert gerade im Augenblick. *Conchita*, unsere Alarmanlage spielt verrückt, und auch Spotted Horses Pferd meldet Alarm."

In diesem Augenblick, als Hank Shepherd sich gerade aus dem Sitz wuchtete, kam Martha, wild mit den Armen fuchtelnd, vom Wald hinter dem Haus den Hang herunter gerannt.

*

Das Gras im Talkessel war nicht mehr schön anzuschauen. Die heftigen Regenfälle hatten es zu Boden gedrückt und es begann braun zu werden. Die Pferde, verwöhnte Feinschmecker in dieser Beziehung, legten größere Stecken bei der Suche nach ihren Leckerbissen zurück und verteilten sich weiter über den Talesgrund als gewöhnlich.

Linda und Spotted Horse saßen am Rande eines knorrigen Kiefergestrüpps. Spotted Horse hatte aus wildem Salbei und Flusswasser einen Brei geknetet und diesen auf Lindas

Brandnarben auf Rücken, Hals und Oberarm gestrichen. Nun ließ sie die Paste in der Sonne trocknen.

Auffallend war, dass sowohl Lennox als auch Starface in der Nähe der Menschen blieben, während die Pferde von Spotted Horses Oheim sich entfernter aufhielten.

„Woher hast du dieses Rezept mit dem Salbei?"

Ein Lächeln umspielte seine Lippen. „Auch indianische Frauen achten auf ihre Schönheit. Meine Mutter benutzt es für ihr Gesicht, und meine Schwester auch. Die Haut wird weich und geschmeidig."

„Stimmt", lächelte auch Linda. „Es fühlt sich sehr gut an. Solltest du auch probieren."

Er wechselte das Thema. „Nächste Woche bringen wir die Pferde nach Hause in den Stall. Sie müssen sich daran gewöhnen. Sie können dort auf der Koppel ..."

In diesem Augenblick sah er vor Starface´ Beinen eine kleine Erdfontäne aufspritzen. Eine halbe Sekunde später trafen die Schallwellen eines peitschenden Knalls seine Ohren. Spotted Horse reagierte ohne zu zögern.

Er gab Linda einen heftigen Stoß, der sie umwarf und halb hinter dem Dickicht in Deckung brachte. „Geh´ in Deckung", schrie er. „Weiter hinter´s Gebüsch."

Selber war er auf- und zu Starface gesprungen. Das Projektil traf ihn unmittelbar bevor er den Knall hörte am linken Unterschenkel. Wie von einer Axt getroffen knickte das Bein ein. Im Gegensatz zu den anderen Pferden inklusive Lennox, die, durch die Schüsse aufgeschreckt, in wilder Flucht davonrasten, blieb Starface stehen. Spotted Horse stemmte sich auf dem rechten Bein in die Höhe, obwohl ihm bekannt war, dass der nächste Schuss höher sitzen würde. Viele Schützen begehen den Fehler, dass sie, wenn sie bergabwärts schießen, beim ersten Schuss zu tief zielen. Der Gewehrschütze, der irgendwo dort oben hinter der Felskante lag, würde sich inzwischen darauf eingestellt haben.

Spotted Horse schlug Starface mit der flachen Hand auf die Kruppe. Die zweite Kugel traf ihn hoch ins rechte Schulterblatt und trat unter dem Schlüsselbein wieder aus. Als er stürzte, sah er noch, wie Starface einen Satz nach vorne machte. Doch ein weiterer Schuss fiel, und dann taumelte auch das Pferd. Das letzte, was er hörte, war ein fünfter Schuss, und dass Linda seinen Namen schrie.

*

Martha ruderte mit beiden Armen. Ihr Gesicht war zerkratzt, die Hände aufgerissen, die Kleider vorne schwarz vor Dreck. Sie musste gestürzt sein. Sancho und Hank Shepherd hasteten ihr entgegen. „Schüsse!", rief sie schon von Weitem und fuchtelte mit einem Arm in die Richtung, aus der sie kam. „Schüsse, ich hab´ Schüsse gehört!", schrie sie ununterbrochen. „Da hinten im Tal. Viele Schüsse, bestimmt fünf oder sechs."

„Wo", packte der Sheriff sie an den Schultern. „Wo kamen die Schüsse her?"

„Vom Talkessel", schrie sie. „Madre mia, Linda und Spotted Horse sind doch dort. Tun Sie doch was! Stehen Sie doch nicht hier rum!"

„Wie kommt man dorthin? Kann man mit dem Auto fahren?"

„Nein, entweder zu Fuß oder mit dem Pferd", rief Sancho schnell.

Hank Shepherd schaute sich um. „Welches Pferd kann ich nehmen?"

Sancho sagte: „Nehmen Sie den Schecken. Der andere wird sich nicht von Ihnen reiten lassen."

Hank Shepherd hetzte zurück zum Streifenwagen. „Tom, gib' mir das Walkie-Talkie. Beeil' dich. Pass' auf. Ich reite jetzt weiter ins Tal hinein. Du bleibst am Funk, hörst du? Am Funk. Ich muss nachsehen, was sich dort ereignet hat. Ich melde mich von dort. Und wenn ich Anweisungen gebe, werden sie eins zu eins umgesetzt, ohne lange zu fragen, kapiert? Und: Geht nicht, gibt's nicht, verstanden, und wenn der Präsident der Vereinigten Staaten selber es verlangt. Verstanden? Also. Los geht's."

Der Sheriff half Sancho, Terrys Stute zu satteln. Dann stieg er auf, hieb Sherry die Fersen in die Flanken und galoppierte hinunter zum *Crystal Creek*, der nun ein *Crystal River* war. Martha lag in Sanchos Armen und betete ununterbrochen aber inbrünstig zur Heiligen Jungfrau von Guadalupe.

*

Gerade als der Sheriff auf dem Pferd im Wald Richtung Tal verschwunden war, kamen Terry und Vince mit dem Ford Pick-up von *Sheridan* auf den Hof gefahren. Beide erfassten beim Anblick von Martha und Sancho sofort, dass hier etwas nicht stimmte. Auch dass der Streifenwagen im Hof stand, beide Türen offen standen, der Sheriff nicht zu sehen war und Tom Wakeman gebannt in Richtung des Talkessels starrte, ließ ihnen das Blut gefrieren. Dolly stand wie eine Salzsäule auf ihrer Terrasse, eine Hand auf den Mund gepresst, unfähig sich zu bewegen. Patrick stand neben ihr und redete auf sie ein.

Terry und Vince rannten zu Martha und Sancho. „Was ist passiert?"

Martha schluchzte. „Ach Gott, Vince, Schüsse. Hinten im Tal. Linda und Spotted Horse ...Es ist entsetzlich. Die armen Kinder."

„Wo ist der Sheriff?" Vince war merkwürdig ruhig.

Martha wedelte mit einem Arm ins Tal hinein.

„Ist er unterwegs?"

Martha nickte.

„Mit dem Pferd?"

Sie nickte. „Ja, mit Terrys Pferd."

„Was wollte der Sheriff eigentlich? Warum ist er überhaupt hier?"

„Das hat er uns nicht gesagt", antwortete Sancho. „Es gäbe spannende und wichtige Neuigkeiten, hat er angedeutet, über die wir unbedingt Bescheid wissen müssten. Aber er wollte nur mit dir reden."

„So ein Idiot", schnaufte Vince. Er schaute zu Tom Wakeman hinüber, der noch immer bei dem Dienstwagen stand. Vince überlegte, ob er ihn auf die so wichtigen Neuigkeiten ansprechen sollte, doch er entschied sich anders. „Ich muss dem Sheriff hinterher, Sancho. Kannst du mir helfen, auf Spotted Horses Falben zu steigen?"

Der Hengst rollte mit den Augen, als Vince und Sancho durch das Gatter der Koppel kletterte. „Wir versuchen, ihn so nah wie möglich ans Gatter zu bekommen. Dann probier´ ich aufzusteigen. Sobald ich oben bin, Sancho, öffnest du das Gattertor. Bleib´ du auf jeden Fall hier bei den Frauen. Man kann ja nie wissen."

„Sei vorsichtig, Vince", rief ihm Terry zu.

*

Es war alles so schnell gegangen, dass Linda später Mühe haben würde, den Ablauf zu rekonstruieren. Nachdem Spotted Horse sie hinter das Gebüsch gestoßen hatte, war sie wie benommen liegengeblieben. Warum schrie er sie plötzlich an? Warum wurde er auf einmal grob? Und wieso in Deckung gehen? Wie er auf Starface zugesprungen war, hatte sie nicht mitbekommen. Mit Verzögerung endlich entschloss sich das Gehirn ihr zu sagen, dass es sich bei den peitschenden Knallen um Schüsse handelte. Dann erst erkannte sie den Ernst der Situation, und was vor ihren Augen passierte, wurde umgehend und ohne Kontrolle direkt und ohne Umwege in ihr persönliches Reich der Albträume geschickt. Dass Spotted Horse das linke Bein wegbrach; dass er sich wieder aufrappelte und emporquälte und er dem Pferd einen kräftigen Klapps versetzte, um es aus der Gefahrenzone zu jagen; dass er wieder getroffen wurde und stürzte, und auch dass das Pferd zusammenbrach. Dazu das peitschende Knallen.

Sie hörte sich selber schreien und realisierte doch nicht, dass sie es war, die schrie. Dann folgte ein letzter Schuss: *Pitschuuu.* Das Echo hallte von den Felswänden hin und her. Es klang, als würden hundert Gewehre schießen.

Sie raste zu Spotted Horse, der mit dem Gesicht im Gras lag. An seinem linken Unterschenkel bildete sich ein größer werdender dunkler Fleck auf der Hose, genauso auf der rechten Schulter. Sie beugte sich zu ihm hinunter, schüttelte ihn an den Schultern und rief seinen Namen, immer wieder seinen Namen. Er atmete, doch er rührte sich nicht. Sie ging neben ihm auf die Knie und drehte ihn auf den Rücken, bettete seinen Kopf in ihren Schoß, strich ihm über das Gesicht und rief seinen Namen. Unter seinem rechten Schlüsselbein floss Blut. Sie öffnete sein Hemd und drückte den Stoff auf die Wunde. Es war ihr völlig egal, dass sie halbnackt war und auch egal, dass die Salbeipaste von ihrer geschundenen Haut bröckelte. Dann öffnete er die Augen.

*

Wie weit war es denn noch vom Ranchhaus bis in diesen ominösen Talkessel? Wie lange war er jetzt schon auf dem

Pferd unterwegs? Der Sheriff hatte Pech, denn durch das Hochwasser und die Überschwemmungen war der Uferweg nicht durchgehend passierbar. Er musste umständliche Umwege durch den Wald nehmen, zwischen Bäumen hindurch, Gehölzen ausweichen, umgestürzte Bäume umgehen. Mist aber auch, und er kannte sich nicht aus. Es konnten doch nicht mehr als höchstens zwei oder drei Meilen sein.

Er war schweißgetränkt und das geliehene Pferd schäumte ihm Hose und Hemd voll. Er erreichte die Lichtung, diesen Kessel, an drei Seiten eingerahmt von hohen Felswänden. Ohne es zu wollen hielt er Sherry hart an. Die herrliche Ansicht dieses Geländes lähmte für Augenblicke seine Gedanken. Dann bemerkte er ganz in seiner Nähe Pferde, und ihm wurde sofort wieder klar, weswegen er hier war. Seine Augen wanderten das weite Rund ab, um eventuell eine Auffälligkeit zu entdecken, doch von seinem Standpunkt aus sah er nichts.

Auf einmal wurde er in seiner Konzentration gestört. Er vernahm Geräusche aus der Richtung, aus der er gerade gekommen war. Wurde ihm aufgelauert? Verfolgte ihn gar jemand? Diese Martha hatte Schüsse gehört. Was hören mexikanische Frauen, wenn sie Schüsse hören? Konnte man ihr trauen? Quatsch, weg mit solchen Gedanken. Er hatte nichts gegen mexikanische Frauen. Sie hatte Schüsse gehört, und darum war er hier. Aber die Geräusche? Sie wurden lauter. Da ritt jemand auf einem schnellen Pferd. Hank Sherpherd stieg sicherheitshalber vom Pferd und zog seinen Dienstrevolver.

*

Es war wirklich speziell, den Falben zu reiten. Vince fühlte sich wie auf einer Achterbahn bei Aufhebung der Schwerkräfte.

Zunächst hatte sich der Falbe ständig vom Gatter weggedreht, sodass Vince nicht sein Bein über den Rücken des Pferdes bekam. Als es ihm nach vielen Versuchen letztlich gelungen war, bereitete er sich innerlich auf einen Vulkanausbruch vor. Doch der Falbe blieb einfach stocksteif stehen. Rührte sich nicht. Nicht vorwärts, nicht rückwärts. Auch auf Fersendruck reagierte er nicht.

Sancho hatte das Gattertor geöffnet und sich in Sicherheit gebracht. Wenn du dich nicht bald bewegst, du Gaul du, kann ich schneller zu Fuß gehen, hatte Vince gedacht. Dann hatte sich der Falbe bewegt. Und wie. Er preschte aus dem Stand davon.

Vince hatte das Dilemma, nie in die richtige Sitzposition zu gelangen. Er war das Reiten ohne Sattel schlichtweg nicht gewohnt. Ständig lag sein Schwerpunkt zu weit hinten, sodass er das Gefühl nicht los wurde, dem Tempo des Pferdes hinterherzufallen, was ihm zu allem Übel den Atem raubte. Sein Glück: Der Falbe galoppierte in die richtige Richtung.

Er stellte fest, dass Spotted Horses Pferd sehr wendig war und sich in unwegsamem Gelände vortrefflich verhielt. Beim rasenden Ritt durch den Wald überließ er darum dem Pferd quasi das Steuer. Als er sich der Lichtung näherte, bemerkte er vor sich das gescheckte Fell von Terrys Sherry, aber ohne Sheriff auf dem Rücken.

„Hank", rief er laut, und schon waren er und der Falbe an Hank Shepherd vorbeigeflogen.

*

Hank Shepherd beeilte sich, in den Sattel zu kommen und dem rasenden Pferd und dem Reiter vor ihm zu folgen. Diese hielten auf die Mitte des Talkessels zu.

Er musste zugeben, dass er ohne Hilfe erst sehr viel später den verletzten Spotted Horse gefunden hätte. Vince Fuller hatte seiner Schwester eine Bluse um die Schultern gehängt. Der Verletzte lag mit dem Kopf in ihrem Schoß. Wie er feststellte, war Spotted Horse bei Bewusstsein, doch würde er ärztliche Hilfe brauchen. Vince löste seine Schwester ab und presste nun seinerseits sein Hemd, das er ausgezogen hatte, auf die offene Wunde.

„Was ist passiert?", fragte Hank Shepherd, weil er so fragen musste.

„Es sind Schüsse gefallen", antwortete Linda. „Er wurde am Bein und an der Schulter getroffen. Er verliert Blut."

„Von wo fielen die Schüsse? Wie viele? Können Sie das vielleicht schon sagen?"

„Irgendwo von dort oben", sagte Linda, und zeigte fahrig in die ungefähre Richtung. „Vier, fünf oder sechs, ich weiß es nicht genau. Ich war so erschrocken."

Der Sheriff schaute sich um. „Es wird bald dunkel werden", sagte er. „Heute können wir die Gegend nicht mehr absuchen. Morgen."´

Er fragte Vince, ob man mit einem Auto hierher ...? Vince schüttelte den Kopf.

Er zog sein Walkie-Talkie aus der Tasche: „Tom, hörst du mich?" Es knackte im Äther.

„Hör´ zu. Du bestellst einen Helikopter hierher für einen Krankentransport. Hast du verstanden? Einen Helikopter für einen Krankentransport. Hierher. Ja. Jawohl. Genau. Ja, sofort. Schnellstens. Mach´ Dampf." Und zu Spotted Horse sagte er augenzwinkernd: „Beiß´ die Zähne zusammen, Junge. Hilfe ist unterwegs."

Spotted Horse versuchte mit einer Armbewegung auf sich aufmerksam zu machen. „Vince."

Vince beugte sich näher zu ihm.

„Starface ist getroffen. Und noch ein anderes Pferd. Du musst ..."

Mehr hörte Vince nicht. Bis jetzt hatte er nur Augen für Linda und den Verletzten gehabt. Den großen rotbraunen Körper, der in nicht mehr als sechs Metern Entfernung auf dem Boden lag, hatte er einfach irgendwie übersehen oder nicht wahrgenommen. „Hank", rief er nach dem Sheriff. „Hank? Übernehmen Sie bitte mal", bat er den Sheriff, als der neben ihn getreten war. Vince drückte ihm das blutdurchtränkte Hemd in die Hand. Dann stand er auf und ging mit steifen Beinen auf Starface zu. Es brach ihm das Herz, als er bemerkte, wie der Hengst sich bemühte, nach ihm zu sehen. Vince ging neben seinem Kopf in die Knie. Starface hustete roten Schaum. Er blutete stark aus einer Wunde am Hals. Vince streichelte die Stirn und die Ohren des Pferdes. Starface röchelte einmal tief. Als ein Zittern seinen ganzen Körper wie bei einem Stromstoß erschütterte, wusste Vince, dass sein Starface tot war.

Minutenlang beugte sich Vince über den Kopf des toten Tieres. Seine Schultern bebten und seine Tränen benetzten das Fell des Hengstes. Weißer Zorn wuchs in ihm empor, blendete seine Augen, besetzte sein Hirn. In dieser Sekunde wäre er fähig zu töten. Hatte Spotted Horse nicht noch von einem Pferd gesprochen? Mühsam erhob er sich auf die Beine. Er musste nach dem anderen Pferd suchen. Wie ein Roboter stakste er ungelenk davon. Lass´ es bitte nicht Lennox sein, dachte er. Nicht auch noch Lennox.

Die Pferde hatten sich wieder zu einer Gruppe zusammengefunden. Vince entdeckte sie unter der entferntesten Felswand. Wenn es acht Pferde sind, dachte er, will ich meinen Zorn besänftigen. Er zählte. Es waren acht Pferde. Also befand sich Lennox unter ihnen. Doch musste er nach Verletzten schauen. Als er näher kam, wurden die Pferde unruhig und drohten auszubrechen. Was sollte er tun? Er stieß den Pfiff aus, auf den für gewöhnlich Lennox angetrabt kam. Und auch jetzt löste sich ein Hengst aus der Gruppe und schritt verhalten auf ihn zu. „Komm´ mein Guter", lockte Vince ihn. Er ging dem Pferd entgegen, als dieses stehen blieb. Rasch hatte er das Pferd untersucht. Lennox war nicht getroffen worden.

Vince wagte einen neuen Versuch, näher an die anderen Pferde heranzukommen, doch sie drehten gemeinsam ab und entfernten sich entlang der felsigen Steilwand. Vince brach die Versuche ab. Die Tiere mussten sich erst einmal von dem Schreck erholen. Er würde morgen früh nach ihnen schauen. Jetzt wurde es ohnehin zu dunkel, um die Tiere eingehend zu untersuchen. Er beruhigte sich, indem er sich sagte, dass alle Pferde sich normal bewegten. Vielleicht hatte sich Spotted Horse einfach nur getäuscht, obwohl, wenn der Arapaho etwas gesehen hatte, dann konnte man sich darauf verlassen.

Vince stieg von einem Stein auf Lennox´ ungesattelten Rücken und ritt langsam zu der Stelle zurück, wo Linda, Spotted Horse und der Sheriff sich befanden.

Als nach einer gefühlten Ewigkeit das Gedröhn von Rotoren über dem Wald erklang, richtete sich Linda auf und ordnete ihre Kleidung. Es war sonnenklar, dass sie Spotted Horse auf dem Flug in die Klinik begleiten würde.

„Vorgestern ist in North-Dakota", begann Sheriff Hank Shepherd den Bericht, den er Vince schon vor Stunden hatte mitteilen wollen, „ein Mann niedergeschossen worden, der sich einer Personenkontrolle durch Flucht entziehen wollte. Bei dem Mann handelt es sich um den zur Fahndung ausgeschriebenen Marvin Kershaw."

Die Nachricht schlug ein wie eine Bombe. Bis auf Linda und Spotted Horse saßen alle um den großen Tisch im Ranchhaus. Martha stellte eine Platte mit frittierten Hähnchenschenkeln und Brot auf den Tisch.

Nachdem der Helikopter mit Spotted Horse und Linda an Bord gestartet war, hatte Hank Shepherd mitgeholfen, den toten Pferdekörper vorläufig mit Ästen zu bedecken. Pumas rochen totes Fleisch meilenweit. Vince wollte später am Abend zurückkehren und den Leichnam bestatten. Er verbat sich, den toten Starface als Kadaver zu bezeichnen. Zudem würde er die Nacht im Talkessel verbringen und zumindest so lange dortbleiben, bis der Sheriff am nächstem Morgen mit seinen Leuten zur Spurensuche eintreffen würde. Er würde ihnen beim Aufstieg über den Klettersteig bis zur Felskante behilflich sein können. Falls der Mordschütze seine Patronenhülsen nicht mitgenommen hatte, mussten sie noch dort oben liegen.

Vince auf Lennox, den Falben an einer Leine hinter sich herziehend, und Hank Shepherd auf Sherry, waren sie anschließend zur Ranch zurückgeritten und hatten die Pferde in die Koppel geführt. Sancho sollte sie später versorgen.

„Ich habe versucht, euch anzurufen, aber leider vergeblich", sagte der Scheriff. „Vielleicht wäre der heutige Anschlag dann zu verhindern gewesen."

„Wenn Sie vielleicht mir die Neuigkeiten erzählt hätten, auch", erwiderte Sancho, und lehnte sich im Stuhl zurück.

„Na wie denn", verteidigte sich Hank Shepherd. „Sie waren mit ihrem lahmen Truck in *Buffalo* unterwegs. Allein bis Sie hier auf der Ranch waren, vergingen beinahe zwei Stunden. Und da war bereits alles vorbei."

Vince räusperte sich. „Es macht jetzt keinen Sinn, zu streiten. Wir waren nicht da, basta. Reden Sie weiter im Text, Hank."

„Also gut. Wie gesagt, vorgestern. Marvin Kershaw niedergeschossen. Aber nur verletzt, nicht lebensgefährlich. In seinem Auto hat man eine Waffe gefunden, mit der sowohl auf den Privatdetektiv Mr. Fergusson, als auch auf unseren Kojoten geschossen wurde. Unser State-Attorney Virgil Hill ist gestern über die Festnahme verständigt worden und sogleich nach North-Dakota gefahren. Jetzt kommt´s: Marvin Kershaw weiß, dass man ihn wegen Mordes vor Gericht stellen wird. Darum will er einen Deal. Wenn ihm Straferleichterung zugesagt wird, will er über die Brandstiftung vor fünf Jahren und über die schwere Körperverletzung an Jason Kendall auspacken."

„Das ist jetzt nicht wahr, oder?" Vince konnte es kaum glauben. Terry streckte ihre Hand nach der seinigen aus und drückte sie. Sancho blies die Backen auf und ließ die Luft raus. Martha verlangte einen Tequila, Dolly verließ wieder einmal den geschlossenen Raum und Patrick griff in seine Hosentasche um zu prüfen, ob er seine Mundharmonika dabei hatte.

„Wo steckt denn Ihr Deputy?"

Hank Shepherd nickte. „Ich hab´ ihn zur Kendall-Farm geschickt. Er soll dort alle verfügbaren Gewehre beschlagnahmen und nachsehen, wer sich im Moment alles auf der Farm aufhält."

„Wie kommen Sie überhaupt auf die Idee, dass der heutige Anschlag hätte verhindert werden können? Gehen wir einmal davon aus, dass es jemand von der Kendall-Farm war. Woher sollten die von der Verhaftung Marvin Kershaws wissen?" Terry hatte Hank Shepherds Schlussfolgerung, je früher Vince von der Verhaftung erfahren hätte, desto eher hätte man den Anschlag verhindern können, nicht verstanden.

Der Sheriff schnäuzte in ein buntkariertes Taschentuch.

„Ich erwähne es nur ungern" näselte er, „aber ich fürchte, wir haben ein geschwätziges Loch im System."

„Was? Einen Maulwurf?", rief Dolly, die gerade wieder von draußen hereingekommen war.

„Tja, wahrscheinlich. Ein Maulwurf ohne Vorsatz. Tut mir leid."

„Dann wissen Sie sogar, wer es ist?", fragte Terry ungläubig.

„Ja, aber pssst. Er weiß nicht, dass ich weiß." Hank Shepherd machte das Zeichen des verriegelten Mundes.

„Lassen Sie mich raten, Hank. Es ist Ihr Deputy Tom Wakeman, nicht wahr?" Vince schaute den Sheriff erwartungsvoll an.

„Er ist jung, er ist allein, abends geht er gerne auf ein Bier oder drei vier in die Bar. Er schwätzt gern, prahlt mit seinen Heldentaten herum ...ja."

„Das können Sie doch nicht akzeptieren, wenn, wie in unserem Fall, Leben davon abhängen, Hank." Terry war entgeistert.

„Deswegen wollte ich Sie doch rechtzeitig warnen. Der dumme Junge hat doch keine Ahnung, was er da anrichtet. Vorsicht, wenn man vom Teufel redet ..." Rasch schob sich der Sheriff ein Hähnchenbein in den Mund.

Tom Wakeman betrat das Haus und nahm seinen Hut vom Kopf. „Ich hab´ die Flinten im Kofferraum, Sheriff. Drei Gewehre."

Sheriff Hank Sherpherd erhob sich vom Stuhl. „Wen hast du bei den Kendalls angetroffen, Junge?"

Tom Wakeman kratzt sich am Kopf. „Nun, da war Jubal Kendall, der Boss. Dann John Decker und Jason Kendall und zwei Angestellte."

„Gab es irgendwelche Schwierigkeiten oder Auffälligkeiten?"

„Jason Kendall saß wie immer apathisch im Rollstuhl, und die Gewehre lagen praktisch abholbereit auf dem Tisch, als wären sie extra dafür hergerichtet worden."

„Du meinst, die wussten schon Bescheid, dass ...ach, vergiss´ es. Wir fahren zurück in die Stadt, wir müssen morgen früh wieder früh auf den Beinen sein. Vince, wir sehen uns dann draußen im Talkessel. Ich glaube, dass wir morgen mit dem Helikopter kommen werden."

„Moment noch", unterbrach ihn Vince. „Bringen sie einen Veterinär mit. Eines unserer Pferde ist womöglich angeschossen und braucht ärztliche Hilfe."

„Okay, wird gemacht. Ich halte Sie auf dem Laufenden, was diesen Marvin Kershaw betrifft. Herrschaften?" Er tippte an seinen Hut und ging seinem Deputy voraus zum Streifenwagen.

Terry und Vince schufteten im Schweiße ihres Angesichts im Talkessel an einem Grab für Starface. Der Himmel war sternenklar und die Helligkeit reichte auch ohne Mondlicht aus, um ohne Taschenlampe gut zu sehen. Sie mussten ohnehin nichts anderes tun als graben, graben, graben, und das bloß breit und tief genug.

„Vince" keuchte Terry zwischen zwei Schaufelladungen voll Erde, „wir schaffen das. Endlich kommt die alte Geschichte wieder ins Rollen."

Er hielt inne und wischte sich mit dem Hemdsärmel den Schweiß aus dem Gesicht. „Ja, das kannst du laut sagen. Aber dass Starface der Leidtragende ist – es tut mir sehr weh, Terry. Fünf Jahre hatte ich ihn nicht gesehen, dann behauptete John Decker, ihn mit einem Hammer erschlagen zu haben, aus purer Bosheit, dann hast du ihn in *Idaho* entdeckt, und meine Schwester konnte ihn reiten. Ja, das tut sehr weh."

„Das versteh´ ich sehr gut. Als Kind besaß ich ein Kätzchen, ein kleines schwarzweißes Kätzchen. Nachbars Hund hat es totgebissen. Für mich brach damals eine Welt zusammen."

„Ja, das tut es, und wenn man sich daran erinnert, spürt man den gleichen Schmerz wie damals."

„Tief genug jetzt?"

„Ich denke ja. Probieren wir, ihn hineinzuziehen."

Sorgsam band Vince Seile an Starface Beine und befestigte die anderen Enden an Lennox´ und Sherrys Sattelknöpfen. Auf Kommando spornten sie die Tiere an und zogen den toten Körper in die ausgehobene Grube. Nach einer weiteren halben Stunde lag das Tier unter einem Hügel aus Erde.

„Nach und nach werde ich Steine darauf aufschichten", sagte Vince.

„Ja, tu das, Vince. Das ist eine gute Art Abschied zu nehmen."

Sie gingen, die Schaufeln auf den Schultern, die Pferde an den Zügeln, über die Weide zum Pferdeunterstand. Terry hatte einen Schlafsack und eine Flasche kalifornischen Wein eingepackt. „Trinken wir auf Starface, Vince. Dass er gut im Pferdehimmel angekommen ist."

Sie lagen auf dem ausgerollten Schlafsack und tranken abwechselnd aus der Flasche. Noch konnten und wollten sie nicht an Schlaf denken. Zu überladen mit Gefühlen war der Tag gewesen.

„Morgen, Vince, möchte ich, dass du mich begleitest."

„Okay", wunderte er sich. „Wo immer du hingehst. Und wohin gehst du?"

„Das, mein Lieber", lächelte sie ihn geheimnisvoll an, „erfährst du morgen."

Kapitel 10

Oktober 2010

Hank Shepherd und seine Leute hatten am Tag darauf drei Patronenhülsen an der Stelle gefunden, von wo aus der Schütze in den Talkessel hinabgeschossen hatte. Weitere Patronenhülsen waren vermutlich zwischen die Spalten und Ritzen des Gerölls gefallen.

Die sieben Pferde auf der Weide hatten sich weitestgehend beruhigt. In Begleitung des Tierarztes hatten sie bei einem der zwei Hengste eine Streifschusswunde entdeckt, die am Morgen allerdings schon verschorft war. Der Tierarzt schaute sich die Wunde an. Kein Grund zur Sorge, meinte er.

Sie kamen am Morgen des achtzehnten Oktober, drei Tage nach dem Anschlag auf Spotted Horse und die Pferde im Talkessel. State-Attorney Virgil Hill an der Spitze, Sheriff Hank Shepherd, Deputy Tom Wakeman und vier uniformierte Polizisten. Zwei Streifenwagen und ein Transporter.

Virgil Hill, dessen Kommen von Sheriff Hank Shepherd telefonisch angekündigt worden war, begrüßte Vince und Terry per Handschlag, den Rest der Familie mit Kopfnicken.

„Heute gilt´s", sagte er mit breitem Grinsen, das jedoch keiner Fröhlichkeit entsprang. „Ich will das persönlich übernehmen. Marvin Kershaw ist aus North-Dakota nach Wyoming überstellt worden und hat bereits ein schriftliches Geständnis abgelegt. Er wird unser Kronzeuge in diesem Fall. Bevor wir hierherkamen haben wir Dr. Richard Patton verhaftet, der ein falsches Gutachten erstellt und abgelegt und somit erst einen schweren Betrug ermöglicht hat. Wir haben Personal für eine gründliche Hausdurchsuchung mitgebracht. Wenn Sie wollen, können Sie uns folgen. Ich dachte, Sie haben ein gesteigertes Interesse an dem Fall."

Vince und Terry sahen sich an. „Okay, das lassen wir uns nicht entgehen", meinte Vince dann. „Ich will in die Gesichter sehen, wenn sie es erfahren. Wir haben zudem noch eine kleine Überraschung auf Lager."

Virgil Hills Gesicht verzog sich zu einer Grimasse. „Ich bin kein Freund von Überraschungen", polterte er. „Um was handelt es sich denn?"

„Das werden Sie dann sehen", ließ sich Vince nicht einschüchtern. „Gab es bei den gefundenen Patronenhülsen und den Gewehren der Kendalls Übereinstimmungen?"

Sheriff Hank Sherpherd schüttelte den Kopf. Nein, Vince, aber das will nichts heißen. Heute nehmen wir den Laden der Kendalls auseinander."

„Okay, worauf warten wir dann noch?" Virgil Hill gab das Zeichen zur Abfahrt. „Bleiben Sie hinter uns", riet er Terry und Vince. „Sicher ist sicher."

Dolly, Patrick und Martha hatten es abgelehnt, hinter der Staatsgewalt herzufahren. Ihnen war die Sache zu aufregend und gefährlich. Linda hielt sich seit drei Tagen in *Buffalo* an der Seite Spotted Horses auf, dem es nach zwei glatten Durchschüssen an Bein und Oberkörper besser ging. Auf eigene Verantwortung durfte sie ihn am Abend vielleicht schon nach Hause holen. Nur Sancho ließ es sich nicht nehmen mitzufahren und setzte sich neben Terry in den alten Pick-up.

„Ich hab´ was von einer Überraschung gehört", sagte er wissbegierig.

„Auch du musst warten, lieber Sancho", erwiderte Terry nachsichtig.

Die Fahrt bis zur Kendall-Farm dauerte eine viertel Stunde. Während Tom Wakeman seinen Streifenwagen frontal vor die Eingangstür fuhr, die Wagen der uniformierten Polizisten daneben, hielt Vince in einigem Abstand dahinter.

Virgil Hill baute sich vor der Terrasse des Kendall-Hauses auf, Sheriff Hank Shepherd und Tom Wakeman links und rechts von ihm, dahinter die vier Uniformierten. Vince, Terry und Sancho beobachteten die Szene von ihrem Pick-up aus.

„Kendall!", rief Virgil Hill. Und noch einmal: „Kendall!!

Die Haustür öffnete sich. Jason Kendall fuhr im Rollstuhl heraus, geschoben von seinem Bruder Jubal. John Decker folgte unmittelbar dahinter. Sie blieben unter dem Vordach des Hauses stehen. Jason hing krumm in seinem Rollstuhl, die Zunge aus dem Mund. Er trug eine Baseballkappe mit dem Aufdruck der *Cheyenne University*.

„Wer brüllt hier herum? Und überhaupt: Was soll dieser Volksauflauf hier?" Mit seiner Stimme hätte Jubal Kendall einen prächtigen Rock- oder Jazz-Sänger abgegeben. John Decker beleckte sich intensiv die Unterlippe.

„Mein Name ist Virgil Hill. Ich bin der State-Attorney des *Johnson County*." Er hielt ein bedrucktes Blatt Papier in die Höhe. „Ich habe hier einen Hausdurchsuchungsbefehl. Jubal Kendall, Jason Kendall und John Decker, ich verhafte Sie wegen des dringenden Tatverdachts der gemeinschaftlich begangenen vorsätzlichen Brandstiftung, des zweifachen Mordes, des zweifachen Mordversuchs, der schweren Körperverletzung, der Anstiftung zum Mord, des Meineids, der Anstiftung zum Meineid, und des schweren Betrugs. Sie haben das Recht zu schweigen. Alles was Sie ab jetzt sagen, kann vor Gericht gegen Sie verwendet werden. Sie haben das Recht, einen Anwalt Ihrer Wahl hinzuzuziehen. Sie bleiben bis zur eventuellen Feststellung Ihrer Unschuld in Polizeigewahrsam." Der State-Attorney gab den vier Polizisten ein Zeichen, mit der Hausdurchsuchung zu beginnen. „Auch die Ställe und die Scheune, meine Herren."

Jubal Kendall grinste frech. „Was sind Sie denn für ein Hampelmann. Steckt da vielleicht die Fuller-Bande dahinter?"

John Decker lehnte sich belustigt an eine der Dachstützen.

„Ich bin der Hampelmann, Mr. Kendall, der einen gewissen Mr. Marvin Kershaw eingebuchtet hat. Zu Ihrer Information. Er singt wie ein Vögelchen und will gar nicht mehr aufhören zu singen, so sehr gefällt es ihm bei uns. Ich habe hier sein Vernehmungsprotokoll. Wenn Sie es lesen möchten?"

„Das ist eine verdammte Lüge!", brüllte John Decker, jetzt überhaupt nicht mehr lustig. Vince, Terry und Sancho waren näher hinzugetreten und standen jetzt direkt hinter dem Sheriff. „Was haben diese Typen hier zu suchen. Das ist unser Besitz. Schaffen Sie diese Leute von unserem Land!", schrie er weiter.

Virgil Hill blieb gelassen. „Oh nein, das ist absolut keine Lüge", sagte er. „Ich bin auch dafür verantwortlich, dass der Neurologe Dr. Richard Patton im Arrest sitzt. Auch er wird aussagen, dass das Gutachten, das er vor fünf Jahren anfertigte, von Ihnen in Auftrag gegeben und gekauft wurde. Dass das Gutachten ein Betrug ist, auf Grund dessen der hier anwesende Vince Fuller fünf Jahre unschuldig im Gefängnis gesessen hat, auf Grund dessen Sie ein Schmerzensgeld von dreihunderttausend Dollar kassiert haben, um Ihre marode Farm zu retten, und dass Mr. Jason Kendall keineswegs behindert ist, wie es uns das Gutachten weismachen soll."

„Was reden Sie denn für einen Unsinn", schrie Jubal Kendall. „Schauen Sie sich das Häufchen Elend im Rollstuhl doch an. Seit fünf Jahren muss ich ihn mit dem Löffel füttern, ihm die Windeln wechseln und Sie ...Stopp, was will diese Frau von meinem Bruder. Sagen Sie ihr, sie soll von ihm weg gehen. Hauen Sie ab, Sie..."

Terry war hinter dem Sheriff hervorgetreten und auf Jason Kendall zugegangen. Sie hielt ihren aufgeklappten Laptop in der Hand. Denselben Laptop, auf den sie unter anderem die Fotos von der Puma-Fotofalle übertrug. Sie legte ihn Jason Kendall auf die Oberschenkel und spielte eine Fotodokumentation ab. Zuerst erschienen Fotos von den Raubkatzen, die den Pass oberhalb des Felsenkessels überquert hatten, um ins Tal zu steigen. Pumas, die nach unten stiegen, und Pumas die wieder zurück über den Pass stiegen. Dann folgten zwei Fotos, die einen Mann mit einem Gewehr zeigten, bergabwärts steigend, danach zwei Fotos mit dem gleichen Mann bergaufwärts. Der Mann trug eine Baseballkappe mit der deutlich lesbaren Aufschrift *Cheyenne University*. Auf den Fotos Datum und Uhrzeit der Aufnahme. Die Fotos zeigten unverwechselbar Jason Kendall, wie er leibt und lebt.

„Das, Mr. Kendall, Mr. Hill, ist unsere Überraschung", sagte Terry mit Genugtuung.

Jason Kendall begann zu zittern. Seine Hände verkrampften sich um die Stützlehnen des Rollstuhls. Dann verlor er die Nerven, die er fünf Jahre lang so prächtig im Griff gehabt hatte, sprang so plötzlich auf, dass der Laptop im Dreck landete und der Rollstuhl zur Seite fiel. Begleitet von einem unmenschlichen Schrei, versuchte er sein Heil in kopfloser Flucht. Er stürmte nach vorne, zwischen Virgil Hill und Hank Shepherd hindurch, vorbei an Vince, vorbei an – Sancho reagierte geistesgegenwärtig und warf sich Jason direkt vor die Füße. Jason stolperte über ihn hinweg, landete mit dem Gesicht voraus auf dem Boden, und bevor er sich erneut aufrappeln konnte, hatte Tom Wakeman ihm die Arme nach hinten gezwungen und Handschellen angelegt. Er riss Jason vom Boden hoch und stellte ihn auf die Beine.

„Du bist ein jämmerlicher Verräter, Tom", fauchte Jason.

„Das", antwortete Tom rot und röter werdend, „ist nun gottseidank vorbei."

Jubal und Jason Kendall sowie John Decker wurden in Handschellen in den Transporter gesetzt und nach *Buffalo* gebracht. Die Hausdurchsuchung förderte ein weiteres Gewehr zutage, das in einer Futtermittelkiste versteckt gewesen war. Vom Aussehen her konnte es mit der Waffe identisch sein, mit der Jason Kendall in die Puma-Fotofalle getappt war. Ein Vergleich mit den gefundenen Patronenhülsen würde das bestätigen oder auch nicht. Virgil Hill ließ alle Dokumente und Kontoauszüge der letzten sechs Jahre beschlagnahmen. Es würde eine Fleißaufgabe sein, Schmiergelder, Sonderzahlungen und Bestechungsgelder herauszuziehen, um sie mit Konten anderer Leute zu vergleichen, Leute wie zum Beispiel Marvin Kershaw, Lance Jenkins, Phil Butcher und Dr. Richard Patton. Diese Sisyphusarbeit würde er jedoch zu delegieren wissen.

Zu Terry und Vince sagte er schmunzelnd: „Diese Überraschung ist euch wahrlich gelungen, obwohl ich ...Sei´s drum. Seit wann habt ihr diese Fotodokumente."

„Es war früher mein Job, Pumas zu fotografieren. Um unbemerkt an den Talkessel heranzukommen, gab es für Jason nur den einen Weg: Durch das Revier der Pumas über den Pass. Das ist mir in der Nacht nach dem Anschlag eingefallen. Am nächsten Tag haben wir uns die Fotobeweise geholt."

„Einfach grandios, Terry", lobte Virgil Hill. „Wenn sie funktionieren, dann hab´ ich auch nichts gegen Überraschungen." Und zu Sancho gewandt sagte er: „Gut gemacht, Mr. Sancho. Wirklich gut."

„Wie geht´s jetzt weiter?", fragte Vince. „Wird es einen Prozess geben?"

„Ja klar", antwortete der State-Attorney. „Sie werden es rechtzeitig erfahren. Schließlich geht es um Ihre Rehabilitation, ja, und außerdem um viel Geld, nicht wahr? Schmerzensgeld, Haftentschädigung, Krankenhauskosten, Kosten für die geschlossene Anstalt. Ich habe gehört, Sie bauen Ferienhäuser? Dann kann man Geld ja gut gebrauchen." Er fasste in die Innentasche seiner Jacke und zog maschinenbeschriebene Blätter heraus. „Das ist eine Kopie von Marvin Kershaws Vernehmung. Ich nehme an, es interessiert Sie, wie es damals aus der Sicht der Verbrecher geschah. Also dann: So long."

Sie gingen zu Sheriff Hank Shepherd. Vince drückte ihm lange die Hand. „Danke, Hank. Ohne Sie und Ihre Hilfe ..."

„Wie ich immer sage", tönte er. „Bin ich Sheriff oder bin ich korrupt?" Und dann lachte er, dass sein Sheriffstern auf der Brust vibrierte.

Auf der Fahrt nach Hause sangen die drei lauthals die Songs im Radio mit. Am lautesten sang Sancho. „Wenn meine Martha das gesehen hätte, wie ich den Jason über die Klinge hab´ springen lassen – und wenn sie dann noch Mr. Hill gehört hätte, wie er mich gelobt hat - Heilige Jungfrau von Guadalupe, ich wäre ihr Held."

„Das bist du sowieso, Sancho", verriet Terry, „denn wir werden es ihr natürlich brühwarm erzählen."

„Huch, was braucht man den Sonnenschein, wenn man solche Freunde hat", sagte Sancho und sang den nächsten Titel aus dem Radio.

Zuhause wurden sie, nach der quälenden Ungewissheit, überschwänglich empfangen. Dolly tanzte an Patricks Seite einen irischen Volkstanz. Martha drückte ihren Helden Sancho an die Brust. „Ist jetzt endlich Ruhe? Fängt jetzt ein neues Leben an?", schwebte Dolly leichtfüßig über die Terrasse.

„Noch nicht, Mom", würgte Terry der guten Laune den Saft ab. „Erst wenn wir wieder vollzählig sind, und das sind wir erst, wenn Linda und Spotted Horse wieder hier sind."

„Dann holt sie gefälligst", sang Dolly ungeachtet Terrys Spaßbremse weiter. „Holt sie. Jetzt. Auf der Stelle."

Da gab es nichts lange zu überlegen. Terry und Vince fuhren noch am Nachmittag nach *Buffalo* und holten Linda und Spotted Horse ab. Spotted Horse war wieder ziemlich gut auf den Beinen, doch würde es noch einige Tage dauern, bis er sich auf seinen Falben setzen konnte.

Am Abend saßen die acht Menschen von der *Crystal Creek-Ranch* zusammen um den Tisch im Wohnzimmer des Haupthauses. Martha hatte einen Berg selbstfrittierter Kartoffelchips mit scharfer Soße auf den Tisch gestellt. Man trank nach Belieben Eistee oder Bier aus Dosen. Vince las aus dem Vernehmungsprotokoll vor, das ihm der State-Attorney Virgil Hill als Kopie überlassen hatte.

Schriftliches Protokoll der mündlichen Vernehmung von Mr. Marvin Kershaw durch State-Attorney Virgil Hill in Buffalo Wy. am 16.10.2010

Virgil Hill: Es ist der sechzehnte Oktober 2010, dreizehn Uhr dreißig. Anwesend sind der Beschuldigte Mr. Marvin Kershaw, geboren am einundzwanzigsten November 1965, und State-Attorney Virgil Hill.

Mr. Kershaw, Sie wissen, was Ihnen zur Last gelegt wird?
Marvin Kershaw: Ja, das weiß ich.
Virgil Hill: Dann legen Sie mal los. Entlasten Sie ihre dunkle Seele. Zuerst ganz allgemein. Wie konnte es aus Ihrer Sicht

zu den Vorfällen in der Nacht vom dritten auf den vierten Juli des Jahres 2005 kommen?

Marvin Kershaw: Ich war ja zu jener Zeit noch bei Victor Fuller als Cowboy angestellt. Ich hatte mitgekriegt, wie eine Woche zuvor ein Streit wegen einer Weide eskaliert ist.

Virgil Hill: Wie meinen Sie das, eskaliert?

Marvin Kershaw: Nun, der Auslöser war, dass die Kendalls den Zaun der Winterweide der Fullers aufgeschnitten und ihre Schafe hineingetrieben hatten. Ich war dabei, als der alte Victor angefahren kam. Es gab einen Disput, in dessen Verlauf Victor Fuller eines der Kendall-Schafe erschoss. Wir haben dann die Schafe wieder von der Winterweide getrieben und das Zaunloch geflickt.

Virgil Hill: Warum taten die Kendalls das?

Marvin Kershaw: Sie hatten einfach zu viele Schafe für zu wenig Weide, also mangelte es an Futter. Sie mussten Schafe notschlachten und bekamen natürlich nicht den Preis, den man normalerweise bekäme. Und wie ich später, als ich bereits für die Kendalls arbeitete, mitbekommen hatte, fehlte es auch an Geld, um weitere Weiden zu pachten oder zu mieten. Man vermietete nicht gerne gesunde Weide an einen Schafzüchter, weil sie ...

Virgil Hill: ... das Gras angeblich bis auf die Wurzeln abfressen.

Marvin Kershaw: Ja, genau. Die alten Kendalls hatten überdies viel Geld für die Seniorenresidenz in Arizona aus dem Farmvermögen entnommen. Das Geld fehlte natürlich.

Virgil Hill: Verstehe. Und dieser Streit um die Weide gab demnach den Anstoß zu diesen Taten?

Marvin Kershaw: Die Kendalls sannen auf Rache. Sie waren in ihrer Ehre gekränkt. Das erschossene Schaf war für sie wie ein Symbol. Jason Kendall schob dazu einen Frust auf

Linda Fuller, weil sie ihn zurückgewiesen hatte. Und dann hat mir der Vormann der Kendalls, John Decker, ein Angebot gemacht, bei ihnen arbeiten zu können für fast das doppelte Gehalt. Dann hielt er die Nacht auf den anstehenden Unabhängigkeitstag für einen geeigneten Moment, die Fullers zu beseitigen.

Virgil Hill: Hat er tatsächlich *beseitigen* gesagt?

Marvin Kershaw: Allerdings. Er sagte, er hätte schon Pläne wegen eines Alibis. Sie würden sich am *Powder River* bei einem Grillfest sehen lassen. Gekaufte Zeugen sollten dann bestätigen, dass sie dort gewesen waren, während sie in Wirklichkeit das Haus der Fullers abfackeln würden.

Virgil Hill: Sie haben im Nachhinein erfahren, wer die Zeugen sein sollten?

Marvin Kershaw: Als nach dem Brand plötzlich auch Lance Jenkins und Phil Butcher, ehemals Cowboys bei den Fullers, bei den Kendalls arbeiteten, wusste ich das auch so. Von vornherein war nicht geplant, dass auch Linda beseitigt werden sollte. Jason wusste, dass Linda jedes Jahr bei Lorna Forester zum Scheunenfest ging, üblicherweise mit Vince Fuller. Aber diesmal war sie alleine dort. Ich sollte eigentlich aufpassen, dass sie nicht zu früh das Fest verlässt, doch dann ist sie schon gegen halb eins nach Hause aufgebrochen. Sie hatte mich übrigens dort gesehen. Aber mit mir hätte sie sowieso nie getanzt. Ich habe dann unmittelbar nachdem sie gefahren war die Kendalls angerufen. Jason hat dann gesagt, *Ihre Schuld, dann soll sie mit verbrannt werden.* Ich bin Linda von Lornas Scheune aus in meinem Wagen gefolgt, natürlich ohne Licht.

Virgil Hill: Und dann kam Linda Fuller gegen zwei Uhr in der Nacht nach Hause?

Marvin Kershaw: Exakt. Sie fuhr auf den Platz vor ihrem Haus. Im Scheinwerferlicht ihres Trucks muss sie Jason erkannt haben, der gerade dabei war, Benzin rund ums Haus auszuschütten. John Decker hat sie dann aus dem Truck gezogen, als ich gerade hinter dem Truck auf den Hof gefahren kam. Ich nahm eine Plastiktüte und stülpte sie Linda über den Kopf. Sie hat sich freilich gewehrt, doch gegen John und mich hatte sie keine Chance.

Virgil Hill: Sie trugen Masken?

Marvin Kershaw: Ja, natürlich trugen wir Masken.

Virgil Hill: Und dann?

Marvin Kershaw: Dann hat Jason das Benzin entzündet. Im Nu brannte das ganze Haus. John und ich schleppten Linda zur Eingangstür. John zog ihr die Plastiktüte vom Kopf und sagte ihr, dass sie nun mit ihren Eltern verbrennen würde. Dann hat er die Tür eingetreten und gemeinsam haben wir Linda ins Feuer hineingestoßen.

Virgil Hill: (Atmet schwer. Reibt sich die Augen.) Und dann? Haben Sie zugeschaut?

Marvin Kershaw: Nein, wir wussten ja nicht, wo Vince Fuller sich aufhielt. Ob er im Haus war oder nicht. Wir sind dann mit dem Van und meinem Auto zur Kendall-Farm gefahren.

Virgil Hill: Man muss schon ganz schön abgebrüht sein, um solch ein Ding durchzuziehen. Kommen wir zu Vince Fuller. Erzählen Sie.

Marvin Kershaw: Am Morgen des Unabhängigkeitstages stand auf einmal Vince vor der Tür der Kendalls und brüllte nach Jason.

Virgil Hill: Wie spät war es da ungefähr?

Marvin Kershaw: Es war so gegen zehn, halb elf Uhr. John Decker sagte. Knallen wir ihn ab. Aber Jubal hatte eine bessere Idee. Tot nützt er uns nichts. Wir machen das anders.

Jason wurde vor die Tür geschickt. John Decker sollte den Hinterausgang nehmen, um das Haus herumlaufen und Vince mit einer Stange bewusstlos schlagen. So wurde es auch gemacht. Vince versuchte zwar, in seiner Rage Jason zu treffen, aber er war ja regelrecht blind vor Zorn. John Decker schlug ihn von hinten mit einem Holzpfahl nieder.

Virgil Hill: Weiter!

Marvin Kershaw: Dann kam Jubal Kendall aus dem Haus. Er erklärte Jason, welchen Plan er mit ihm vorhabe. Jason schluckte zwar, aber Jubal überzeugte ihn. Wir werden finanziell saniert sein, wenn du mitmachst, sagte er. Jubal hielt ihn fest, und John Decker schlug Jason mit der Faust mehrmals ins Gesicht, bis Jason blutete und bewusstlos war. Dann riefen sie Sheriff Fred Stanford an. Den Rest kennen Sie.

Virgil Hill: Ich möchte kotzen, Mr. Kershaw. Die eigenen Leute schlagen sich halb tot. Wie konnten Sie sich nur dafür hergeben? Die Geschichte wurde also derart hingedreht, dass man das Gericht glauben machte, Vince Fuller hätte Jason Kendall derart zugerichtet und zum Krüppel geschlagen. Jubal Kendall hat diesen Dr. Richard Patton für ein Gefälligkeitsgutachten bezahlt um Schmerzensgeld kassieren zu können. Wie haben Sie und die Kendalls das eigentlich über fünf Jahre durchgehalten?

Marvin Kershaw: Jason bewegte sich auf der Ranch ganz normal. Wenn einmal Besuch kam, setzte er sich in seinen Rollstuhl, ließ die Zunge heraushängen und wirkungsvoll Speichel auf sein Hemd tropfen. Die anderen Arbeiter bei den Kendalls waren alle eingeschüchtert. John hatte allen gedroht, er werde sie umbringen, falls einer nur ein Sterbenswörtchen verraten sollte. Gelegentlich, wenn Jason die Nase gestrichen voll hatte vom Deppenspiel und auch mal wieder unter andere Leute wollte, bin ich mit ihm in entferntere Städte gefahren: Über die Berge nach San Francisco, nach Las Vegas, nach Denver, nach Cheyenne ...

Virgil Hill: ...wo ihn zum Beispiel Terry O´Connor dummerweise über den Haufen gejoggt hat und ihn bei seinem dämlichen Auftritt in John Deckers Auto auf der Fuller-Ranch wiedererkannte.

Marvin Kershaw: Stimmt. Jason ist förmlich ausgerastet, als er wieder zu Hause war.

Virgil Hill: Wieso den Privatdetektiv Mr. Fergusson?

Marvin Kershaw: Er hatte geschnüffelt, der Dummkopf. Hat das Haus der Kendalls mit einem Fernglas beobachtet, dabei sein Auto an der Straße stehen lassen. Jubal hat natürlich über das Kennzeichen herausgefunden, wem der Jeep Cherokee gehört und sofort die richtigen Schlüsse daraus gezogen. Ich sollte es wie einen Unfall aussehen lassen. Naja, hat es zuerst ja auch. Pech gehabt.

Virgil Hill: Der Einbruch in Fergussons Wohnung? Hat das was gebracht?

Marvin Kershaw: Nicht die Bohne.

Virgil Hill: Wir beenden hiermit die Vernehmung. Es ist Samstag, der sechzehnte Oktober 2010, vierzehn Uhr fünfzehn.

*

Die Hauptverhandlung über die Kendalls hatte im Dezember im Gerichtsgebäude von *Buffalo* stattgefunden. Linda und Vince waren als Nebenkläger aufgetreten. Als Zeugin befragt erkannte Linda die Stimme wieder, die ihr vor fünfeinhalb Jahren ins Ohr gesagt hatte, sie würde *wie ihre Eltern verbrennen*. Es war John Deckers Stimme.

Als Hauptbelastungszeuge fungierte Marvin Kershaw, dessen vollumfassendes Geständnis den Kendall-Brüdern und John Decker keine Chance ließ. Für den Mord an Privatdetektiv Fergusson wurde das Gericht der Bereitschaft Kershaws gerecht, sich als Kronzeuge im Kendall-Fall zur Verfügung zu stellen, weshalb es ihn mit sieben Jahren Gefängnis zu einer relativ milden Gefängnisstrafe verurteilte.

Jason Kendall und John Decker wurden zu hohen Gefängnisstrafen verurteilt. Jubal Kendal kam als nicht aktiver Täter, doch als Auftraggeber und Mitwisser etwas günstiger davon. Ferner wurden sie zur Rückzahlung des ergaunerten Schmerzensgeldes an Vince Fuller, sowie zur Zahlung einer Haftentschädigung und der Übernahme von Lindas Krankenhaus- und Anstaltskosten verdonnert. Für die Kendall-Schafsfarm bedeutete dies den Ruin.

Die geleisteten Meineide der ehemaligen Fuller-Cowboys Lance Jenkins und Phil Butcher wurden zu einem späteren Zeitpunkt verhandelt. Ebenso das falsche und gekaufte Gutachten Dr. Richard Pattons, der durch die Entziehung seiner Approbation anderweitig schon bestraft war.

Kapitel 11

Der lange und harte Winter in *Wyoming* war vorbei. Erste warme Frühlingswinde, die vom Pazifischen Ozean den Weg über die Rocky Mountains gefunden hatten, befreiten den *Crystal Creek* und den Talgrund von Schnee und Eis. Für die im vergangenen Sommer und Herbst errichteten Gebäude war es eine Bewährungsprobe. Einigen Ärger gab es mit dem Windrad, dessen Rotoren von Vince gleich viermal von Eis befreit werden mussten. Die Gefahr, dass durch weggeschleuderte Eisbrocken Menschen getroffen und verletzt oder Gebäude beschädigt wurden, war zu groß. Vince dachte über Änderungsmöglichkeiten nach.

Spotted Horse hatte die fünf trächtigen Stuten und die beiden Hengste bis Ende Oktober vergangenen Jahres auf der Weide im Talkessel stehen. Rechtzeitig vor dem ersten Blizzard fühlte er sich genesen genug, sie mit Hilfe von Linda und Vince in den Stall zu holen. Den Stall nicht gewohnt, bedurfte es tagelang der ständigen Anwesenheit des Arapaho, der die Tiere mit seiner Gegenwart und seinem Singsang beruhigte. Sobald es die Witterung gestattete, führte er die beiden Hengste auf die Koppel und begann, sie zu Reitpferden auszubilden. Ein Schauspiel, das seinem Beinamen *Horse* alle Ehre bereitete. Reitpferde sollten zum wichtigsten Standbein des Fullerschen Ferienkonzepts werden.

Gegen Ende April 2011 hatten Vince, Sancho und Patrick zwei weitere Ferienhäuser erstellt und eingerichtet. Die ersten beiden Ferienhäuser waren mit Gästen aus dem Osten der USA belegt. Familien mit Kindern, die gespannt auf die ersten Fohlen des Jahres warteten. Dolly und Patrick gingen in ihrer Aufgabe auf, die Feriengäste zu betreuen. Zwar standen inklusive Sherry und Lennox augenblicklich nur vier Reitpferde zur Verfügung, aber sie waren unermüdlich im Erfinden von Alternativen, unter anderem eine von Terry und Vince geführte Puma-Tour. Der Klettersteig im Talkessel war nun mit Kletterisen und Sicherheitsleinen fixiert, sodass auch Kinder unter Anleitung sich auf die steile Strecke wagen konnten.

Innerhalb von vier Tagen kamen Ende April, Anfang Mai, nach etwa elfmonatiger Tragezeit fünf Fohlen zur Welt. Für die Kinder das Ereignis überhaupt. Die ersten Tage verblieben die Stuten mit den Fohlen noch in der Stallbox, bevor sie unter Spotted Horses´ Leitung mit seinem Falben den Weg am *Crystal Creek* entlang in den Talkessel antreten durften. Nun arrangierten Dolly und Patrick Lageraufenthalte bei Spotted Horse und Linda, die wieder Tag und Nacht bei den Pferden wachten. Lagerfeuer, Grillwürstchen und Übernachtungen in einem von Spotted Horse errichteten Tipi wurden für Kinder zu unvergesslichen Erlebnissen.

Wenn die Fohlen alt genug wären, um die Nähe und den Schutz der Muttertiere nicht mehr zu benötigen, konnten, nach entsprechender Ausbildung, weitere Reitpferde zur Verfügung stehen.

Im Juni verabschiedeten sich Linda und Spotted Horse für drei Wochen zu seinen Eltern und zum Volk der Arapaho in der *Wind River Indian Reservation*. Auf dem Rückweg würde Spotted Horse neue Pferde mitbringen.

Wechsel hatten stattgefunden und andere Familien waren inzwischen eingetroffen. Drei Ferienhäuser waren belegt. Spotted Horse und Linda kamen mit den Pferden zurück. Wieder brachte er fünf Stuten und zwei Hengste mit. Einer der Hengste war ein ziemlicher Jüngling, gerade erst ein Jahr alt. Er trug eine seltsame Zeichnung auf der Nase.

Unter den Gastkindern befand sich ein aufgewecktes siebenjähriges Mädchen, mit ihren Eltern aus Schweden angereist. Sie hieß Lotta, nach einer bekannten schwedischen Fußballspielerin, hatte Terry in ihr Herz geschlossen und wich ihr kaum von der Seite. Mit dem ersten Sonnenstrahl war sie schon auf den Beinen und wartete ungeduldig bei Martha und der Gans *Conchita* in der Küche, bis Terry aus ihrem Zimmer die Treppe herunterkam. Als sie mitbekam, dass Spotted Horse und Linda mit neuen Pferden eintrafen, lief sie ihnen entgegen. Terry und Vince wollten sie warnen, doch dann machte die Kleine den Tieren von alleine Platz. Die frischen Pferde wurden in die Koppel neben dem Stall getrieben. Lotta sprang auf den untersten Balken des Gatters und zeigte auf eines der Pferde. „Das sieht lustig aus", kicherte sie.

„Welches meinst du?", fragte Vince, der mit Terry dazugekommen war.

„Das, das dort mit dem lustigen Kopf. Hat es schon einen Namen?"

„Nein, keines hat einen Namen", sagte Terry.

„Darf ich ihm einen Namen geben?"

„Ja, wenn dir ein passender Name eingefallen ist."

„Es hat so einen lustigen Stern auf der Nase. Es soll Starface heißen."

Vince drehte sich zu Spotted Horse um. Er sah, dass der Indianer lächelte.

Endlich waren die jungen Pferde auf die Weide gebracht worden, neun Wochen nach ihrer Geburt, fünf an der Zahl. Verspielt tollten sie über die Wiesen, sprangen übermütig über den Bach. Beim geringsten Anzeichen einer Gefahr jedoch eilten sie zu ihren Müttern zurück. In deren Nähe fühlten sie sich sicher.

Bonnie *lag auf ihrem Ausguck und beobachtete das Treiben. Sie hatte zweimal auch* **Clyde** *bemerkt, der sich am Rande des Felsenabsturzes die Szenerie aus der Höhe einprägte. Aber er hatte sich nicht lange aufgehalten und sich bald wieder verzogen. Möglicherweise wusste er ein für ihn lohnenderes Ziel auf Beute, denn ihm konnte der Mann, der sich um die Tiere kümmerte, nicht entgangen sein.*

Bonnie *indes gefiel, was sie sah.*

Nur ungern erinnerte sie sich an die Geschichte vor dem letzten harten Winter, als ein Mann mit einem Feuerstock direkt unterhalb ihres Ausgucks auf die Pferde und Menschen im Talkessel geschossen hatte. Sie hatte noch kurz überlegt, ob sie diesen Mann von hinten angreifen sollte, aber die Furcht vor dem Feuerstock war zu groß gewesen, weshalb sie mucksmäuschenstill geblieben war. Als später ein riesig lauter Vogel mit sehr viel Lärm in den Talkessel hinein geflogen kam, war sie vor lauter Panik in weiten Sätzen geflohen.

Ob es erlaubt war, sich die jungen Pferdchen einmal aus der Nähe anzuschauen? Ganz unverbindlich?

Bonnie *sprang von ihrem Ausguck herunter und ging auf den Klettersteig zu. Mit ihren scharfen Augen strich sie über das Gelände unterhalb. Nanu? War dieser eigenartige Mann nicht da? Und die Menschenfrau, die ständig an seiner Seite zu sehen war? Nicht da? Wer nicht da ist, kann nichts verbieten, dachte sie, und kletterte geschmeidig nach unten. Die Knochen von dem Gabelbock, bemerk-*

te sie nebenbei, lagen immer noch an der gleichen Stelle. Unauffällig strich sie jetzt an der Felswand entlang. Eines der Pferde, so ein graugelbes, begann nervös zu tänzeln und zu röcheln. **Bonnie** *blieb stehen, schaute sich um. Schlich weiter. Dort standen sie bei ihren Müttern, die jungen Pferde. Also langsam hin zu ihnen. Kein Grashalm bewegte sich, kein Geräusch war von ihr zu hören. Noch vielleicht sieben Meter, sechs, fünf, dann ...Plötzlich erhob sich vor ihrer Nase, wie aus dem Nichts, dieser Mann, und neben ihm die Menschenfrau. Sie hatten im Gras gelegen. Drei Meter vor ihr. Sie erstarrte mitten in der Bewegung zu einer Salzsäule. Schaute dem Mann in die Augen. Er aber schaute zurück. Auge in Auge. Es verging eine lange Zeit. Der Mann hatte keinen Feuerstock dabei. Dann bewegte der Mann seine Lippen und sprach zu* **Bonnie**. *Leise Worte, in einem angenehmen Ton, wie eine längst vergessene Melodie.*

Es war so, wie sie vermutet hatte: Er gehörte in ihre Welt.

Bonnie *entspannte sich und antwortete ihm in ihrer Sprache, die sich anhörte wie das Zwitschern eines Vogels. Dann drehte sie sich gelassen um und schritt hocherhobenen Hauptes davon, genau so wie es sein musste. Das war keine Niederlage für sie. Das war eine Begegnung unter ihres- und seinesgleichen. Unter Freunden.*

Bonnie *wusste: Wenn sie diese Geschichte* **Clyde** *erzählen würde, - er würde sie nicht glauben.*

ENDE

Anmerkungen des Autors:

Die Romanhandlung und die in ihr aufgeführten Personen sind frei erfunden. Real existierende Personen gleichen Namens haben mit der Romanhandlung nichts gemein. Das gleiche betrifft die in der Handlung aufgeführten Namen *Crystal Creek-Ranch, Conifere Cross-Ranch, Kendall-Schaffarm* und *Blue Meadow-Ranch.* Des Weiteren existiert in Wyoming weder ein Bergvorsprung mit der Bezeichnung *Bender's Edge*, noch ein Friedhof oder eine Kirche gleichen Namens.

Weitere Bücher von Peter Siefermann im Twentysix-Verlag.

„Zwölfeinhalb Bären, oder wie die Bären nach Waldulm kamen."
ISBN: 9783740711917

„Das große Spiel, oder mit Lachdatte, Mängehatte und Poklapier."
ISBN: 9783740727451

„Tierisch-menschliches in Lyrik und Prosa."
ISBN: 9783740714000

„Drei Männer, zwei Boote, ein Fluss und der Blues."
ISBN: 9783740712952

„Teddor."
ISBN: 9783740729400

Kriminalromane von Pit Ferman im Twentysix-Verlag.
aus der Edgar-Schaaf-Krimireihe.

„Schaafswinter."
ISBN: 9783740727550

„Schaafssturm."
ISBN: 9783740713454

„Schaafshammer."
ISBN: 9783740731533

Alle Bücher sind auch als E-Book erhältlich.